Das Porträt der Lady Wycliff

Während des letzten Jahrzehnts hat Harry, der Earl von Wycliff, fieberhaft daran gearbeitet, alles wiederzubeschaffen, was sein Vater verloren hatte. Nur ein Gegenstand bleibt unauffindbar: das Gainsborough-Porträt seiner geliebten Mutter. Und die unglaublich junge, umwerfend schöne Witwe Louisa Phillips hält den Schlüssel, es zu finden, in den Händen. Wenn er sie nur überreden könnte, ihm zu helfen ...

Cheryl Bolens Bücher

Regency-Liebesromane:

Reihe: *Die Bräute von Bath*
  Die Braut in Blau
  Mit seinem Ring
  Das Geheimnis der Braut
  Diesen Lord zu lieben
  Liebe in der Bibliothek
  Weihnachten in Bath

Reihe: Im Auftrag des Regenten
  Mit Der Hilfe Seiner Lady
  Eine äußerst diskrete Ermittlung
  Diebstahl vor Weihnachten
  Eine ägyptische Affäre

Reihe: Das Haus Haverstock
  Zufällig eine Lady
  Herzogin aus Versehen
  Irrtümlich Gräfin
  Zu Weihnachten verheiratet

Reihe: Beherzte Bräute
  Die falsche Gräfin
  Sein goldener Ring
  Hochzeitsnacht mit Hindernissen
  Miss Hastings abenteuerliche Fahrt nach London
  Weihnachten mit den Birminghams

Pride and Prejudice Sequels
  Miss Darcy's New Companion
  Miss Darcy's Secret Love
  The Liberation of Miss de Bourgh

My Lord Wicked
Christmas Brides (Three Regency Novellas)
A Duke Deceived

Romantic Suspense:

Falling For Frederick

Texas Heroines in Peril Series
  Protecting Britannia
  Murder at Veranda House
  A Cry In The Night
  Capitol Offense

World War II Romance:

It Had to Be You (Previously titled *Nisei*)

American Historical Romance:

A Summer To Remember (3 American Romances)

DAS PORTRÄT DER LADY WYCLIFF

(Die Lords von Eton, Buch 1)

Cheryl Bolen

Übersetzung von Susanne Döring

Prolog

Eton, 1804

In jedem Jahr, seit er im Alter von neun Jahren nach Eton gekommen war, hatte Harry Blassingame, jetzt der Earl von Wycliff, sich auf das Ende des Schuljahres gefreut. Wenn die Tage länger und die Wärme der Sonnenstrahlen stärker wurden, sonnte er sich im Wissen, dass er bald wieder nach Cartmoor Hall zurückkehren würde. Seine schöne Mutter würde viel Aufhebens um ihn machen und er und sein Vater würden lange Ritte über den Landsitz unternehmen.

Aber in diesem Jahr - dem letzten in der Schule, in der er fast die Hälfte seiner achtzehn Jahre verbracht hatte - ließ das Schuljahrsende ihn in Melancholie versinken. Er konnte nicht länger nach Cartmoor nach Hause fahren. Es war an Fremde vermietet. Seine beiden Eltern waren in der Familiengruft von Cartmoor beigesetzt worden. Und nun würde er die beiden besten Freunde, die er auf der Welt hatte, verlieren.

Das Zimmer eines dieser beiden war das Ziel von Jack St. John - Sinjin - und ihm. Obwohl er nur der mindere dritte Sohn eines Herzogs war, beanspruchte der Bewohner des eleganten Zimmers, Lord Alex Haversham, bei weitem den schönsten Raum der drei, dank der Tatsache, dass er die dickste Börse des Trios besaß.

Dies würde ihr Abschied sein.

Während sie von Sissingham House hierher

gingen, war Sinjin ungewöhnlich schweigsam gewesen. Nach so vielen Jahren der Freundschaft konnte Harry in seinem Freund ebenso gut lesen wie zwischen den Zeilen eines geliebten Gedichts. Trübsal hatte sich über seinen normalerweise pragmatischen Begleiter gesenkt. *Sinjin hasst diesen Abschied auch.*

Nichts würde ihre Freundschaft, die sie während ihrer halben Lebenszeit geschmiedet hatten, je zerstören, aber nichts würde zwischen ihnen je wieder so sein, wie es jetzt war. Das wussten sie alle.

Kleinere Jungen mit ihren Eltern zu beiden Seiten kamen aus den Wohnhäusern entlang des Weges, hinter denen Diener einhertrabten und Koffer trugen, in denen die Besitztümer der Jungen enthalten waren.

Jeder Schritt näher zu Haversham brachte sie auch dichter zu dem schmerzhaften Abschied. Harry fühlte sich, als ob ein eiserner Umhang seine Schultern niederdrückte, als sie Strong House betraten und die Holztreppe zu den Zimmern ihres Freundes hinaufstiegen. Als sie den Gang vor Havershams Tür erreicht hatten, kam eine junge Frau mit zerzausten Haaren aus dem Zimmer ihres Freundes. Harrys Blick flog über sie. Sie war als jugendlicher Diener verkleidet.

Er und Sinjin lächelten sich verlegen an. Alex Haversham war ein rechter Frauenheld. Jung oder alt, hohen oder niederen Standes, alle Frauen schenkten diesem beliebten Herzogssohn freizügig ihre Gunst, obwohl sie wussten, dass es keine Aussicht auf eine dauerhafte Bindung gab.

Als die beiden durch die cremefarbene Tür in das Zimmer ihres Freundes traten, schaute

Haversham sie aus glasigen Augen an. Eine halbleere Weinbrandkaraffe und drei leere Gläser standen auf dem Tisch vor ihm. Sein Arm machte eine ausholende Geste in diese Richtung. „Bedient euch." Sie gossen sich jeder ein Glas ein und die neu Hinzugekommenen setzten sich auf ein samtbezogenes Sofa ihrem Gastgeber gegenüber.

„Ich frage mich, wann wir drei es schaffen werden, wieder zusammenzukommen." Haversham holte tief Atem. „Seit so vielen Jahren haben wir alles zusammen gemacht." Er musterte die anderen, und ihr Nicken bestätigte das. „Mein Papa hat mir ein Offizierspatent gekauft, und ich reise nächste Woche auf die Halbinsel ab."

Harrys erster Gedanke war wie ein Dolchstich. *Alex Haversham könnte in der Schlacht fallen.* Er kämpfte mit sich, um nicht zu zeigen, welche Angst er um seinen Freund hatte. „Mein Gott, es könnte Jahre dauern, bis du wieder nach England kommst!"

Der Sohn des Herzogs nickte grimmig, als er Harry ansah. „Und du? Was hast du vor?"

„Ich werde England auch verlassen."

Haversham richtete sich auf, um Harry direkt anzusehen. „Du gehst aber nicht zur Armee!"

Natürlich wusste sein Freund, dass er nicht die Mittel besaß, um ein Offizierspatent zu kaufen. Harry schüttelte den Kopf. „Nein. Ich gehe zur See."

„Zur Königlichen Marine?", fragte Sinjin.

„Nein, das nicht. Ich habe einen Plan, um das Vermögen der Wycliffs wieder aufzubauen."

Zwei Paar Augenbrauen zogen sich zusammen, während seine Freunde über seine Antwort nachdachten. Dann riss Haversham die Augen auf. „Du willst doch nicht Pirat werden, oder?"

Einen Moment lang antwortete Harry nicht. „So würde ich es nicht nennen. Eher, den Reichtum der Franzosen umzuverteilen."

Sinjin schüttelte traurig den Kopf. „Es tut mir wirklich leid, dass du zu solchen Mitteln greifen musst. Wenn ich Geld hätte, würde ich es dir geben, aber du weißt, dass das Vermögen der St. Johns den Weg der gepuderten Perücken gegangen ist."

„Dein Vater mag arm sein, aber wenigstens ist er hoch angesehen." Harry wünschte bei Gott, er könnte das gleiche über seinen eigenen verstorbenen Vater sagen.

„Danke", antwortete Sinjin. „Ich freue mich zu sagen, dass ich beabsichtige, in die Fußstapfen meines Vaters zu treten. Während er im Oberhaus dient, werde ich mich für das Unterhaus aufstellen lassen - mit der finanziellen Hilfe der einflussreichen Whig-Freunde meines Vaters."

Harry lächelte. „Ich kann mir niemanden denken, der besser geeignet wäre, im Parlament zu dienen."

Sinjin schaute von ihm zu ihrem Gastgeber. „Ich werde euch beide schrecklich vermissen."

Sie alle nickten. Schweigen erfüllte den Raum wie eine Bedrohung.

„Lasst uns einen Pakt schließen", sagte Haversham schließlich. „Wenn einer von uns in Not ist - außer wegen Geld, das keiner von uns hat - braucht er die beiden anderen nur zu rufen. Ganz gleich, was ist, wir werden kommen. Ich weiß, ich kann mich auf euch beide verlassen und gebe euch mein Wort, dass ich immer bereit sein werde, meinen beiden engsten Freunden zu helfen."

„Das ist ein Versprechen, das ich gerne gebe."

Harry ergriff sein Glas und hob es. „Trinken wir darauf."

„Allerdings", stimmte Sinjin zu. „Ich würde mein Leben für jeden von euch geben." Sein Glas klirrte an die der beiden anderen.

Kapitel 1

London, 1812

Die wellenförmig geschliffenen Reihen von Brillanten und Smaragden glitten durch die schlanken, männlichen Finger Harold Blassingames, des siebten Earl von Wycliff. Ein Kloß bildete sich in seiner Kehle, als er sich daran erinnerte, wie die Halskette an seiner Mutter ausgesehen hatte, deren Schönheit vor acht Jahren zu Grabe getragen worden war. Seltsam, dass es ihm nicht den erwarteten Triumph brachte, den Familienschmuck der Wycliffs zurückzuholen. Selbst Cartmoor Hall zurückzubekommen, nachdem fast einem Jahrzehnt in den Händen Fremder gewesen war, hatte in Harry ein Gefühl der Leere hinterlassen. Der Name Wycliff würde erst wieder völlig hergestellt sein, wenn er Wycliff House am Grosvenor Square wieder besäße.

Edward Coke, der Cousin, der Harry so nahe stand wie ein Bruder, stellte einen gestiefelten Fuß auf den jakobinischen Schreibtisch, der die beiden jungen Männer trennte. „Was hat es dich gekostet, Livingston davon zu überzeugen, sich von Tante Isobels Schmuck zu trennen?"

Harry musterte Edward mit einem düsteren Blick aus seinen schwarzen Augen. „Das doppelte, auf das Rundel & Bridge ihn geschätzt hätte."

Sein Cousin zuckte zusammen. „Wage zu behaupten, dass Livingston wusste, dass du das zehnfache zahlen würdest, obwohl ich verdammt noch mal nicht weiß, wie er von deiner fetten Börse erfahren hat. Es war allgemein bekannt, als du England vor acht Jahren verließest, dass Onkel Robert dich mittellos zurückgelassen hatte."

„Die Tatsache, dass ich Kindale so großzügig bezahlt habe, damit er Cartmoor Hall verlässt, hat sich in London zweifellos wie ein Sturmwind im Herbstwald verbreitet."

„Das mit der Hall kann ich verstehen. Verdammt feine Ställe, die du da hast, aber eine solche Summe nur für verdammte Steine auszugeben?" Edward schüttelte seinen kurzgeschorenen blonden Kopf, bevor er sich vorbeugte, um den Ehering der Wycliffs aus einem Haufen funkelnder Juwelen auf dem Schreibtisch zu picken. „Meinst du, du wirst eine passende junge Dame finden, die den hier tragen würde, Harry?" Er schob den mit Smaragden besetzten Ring über seinen kleinen Finger, aber er blieb kurz vor seinem knochigen Fingergelenk stecken.

Harry zuckte mit den Schultern. Wie konnte er Edward seine Gründe für seine Rückkehr nach England erklären? Wie konnte irgendjemand anders den magnetischen Sog des Landes, das seit dreihundert Jahren in seiner Familie gewesen war, erklären? Wie konnte er sein Verlangen, den guten Namen der Familie wiederherzustellen, erklären, oder seine Sehnsucht, eine Familie zu haben? Und eine Frau.

Aber als sein Weg zu seinem Wiederaufstieg glatter wurde, belastete das Gewissen Harry. Welche anständige, edle Frau würde ihn wollen, wenn sie wüsste, was er in den letzten acht Jahren getan hatte? Oh, er könnte die Wahrheit verschweigen. Sein Titel und sein Vermögen allein könnte jede Frau seiner Wahl betören.

Das Problem war, dass er keine Ehe wollte, die auf einer Täuschung beruhte. Er wollte eine Liebesehe. Von der Art, wie seine Eltern sie geführt hatten. Sein Magen drehte sich bei der Erinnerung an die Niedertracht seines Vaters um. Doch seine Mutter hatte nie aufgehört, den Mann zu lieben, den sie mit zwanzig geheiratet hatte. Die beiden teilten alles. Es war fast so, als würden ihre Herzen im gleichen Rhythmus schlagen. Und als das Herz seines Vaters zu schlagen aufhörte, folgte seine Gräfin ihm keinen Monat später ins Grab.

„Glaubst du, eine Frau würde mich wollen, wenn sie wüsste, mit welchen Mitteln ich mein Vermögen erworben habe?", fragte Harry.

Edwards Augen wurden rund. „Sicher musst du einer Ehefrau nicht *alles* erzählen. Sieh dir meinen Vater an. Er verschweigt meiner Mutter verdammt gut alles Mögliche, was er, äh, tut."

Ein Hauch von Ärger blitzte auf Harrys Gesicht auf. „Du meinst, er erzählt ihr nichts über seine Mätressen?"

Edward schluckte und mied den Blick seines Cousins. „Nun, natürlich. Das tut man einfach nicht."

„Trotz seiner großen Fehler war mein Vater meiner Mutter gegenüber immer offen - und er war ihr treu, bewundernswerte Eigenschaften in einer Ehe, denke ich." Harry wandte seine Aufmerksamkeit von Edward ab und schaute zu den hohen Fenstern, die auf die Upper Brook Street hinausgingen. „Ich bezweifle, dass ich je eine Frau haben werde, zu der ich völlig ehrlich sein kann."

„Genug Gerede über Ehefrauen!" Edward schauderte. „Lass uns die verlorenen Jahre der Ausschweifungen nachholen." Ein breites Lächeln erhellte sein jugendliches Gesicht.

Harry konnte ein Grinsen nicht unterdrücken, als er aufstand. „Ich würde lieber einen Besuch in Wycliff House machen. Ich beabsichtige, Mr. Godwin Phillips Witwe ein Angebot zu unterbreiten, das sie nicht ablehnen kann."

Edwards schlanker Körper richtete sich zu seiner vollen Höhe auf, die ein paar Zoll weniger aufwies als die seines älteren Cousins. „Hoffe, sie ist nicht so skrupellos, wie ihr Ehemann es war. Im Übrigen, ich habe erfahren, wer jetzt deines Vaters Schnupftabakdose mit den Diamanten besitzt. Was sagst du dazu, auch Lord Cleveland einen Besuch abzustatten?"

Harry fuhr herum und sah seinen Cousin an. „Wer hat dir erzählt, dass ich *seine* Schnupftabakdose will?"

„Ich ... ich dachte, du würdest dir größte Mühe geben, alles wiederzubeschaffen ..."

„Ich will nichts, was *ihm* gehört hat", zischte Harry.

* * *

Als sie um die Ecke kamen und auf den Grosvenor Square einbogen, begann Harrys Herz rasend zu schlagen. Er hatte seit fast einem Jahrzehnt Wycliff House nicht mehr gesehen. Von außen hatte das dreistöckige Gebäude aus beigem Stein sich nicht geändert. Was ihm an Größe fehlte, machte es an Pracht wett. Üppige, schmiedeeiserne Geländer säumten das Erdgeschoss, außer an der gewölbten Eingangstür. Reihen hoher, spitz zulaufender Fenster zeichneten die oberen Stockwerke aus, die sich bereits von den benachbarten Häusern abhoben, da anmutige korinthische Säulen jedes Fenster umrahmten. Ein gemeißelter Fries griechischer Athleten lief um die obere Kante des Gebäudes.

Vor dem Haus, wo Edward und er ihre Pferde anbanden, wartete kein anderes Transportmittel. Harry konnte sich kaum an eine Zeit erinnern, wo nicht eine Vielzahl verschiedener Gefährte die Straße gesäumt hatte. Der alte Earl hatte seine Pflichten im Oberhaus ernst genommen und oft Gesellschaften gegeben, wenn das Parlament tagte.

Die Vordertür wurde von einem Butler mittleren Alters geöffnet, dem Harry seine Karte überreichte. „Ich wünsche eine eher persönliche Angelegenheit mit Mrs. Phillips zu besprechen."

Die Brauen des Butlers hoben sich leicht, als er die Karte las. „Würden Sie bitte in das Morgenzimmer eintreten, Mylord?"

Sie schritten über den Marmorboden der breiten Eingangshalle und ließen sich in einem kleinen Zimmer nieder, das seine Mutter das Morgenzimmer genannt hatte. „Meine Herrin hat derzeit Besuch." Der Butler senkte die Stimme. „Es ist Dienstag, müssen Sie wissen. Ihr Empfangstag. Ich werde sie über Ihre Anwesenheit informieren."

Dass das Morgenzimmer bemerkenswerterweise genauso aussah wie vor fast zehn Jahren, gefiel Harry. Elegante Vorhänge aus hellblauem Moiré hingen unter goldenen Gesimsen vor den auf den Grosvenor Square hinausgehenden Fenstern. Blauseidene Damastsofas und Sessel standen auf einem in Gold und Königsblau gemusterten Teppich verstreut. Ein großer Kristallkronleuchter hing von einer Decke mit elfenbeinfarbenem Stuck. *Gott sei Dank hatte dieser Schurke Godwin Phillips so viel Verstand gehabt, nichts zu verändern.*

Einen Moment später erschien der Butler wieder. „Mrs. Phillips sagt, ihre Versammlung wäre beinahe zu Ende und dass es einem Aristokraten gut tun würde, am verbleibenden Rest teilzunehmen."

Harry wechselte einen verwirrten Blick mit Edward. Was meinte die Witwe damit: *es würde einem Aristokraten gut tun?*

Mit einer seltsamen Mischung von Gefühlen betrat Harry den Salon auf der Rückseite des ersten Stocks. Wie das Morgenzimmer war er kaum verändert. Seine Wände waren immer noch im gleichen Spargelgrün gehalten, ebenso wie viele der mit Seidenbrokat bezogenen Sofas. Jedoch hatten sich die im Zimmer Anwesenden beträchtlich verändert. Harry konnte sich nicht daran erinnern, je eine düsterer gekleidete Versammlung gesehen zu haben. Und die trist aussehende Runde bestand ausschließlich aus Frauen. Lieber Himmel! War er mitten in einen Haufen Blaustrümpfe geraten?

Aus dem Meer grauer und brauner Wollstoffe erhob sich eine der hübschesten jungen Frauen, die Harry je gesehen hatte. Obwohl sie ein trist graphitgraues Morgenkleid aus Serge trug, funkelte die hübsche Blondine doch wie ein Diamant in einem Kohlebett. Ihr eher feinknochiger Körper war an den richtigen Stellen gerundet, aber es war ihr Gesicht, das seine Aufmerksamkeit erregte, denn es war makellos: ein perfektes Oval mit einer perfekt gemeißelten Nase und einem vollen Mund, der ebenmäßige, weiße Zähne enthüllte. Sie trat zwei Schritte vor und schaute dann mit undurchdringlichem Gesicht Harry an.

Als sie sprach, bemerkte er, dass auch ihre Stimme lieblich war. Weich und klar und jugendlich, ohne frivol zu sein. „Wer von Ihnen ist Lord Wycliff?"

Er ging auf sie zu und verbeugte sich. „Zu Ihren Diensten, Madam."

Sie neigte kaum ihren Kopf und deutete auf freie Stühle. „Sie können dort Platz nehmen, bis wir zu Ende kommen."

„Da muss ein Missverständnis vorliegen", sagte Harry. „Ich wollte ausdrücklich mit *Mrs.* Phillips sprechen." Er konnte seinen Blick nicht von den außergewöhnlichen Augen der jungen Frau abwenden. Sie waren von einem helleren Blau als das Ei eines Rotkehlchens.

„Ich bin Mrs. Phillips", sagte sie ungeduldig.

„Aber ..."

„Sie haben eine ältere Frau erwartet." Ihre sorglose Antwort deutete daraufhin, dass diese Frage für sie eine lästige Routine war.

„Sie sind die Witwe von Godwin Phillips?" Es schien unmöglich, dass diese jugendliche Schönheit mit Phillips verheiratet gewesen sein konnte. Der Mann war im Alter von Harrys Vater gewesen. Die schlanke Blondine, die voll Trotz und Arroganz vor Harry stand, konnte kaum volljährig sein.

„Ja." Sie deutete auf das Dutzend oder so Frauen, die steif im Zimmer verteilt saßen und sagte: „Ich will Sie nicht mit Vorstellungen langweilen, *Mylord*. Wenn Sie und Ihr Begleiter so freundlich sein würden, sich zu setzen ..."

„Ja, natürlich", sagte Harry und nahm auf

einem Brokatsofa neben Edward Platz, der schon
so viel Verstand bewiesen und sich hingesetzt
hatte, um Mrs. Phillips vernichtenden Blicken zu
entgehen. Zum ersten Mal in seinem Leben
verspürte Harry Ablehnung hinter der Anrede
Mylord.

Er achtete wenig auf die Worte, die in der
sittsamen Versammlung fielen, so bewegt war er
davon, wieder in dem Zimmer zu sitzen, in dem
die Erinnerungen an die glückliche Familie, der er
angehört hatte, wieder aufstiegen. Fast hätte er
seine Mutter in eben demselben Sessel sitzen
sehen können, den Mrs. Phillips benutzte, ihr
goldenes Haupt über ihre unvermeidliche
Stickerei gebeugt. Mit zusammengezogenen
Brauen erinnerte Harry sich auch daran, wie er
an dem Spieltisch aus Walnussholz gesessen und
fröhlich mit seinem Vater Backgammon oder
Schach gespielt hatte.

„Was ist fair daran, dass jeder Lord im Reich
das Recht zu wählen hat, während andere Männer
- Männer, die weit härter arbeiten als die müßigen
Lords - keine Stimme haben?"

Die Lords so verleumdet zu hören riss Harry
aus seinen Tagträumen und er schaute auf, wo er
sah, dass die Sprecherin eine Matrone war, deren
Alter seines überstieg. Sie trug eine Brille und ein
so schweres Merinowollkleid, dass es jede
Andeutung weiblicher Rundungen verbarg.

Eine zweite Sprecherin erhob sich. „Sicher ohne
Rücksicht auf *das höchste Wohl für die größte
Zahl.* Und es liegt etwas tief drinnen in einem
System, das nur Grundeigentümer
berücksichtigt."

Bestürzt beobachtete Harry diese zweite
Sprecherin, eine junge Frau, die einen Dreispitz

trug, dem ähnlich, den sein Vater zu tragen pflegte. Epauletten steckten auf ihren wohlbedeckten Schultern. Ein männerhassender Blaustrumpf, so viel stand fest.

„Da wir uns vom Thema der Ungerechtigkeiten im Strafsystem entfernt haben", sagte die schöne Gastgeberin, „würde ich vorschlagen, dass wir Mr. Benthams Prinzipien der Nützlichkeit bei unserem nächsten Dienstagstreff besprechen."

Als die Damen aufstanden und begannen, den Raum zu verlassen, stand Harry auf, wie jeder anständige Gentleman es tun würde. Keine von ihnen nahm Notiz von seiner Anwesenheit oder von Edwards, der schweigend neben ihm stand. Die Männer sahen zu, als Mrs. Phillips ihren Gästen fröhlich plaudernd aus dem Raum folgte.

Als alle Frauen gegangen waren, wandte Harry sich an seinen Cousin und sagte leise zu ihm: „Verdammte Blaustrümpfe."

„Nur gut, dass sie keine Guillotine haben", sagte Edward.

Harry schüttelte den Kopf. „Ich glaube, Gewalt ist für diese Weltverbesserer nicht attraktiv."

Die Stimme einer Frau antwortete. „Das ist völlig richtig, Lord Wycliff."

Als Harry in das engelhafte Gesicht von Mrs. Phillips schaute, konnte er gut glauben, dass Gewalt ihr so fremd war wie Pockennarben ihrer weichen, sahnigen Haut. „Ich sehe, dass sie zu den Anhängerinnen Jeremy Benthams gehören."

„Ich bewundere ihn sehr, bin aber keine utilitäre Puristin", antwortete sie.

„Wie erfreulich", murmelte Harry.

„Weder ich noch Miss Featherstone", sagte die schöne Witwe und drehte sich zu der jungen Frau, die neben ihr stand. Harry tat die andere Frau sofort leid. Wie unfair es war, mit der umwerfenden Mrs. Phillips verglichen zu werden, denn Miss Featherstone, obwohl sie im gleichen Alter und von ähnlicher Statur war, hatte unauffälliges braunes Haar und ein unauffälliges Gesicht. Sie war in der Tat ausgesprochen unscheinbar - aber nicht unsympathisch. „Erlauben Sie mir, Ihnen meine Freundin, Miss Jane Featherstone vorzustellen, Mylord."

Die Dame knickste.

Jane war ein passender Name für dieses unscheinbare Mädchen. Harry hob eine Braue. „Sind Sie mit dem Mr. Featherstone verwandt, der sozusagen das Unterhaus beherrscht?"

Ein kleines Lächeln breitete sich über Miss Featherstones Gesicht aus. „Er ist mein Vater."

„Ich glaube, er ist mit einem meiner besten Freunde bekannt. Sinjin, äh, Lord Jack St. John."

Die Gesichter der Damen hellten sich auf.

„Wir bewundern Ihren Freund sehr", antwortete Mrs. Phillips.

Er lächelte, dann glitt sein Blick von der einen zur anderen. „Ich bin neugierig darauf zu erfahren, in welcher Weise Ihre Ansichten sich von denen Mr. Benthams unterscheiden?"

Die Witwe sah ihn aus leicht zusammengekniffenen Augen an. „Während Jeremy Bentham das höchste Wohl für die größte Anzahl an Menschen fordert - eine Ansicht, die sehr verdienstvoll ist - glaube ich, dass das den Wert des Einzelnen missachtet."

Harry nickte. „Dann sind Sie eher eine Schülerin Rousseaus?"

„Wenn ich zwischen den beiden wichtigen Denkern wählen müsste, dann, ja, dann würde ich Rousseau vorziehen."

Sie schaute ihn skeptisch an und schickte sich an, das Zimmer zu verlassen. „Ich vermute, Sie möchten gerne ihren früheren Wohnort besichtigen?"

„Sehr gerne. In der Tat würde ich Ihnen gerne ein Angebot für das Haus machen."

Mit blitzenden Augen wirbelte sie herum. „Das können Sie nicht. Ich habe erst heute Morgen erfahren, dass ich nicht die Eigentümerin bin."

„Dann bitte ich darum, mir zu sagen, wo ich den Eigentümer finde."

„Das kann ich nicht."

Harry hielt vor einem riesigen Gemälde der Spanischen Armada an, einem Gemälde, das von einem seiner Vorfahren im frühen siebzehnten Jahrhundert in Auftrag gegeben worden war. „Und warum können Sie das nicht, Mrs. Phillips?" Trotz seiner Anstrengung, ihn zu unterdrücken, schlich sich der Ärger in seine Stimme.

„Weil ich nicht weiß, wer der Eigentümer ist. Die Nachricht erreichte mich über den Anwalt des Eigentümers."

„Wenn Sie mir dann bitte die Anschrift des Anwalts nennen würden ..."

„Nein." Sie stand in der Tür zum elfenbeinfarbenen Speisesaal, in einen goldenen Strahlenkranz gehüllt, der von der Wand mit den unverhängten Fenstern kam.

Harry kochte. „Darf ich fragen, warum?"

Sie nickte hochnäsig. „Ich mag keine Adligen."

Miss Featherstone schnappte nach Luft. „Wirklich, Mrs. Phillips, das sollten Sie nicht sagen."

„Oh, ich habe nichts gegen Sie, obwohl Sie die Enkelin eines Earls sind, und meine Abneigung erstreckt sich auch nicht auf Lord Jack St. John oder seinen Vater, Lord Slade."

„Ich bin glücklich, das zu hören, denn St. John ist ein Mann, für den ich jederzeit mein Leben geben würde."

Harry konnte kaum dem Verlangen widerstehen, seine Hände um Mrs. Phillips Schultern zu legen und sie zu schütteln. „Sicher hat Ihr Studium der Gleichberechtigung Sie gelehrt, dass jeder Mensch ein Individuum ist. Darf ich nicht hoffen, die Gelegenheit zu erhalten, Ihren Respekt zu erwerben, bevor ich als *müßiger* Adliger abgestempelt werde?"

Edward drängte sich an Harry vorbei, um Mrs. Phillips entgegenzutreten. „Ich muss Ihnen mitteilen, dass mein Cousin hier ohne einen Penny zurückblieb und nur durch seine eigene Gewitztheit das Familienvermögen wieder aufgebaut hat."

Harry musterte die jugendliche Schönheit, um eine Reaktion zu sehen, und als sie ihre Aufmerksamkeit wieder ihm zuwandte, ertappte er sich, dass er in ihrem Gesicht las, wie man Shakespeare liest, und jedes Mal noch eine weitere Facette zu bewundern findet.

„Ich hoffe, Sie verwenden Ihr Vermögen", sagte sie, „um das Leben der Häusler zu verbessern, die seit Generationen für die Wycliffs schuften." Damit drehte Mrs. Phillips ihm den Rücken zu und schlenderte in den Speisesaal.

„Ich muss sagen, Mrs. Phillips, das ist verflixt unfair von Ihnen", sagte Edward. „Mein Cousin kümmerte sich um alle Diener der Wycliffs und die Häusler, bevor er auch nur einen Penny für sich selbst ausgab."

Die Blonde wirkte reuig. „Verzeihen Sie mir, Mylord. Sie müssen mich für sehr unhöflich halten."

Harry schaute sie an, bis ihre blassblauen Augen zu zwinkern begannen. „Im Gegenteil, Mrs. Phillips, ich habe noch gar keine Meinung über Sie. Es ist meine Gewohnheit, mir ein Urteil vorzubehalten, bis ich die Gelegenheit hatte, jemanden kennenzulernen."

Sie schürzte ihre Lippen und er entdeckte einen Funken Humor in ihren Augen. „Dann, da ich noch nicht die Gelegenheit hatte, Sie kennenzulernen, werde ich mir meine Meinung vorbehalten, ob Sie mich gerade beleidigt haben."

Er warf den Kopf in den Nacken und lachte.

Was den Erfolg hatte, diese eisige Begrüßung zu durchbrechen.

„Ich denke, Sie werden den Speisesaal unverändert finden", sagte sie in freundlichem Ton, als sie durch die offene Tür rauschte.

In der Tat, so war es. Tiefe Gefühle überkamen ihn, als er den unheimlich stillen Raum betrat. Die Wände, zwischen denen jetzt solches Schweigen herrschte, hatten einst von den lebhaften Unterhaltungen der Premierminister und Staatschefs wiedergehallt, da viele der Staatsgeschäfte Englands an eben dem Tisch verhandelt worden waren, den Harry jetzt musterte. Er konnte noch sehen, wie sein Vater am Kopf des glänzenden Mahagonitisches gesessen hatte, umringt von anderen Mitgliedern des Oberhauses und Führern des Unterhauses. Am anderen Ende würde seine elegante Mutter gesessen und sich leise unterhalten haben.

Sein Herz stockte beim Anblick des barocken Familiensilbers, wo das Wappen der Wycliffs in den Fuß der Teekanne eingraviert war. Sein Verlangen, diese Besitztümer wieder zu bekommen, war ebenso stark wie seine Besessenheit, sie wiederzusehen.

Er spürte einen Kloß in seiner Kehle und musste wegsehen. Sonnenlicht strömte durch die Fenster, die mit verblasster goldener Seide drapiert waren, in den Raum. Als er zu der Wand hinter dem Kopf der Tafel sah, schlug die Enttäuschung über ihm zusammen. Wo das Gainsborough-Porträt seiner Mutter solange er denken konnte, zur Schau gestellt worden war, hing ein flämischer Wandteppich. Er wirbelte zu Mrs. Phillips herum. „Wo, wenn ich fragen darf, ist das Porträt meiner Mutter, das da hing, wo sich jetzt der Wandteppich befindet?"

Sie schaute ihn ausdruckslos an. „Ich kann mich an kein Porträt erinnern. Wie sah es aus?"

„Ein typischer Gainsborough. Meine Mutter war ..." Seine Stimme wurde sanft. „Wunderschön. Sie hatte goldene Haare und große, honigfarbene Augen. Auf dem Gemälde trug sie ein Kleid in dieser Farbe ..." Er deutete auf eine Schale mit blassrosa Kamelien. „Wie diese."

Mrs. Phillips schüttelte den Kopf. „Ich habe in den acht Jahren, die ich hier gelebt habe, kein solches Gemälde gesehen."

Acht Jahre? Sie musste noch ein Kind gewesen sein. Fast hätte er eine Bemerkung darüber gemacht, aber sein Bedürfnis, das Porträt seiner Mutter zu sehen, war stärker als seine Neugier über die jugendliche Witwe. „Sind Sie sicher? Es ist nicht in einem anderen Zimmer?"

Ihr Gesicht wurde weich, als sie den Kopf schüttelte.

„Vielleicht ist es auf dem Dachboden?", warf Edward ein.

Harry warf Mrs. Phillips einen hoffnungsvollen

Blick zu. „Mit Ihrer Erlaubnis würde ich gerne einen Blick auf den Dachboden werfen."

„Selbstverständlich, Mylord. Sie kennen den Weg, nehme ich an."

„Natürlich." Er und Edward gingen auf die Treppe zu, wandten sich aber wieder um, als Miss Featherstone sich verabschiedete. „Ich wünsche Ihnen Glück, Mylord."

„Danke, Miss Featherstone. Es war mir ein Vergnügen, Ihre Bekanntschaft zu machen."

* * *

Louisa Phillips stand am Fuß der Treppe und blickte auf den Rücken des gutaussehenden Adligen, dessen Tadel sie sich zugezogen hatte. Sie biss sich auf die Unterlippe. Seine Zurechtweisung war wohlverdient gewesen, wenn man die Ungerechtigkeit ihrer völligen Ablehnung bedachte, die auf nichts als den Umständen seiner Geburt beruhte. Sie hatte da wirklich das Kind mit dem Bade ausgeschüttet! Irrtümliche, vorgefasste Meinungen waren genau das Thema eines ihrer neueren, sehr gelobten Essays gewesen. Nur dass die vorgefassten Meinungen in dieser Abhandlung sich damit befassten, wie alle Cockneys nur wegen ihrer unglücklichen Geburt ausnahmslos mit widerwärtigen Halsabschneidern über einen Kamm geschert wurden.

Geburt! Auf dem Weg zurück in den Salon runzelte sie die Stirn. Lord Wycliff mochte kein müßiger Adliger sein, aber er war immer noch ein Aristokrat. Sie kochte, wenn sie nur an sie dachte. Sie besaßen nicht nur alles Land und alles Vermögen, sie rafften auch die gesetzgebende Macht an sich und unterließen es, Gesetze zugunsten derer zu verfassen, die sie unterdrückten.

Sie konnte niemanden bewundern, der zurückgelehnt dasaß und Geld zählte, das von längst verstorbenen Vorfahren verdient worden war. Obwohl sie eine Frau war, die seit dem Alter von fünfzehn eine abhängige Ehefrau gewesen war, war sie doch fähig, durch ihren eigenen Verstand Geld zu verdienen, um Essen auf den Tisch zu bringen. Sie hatte es geschafft, mit dem Schreiben ihrer Essays hundertfünfzig Pfund zusammenzusparen. Das Geld - ebenso wie die Tatsache, dass sie schrieb - hatte sie vor Godwin geheim gehalten. Sie hatte nie freiwillig ihrem Ehemann etwas mitgeteilt, am allerwenigsten ihre radikalen Ansichten, die seinem Geschmack als Tory zu entgegengesetzt waren. Nie hatte er erraten, dass der Essayist Philip Lewis seine nette junge Frau, Louisa Phillips, war.

Jetzt verspürte sie einen Stich der Reue. Hatte sie das Geld aus ihrer Schriftstellerei gespart, um von Godwin wegzulaufen? Sie hatte keinem solchen Gedanken erlaubt, sich in ihrem Kopf festzusetzen, solange Godwin lebte. Und jetzt spielte es keine Rolle mehr. Sie war frei.

Sie fühlte sich wegen ihres Mangels an Trauer elend schuldig, aber Godwin war kein netter Mann gewesen.

Ihre Brust wurde eng. Einhundertfünfzig Pfund würden nicht weit reichen, wenn Godwin nicht für sie gesorgt hatte. Sie hatte immer angenommen, dass ihr dieses Haus gehören würde. Ihr schwindelte noch immer bei dem Gedanken, dass das Haus, von dem sie gedacht hatte, dass sie es erben würde, jemand anderem gehörte. Würde der Rest von Godwins Wohlstand ihr auch genommen werden?

Was würde sie tun können? Und wie könnte sie irgendwie ein Heim für sich und Ellie schaffen, wenn sie mittellos wäre? Vielleicht hätte sie nicht nach ihrer jüngeren Schwester schicken sollen, dachte Louisa mit einem flauen Gefühl in der Magengrube. Jetzt war es zu spät, die Einladung zurückzuziehen. Ellie sollte am nächsten Tag in London ankommen.

Sie dachte wieder an Godwin und ihre Hände ballten sich zu Fäusten. Wieder hatte er sie im Stich gelassen. Sie schritt ärgerlich durch den Gang und zwang sich, ihren Zorn gegen Lord Wycliff zu richten. Selbst wenn er seine edlen Hände damit beschmutzt hatte, ein Vermögen zu erwerben, war Lord Wycliff immer noch mit dem Titel geboren worden, vertraute darauf, einfach in sein altes Heim hereinspazieren zu können, eine übertriebene Summe zu bieten und das Haus, an dem er so sehr hing, wieder besitzen zu können.

Sie rief nach Williams. „Sie müssen die Stühle wieder so hinstellen, wie sie vor der Versammlung waren", sagte sie zu dem Butler.

„Wie Sie wünschen, Madam. Schlimm, dass Sie mir immer sagen müssen, wie ich meine Pflichten zu erfüllen habe. Ich hätte das wissen müssen, ohne es gesagt zu bekommen."

Louisa schaute ihn freundlich an. „Mit der Zeit werden Sie das lernen, mein lieber Mr. Williams. Erinnern Sie sich daran, vor nur ein paar Monaten waren Sie der Kammerdiener eines Gentlemans. Sie haben schon viel darüber gelernt, ein Butler zu sein, aber es braucht seine Zeit."

Mit einem Mahagonistuhl in jeder Hand schritt er durch das Zimmer und stellte je einen auf eine Seite des Spieltischs. „Ich bin dankbar, dass Sie mir eine Chance gegeben haben."

„Ich bin die Glückliche", versicherte sie ihm.
„Sie waren Mr. Phillips ein guter Kammerdiener
und Sie werden ein ausgezeichneter Ersatz für
Banbury, möge Gott seiner Seele gnädig sein,
werden." Ein Gefühl der Übelkeit stieg in ihr auf.
Sicher hatte Godwin doch Vorsorge für Williams
getroffen.

Bis sie Williams im Salon die letzten
Anweisungen gegeben hatte, hörte Louisa Lord
Wycliff und seinen Cousin die Treppe
herabkommen und eilte ihnen entgegen.

Aus dem hohlen Ausdruck in Lord Wycliffs
dunklen Augen entnahm sie, dass seine Suche
nichts als Enttäuschung ergeben hatte. „Kein
Glück, Mylord?"

„Leider nein." Er begegnete ihrem Blick und sie
war erschrocken über den Kummer, den sie in
seinen Augen sah.

„Wenn ich irgendetwas über das Gemälde
herausfinde", bot sie ihm an, „werde ich mich mit
Ihnen in Verbindung setzen."

Er schaute sie an. Und ihr wurde unbehaglich
zumute. Der dunkle Lord war überaus
gutaussehend. Sie hatte ihre Träume von
gutaussehenden Lords zusammen mit ihren
Puppen aufgegeben, da sie schon einem
wohlhabenden Mann versprochen worden war,
der älter als ihr Vater war. Und in den acht
Jahren seither waren ihre Augen nie anerkennend
über die Figur eines ansehnlichen Mannes
geschweift. Natürlich hatte sie keine Gelegenheit
dazu gehabt - und natürlich hasste sie Männer.

Mit seinem sonnengebräunten Gesicht und
wohltrainierten Muskeln schien Lord Wycliff in
seinem eleganten Rock, der frisch gebügelten
Krawatte, silbrigen Weste und langen Hosen fehl

am Platze. Sie konnte sich vorstellen, wie sein muskulöser Körper und seine breiten Schultern sich unter dem feinen Batist eines losen Hemds bewegten, wenn er mit gestiefelten Füßen heransprang und seinen Säbel zur Verteidigung von Jungfern in Not schwang. Sie hätte sich ihn sogar dabei vorstellen können, wie er auf den Amboss eines Schmieds einschlug und Schweiß sein starkknochiges Gesicht hinablief. Und doch, trotz der Kraft und der offenkundigen Männlichkeit, die er verströmte, war da auch Zärtlichkeit.

„Das wäre äußerst freundlich von Ihnen", sagte er, als er zur Vordertür ging.

Sie wollte etwas tun, was die Verletztheit des Mannes lindern würde. Fast hätte sie ihm den Namen des Anwalts genannt, aber sie weigerte sich, das zu tun.

Schließlich war Lord Wycliff ein Aristokrat.

* * *

Die Cousins nahmen in der Kutsche Platz, dann wandte Edward sich zu Harry. „Ehrlich, Mrs. Phillips kann kaum mehr gewesen sein als ein Baby, als sie diesen widerlichen Godwin Phillips heiratete."

„Ich würde schätzen, du hast recht." Harry sprach völlig emotionslos, so niedergeschlagen war er.

„Meinst du nicht, dass die Schönheit der Witwe außergewöhnlich ist?", fragte Edward.

Harry dachte an die schlanke, junge Frau, die so widersprüchlich war. Kaum mehr als ein junges Mädchen zeigte sie doch die Entschlossenheit einer weltgewandten älteren Dame. „Allerdings. Wie schade, dass sie ein Blaustrumpf ist."

„Ich dachte, du bewunderst Frauen, die Gehirn im Kopf haben."

„Schon, aber es muss einen Kompromiss geben zwischen dummen Frauen und verdammten, wohltätigen Blaustrümpfen."

„Ich glaube, ich hätte lieber eine nicht so kluge Frau", sagte Edward.

Harrys dunkle Augen blitzten. „Aber ich dachte, die bloße Idee einer Ehe wäre abstoßend für dich."

„Stimmt. Habe nie ein Mädchen gesehen, dass blendender aussah als ein Paar perfekt zusammenpassender Kastanienbrauner."

Ein Lächeln tauchte auf Harrys Gesicht auf. „Morgen, lieber Cousin, werden wir Mrs. Phillips aufsuchen, um uns Klarheit zu verschaffen."

Edward warf ihm einen fragenden Blick zu.

Kapitel 2

Louisa strahlte ihre jüngere Schwester aus glänzenden Augen an. Als sie sie vor acht Jahren zuletzt gesehen hatte, war die zehnjährige Ellie ein Geschöpf gewesen, das aus lauter langen Beinen und ungleichmäßigen Zähnen, die zu groß für ihr zartes Gesicht schienen, zu bestehen schien. Jetzt hatten ihre Beine die perfekte Länge für ihren weiblichen Körper. Ihre Haare - die früher vom selben blassen Blond gewesen waren wie Louisas - hatten jetzt die Farbe von reifem Weizen. Ellies Gesicht, das noch immer leicht sommersprossig war, zeigte sich jetzt groß genug für ihre Zähne - Zähne, die jetzt glatt, angenehm gleichmäßig und strahlend weiß waren. Sie war zu einer hübschen jungen Frau herangewachsen, dachte Louisa voller Stolz.

Obwohl Louisa ihre Schwester durch ihre Briefe in den meisten modischen Dingen erfolgreich erzogen hatte, war es ihr nicht gelungen, Ellie davon abzubringen, äußerst weibliche Kleidung zu tragen. Auch wenn das aufgeputzte rosa Kleid ihrer Schwester völlig akzeptabel war, für Louisas Geschmack war es viel zu reich verziert.

„Ich kann dir nicht sagen, wie gut es tut, dich zu sehen", sagte Louisa und nahm die schlanke Hand ihrer Schwester in ihre. „Wie, du bist so groß wie ich!" Sie nahm ihre Haube ab und ging in die Eingangshalle. „Aber wie egoistisch ich bin, dass ich dir erlaube, hier zu sitzen und mit mir zu plaudern, wenn ich weiß, dass du von der Reise müde sein musst."

„Aber gar nicht!", protestierte Ellie. „Es ist so wundervoll, sicher bei dir zu sein." Sie begann, sorglos durch den ersten Stock zu streifen und studierte unbewusst die üppige Zurschaustellung von Reichtum. „Wirklich, ich hatte auf der ganzen Reise keine Minute Frieden. Ich musste ständig an Miss Grimms Warnungen, dass alle Männer es auf meine Tugend abgesehen hätten, denken."

Ihre ältere Schwester unterdrückte ein Kichern. „Du musst Miss Grimms Rat nicht allzu ernst nehmen, mein Schatz." Louisa nahm wieder die Hand ihrer Schwester und führte sie in den Salon, wo sie nach dem Tee klingelte.

„Was für eine Freude es sein wird, Tee in deinem schönen Heim zu haben." Ellies Blick wanderte über ihre Schwester. „London ist dir gut bekommen. Du bist immer noch so schön wie du es warst, als du Kerseymeade verließt.

Louisa zuckte die Schultern und setzte sich Ellie gegenüber in einen französischen, damastbezogenen Polstersessel.

„Du hast mir so gefehlt", fuhr Ellie fort. „Warum bist du nie nach Chewton Manor zurückgekommen? Nicht einmal zur Weihnachtszeit?"

Louisas Lippen wurden schmal, ihre Augen blitzten. „Du weißt, was ich Papa sagte, als ich ging. Ich werde ihm nie verzeihen."

„Und du willst nie wieder mit ihm sprechen?"

Ihre Augen waren kalt. „Niemals."

„Ich muss sagen, ich war auch froh, dass ich fortgehen konnte. Ich hoffe nur, dass London nicht so verdorben ist, wie Miss Grimm sagt, sonst setze ich keinen Fuß vor die Tür."

„Ich versichere dir, du wirst bei mir ganz sicher

sein." Louisas Stimme wurde sanfter. „Oh, Ellie, ich habe für den Tag gelebt, an dem du achtzehn sein und ich dich bei mir haben können würde." Ihr Blick wanderte zum Fenster. „Vor acht Jahren habe ich geschworen, dass ich dich wegholen würde, bevor er auch dich verkaufte."

„Und hier bin ich", sagte Ellie und breitete ihre Arme wie eine Opernsängerin aus. „Werde ich wirklich Mr. Bentham kennenlernen?"

„Aber sicher", sagte Louisa.

„Papa würde der Schlag treffen, wenn er den Inhalt unserer Briefe kennte oder über unsere Bewunderung für Mr. Bentham und die Freidenker wüsste."

Louisas Augen funkelten und sie stieß ein kleines Lachen aus. „Vor allem, wenn er wüsste, dass seine älteste Tochter tatsächlich Philip Lewis ist."

„Ich muss zugeben, Louisa, mir gefiel dein Essay in der *Edinburgh Revue* überhaupt nicht, obwohl ich allem, was du zuvor geschrieben hast, entschieden zustimme."

„Der Essay über die Ehe?"

Ellie nickte, während Louisa Tee in zwei zierliche Porzellantässchen goss und eine davon Ellie gab. „Wie ein fauler Apfel nicht die ganze Ernte verdirbt, denke ich, dass deine unglückliche Ehe dich nicht völlig gegen den Ehestand vergiften sollte."

„Das ist nicht nur meine unglückliche Ehe", verteidigte sich Louisa, „sondern das System. Es wird innerhalb der Klassen geheiratet. Frauen werden zur Ehe gezwungen ..."

„Aber du sprichst dich für *freie Liebe* aus!", rief Ellie. „Hast du dir wirklich Liebhaber genommen?"

Der harte Ausdruck legte sich wieder auf

Louisas Gesicht, als sie den Kopf schüttelte. „Ich muss den Mann erst noch kennenlernen, dem ich freiwillig die Gunst eines solchen Angebots erweisen würde."

Ellie verschränkte ihre Arme und warf ihrer Schwester einen vorwurfsvollen Blick zu. „Ich glaube, du hast eine Abneigung gegen Männer."

Louisa biss sich auf die Unterlippe und antwortete einen Moment lang nicht. „Ich gebe zu, dass meine eigenen Erfahrungen mit Männern - mit Papa und Godwin - ihr Geschlecht nicht in gutem Licht dastehen lassen. Ich glaube nicht, dass es so etwas wie einen ehrenhaften Mann gibt."

Ein träumerischer Ausdruck zog über Ellies Gesicht. „Ich glaube, ich werde einen ehrenhaften Mann finden."

Ein leichtes Klopfen erklang von der Tür, die sich dann öffnete. „Lord Wycliff bittet, Sie besuchen zu dürfen, Madam", sagte Williams.

„Bitten Sie ihn, sich uns hier anzuschließen."

* * *

Einen Moment später betraten nacheinander Harry und sein Cousin das sonnenhelle Zimmer. Harrys Blick flog durch den Raum, bevor er auf der schönen Witwe liegenblieb.

Sie erwiderte seinen Blick. „Lord Wycliff, ich möchte Sie mit meiner Schwester, Eleanor Sinclair, bekanntmachen. Sie ist erst gerade aus Warwickshire eingetroffen." Die schöne Witwe machte eine Pause und sah zu Edward. „Und dies, liebe Ellie, ist Lord Wycliffs Cousin. Verzeihung, Sir, ich erinnere mich nicht an Ihren Namen."

Er lächelte die hübsche kleine Schwester anerkennend an. „Edward Coke, zu Ihren Diensten."

Harry beschloss, sich von seiner charmantesten Seite zu zeigen, ging zu dem Sessel des Mädchens hinüber und nahm ihre Hand, ohne die Augen von ihr abzuwenden. „Darf ich hoffen, dass Ihre Reise angenehm war?"

Röte stieg in die blassen, leicht sommersprossigen Wangen des Mädchens. „Ja, sehr", antwortete sie mit schwankender Stimme.

Edward, der sich nie von seinem Cousin ausstechen ließ, marschierte zu der jungen Dame hinüber, nahm ebenfalls ihre Hand und drückte seine Lippen darauf. „Ich würde mich geehrt fühlen, Miss Sinclair, wenn Sie meinem Cousin und mir erlauben würden, Ihnen die Sehenswürdigkeiten von London zu zeigen."

Ellies Blick flog zu Louisa.

„Bitte, setzen Sie sich doch", wies Mrs. Phillips ihre Gäste kühl an. „Erlauben Sie mir, nach zwei Tassen mehr zu klingeln, damit Sie den Tee mit uns einnehmen können."

Die Cousins setzten sich auf ein mit Seidenbrokat bezogenes Sofa. „Das wird nicht nötig sein", antwortete Harry. „Wir werden nicht lange bleiben." Er brauchte Louisa Phillips, wie er vor vier Jahren sein tägliches Brot gebraucht hatte. Nur von ihr konnte er erfahren, wer jetzt das Haus besaß, an dem ihm mehr lag als manchem Mann an einer Frau. Und nur durch sie würde er das Porträt seiner Mutter wiederfinden können. Er durfte nicht versagen. „Sie mögen sich wundern, warum ich gekommen bin", sagte er zu Mrs. Phillips.

Ihre Augenbrauen hoben sich, aber sie sagte nichts.

„Es gelang mir nicht, ihre Worte aus meinen Gedanken zu vertreiben. Ich habe die ganze Nacht über die Ungerechtigkeiten unserer Gesellschaft nachgegrübelt und bin zu Ihnen gekommen, um mir von ihnen auf den Weg zur Erleuchtung helfen zu lassen." Sein Vater, der zu den Torys gehört hatte, würde sich sicherlich im Grabe umdrehen, wenn sein einziges Kind begänne, sich für allgemeine Freiheitsrechte einzusetzen.

Er beobachtete sie besorgt und fragte sich, ob er sein Ziel erreicht hatte. Er bemerkte, dass ihre Züge ein wenig weicher wurden und ihre außergewöhnlichen blauen Augen leicht glühten.

„Was unsere Bewegung braucht, Lord Wycliff, sind Männer wie Sie - Männer, die im Parlament sitzen - die die Macht besitzen, etwas wegen der bedauerlichen Lebensbedingungen unserer Landsleute zu unternehmen."

„Dann stehe ich zu Ihrer Verfügung, Mrs. Phillips. Obwohl ich nie im Parlament gesessen habe. Jedoch habe ich Freunde im Parlament. In der Tat ist einer meiner engsten Freunde ein ziemlicher Reformer."

Sie nickte. „Ja, St. John und sein Vater, Lord Slade - beides Männer, die ich unglaublich bewundere."

„Wenn ich Wycliff House je zurückbekomme, werde ich den Sitz meines Vaters im Oberhaus einnehmen. Ich kenne viele Lords und könnte im Interesse der breiten Masse sprechen, wenn Sie mir dabei helfen würden." Er fühlte sich verdammt schuldbewusst, dass er die Frau so offen anlog. „Ich habe die *Edinburgh Revue* gelesen, aber ich würde mich gerne von Ihnen in die Lektüre von Jeremy Benthams Werk einführen lassen."

Miss Sinclair setzte sich auf, ihr Gesicht hatte sich belebt, ihre Augen blitzen, als sie ihre ältere

Schwester ansah. „Oh, kennen Sie Mr. Philip Lewis?", fragte das Mädchen.

„Natürlich", antwortete Harry. „Das heißt, ich habe den Mann nie getroffen, aber ich habe alle seine Werke gelesen."

„Und was halten Sie von ihm?", fragte Mrs. Phillips misstrauisch.

„Keine Frage, der Mann ist brillant - wenn auch bisweilen etwas zu temperamentvoll", sagte Harry.

Louisas Brauen hoben sich. „Wie das?"

„Nehmen wir seinen letzten Artikel ..."

„Den, wo er die Ehe als solche verreißt?", fragte ein jetzt eifriger Edward.

Harrys Gesicht war grimmig. „Genau den. Auch wenn ich kein religiöser Mensch bin, fand ich ihn viel zu radikal, er untergräbt das heilige Fundament unserer Gesellschaft. Ohne Familie und der Verpflichtung der Familie gegenüber würden die Menschen nicht besser als Tiere sein."

„Dann sind Sie der Meinung, dass Sex, Liebe und Ehe Hand in Hand gehen, Mylord?", fragte Mrs. Phillips herausfordernd.

„In einer idealen Gesellschaft, ja. Und ist es nicht eine ideale Gesellschaft, die Sie am innigsten anstreben, Mrs. Phillips?"

Louisa schluckte. „Ja, natürlich."

Harry stand auf. „Genug der ernsten Gespräche für jetzt." Er warf Ellie einen Blick zu. „Ich bin sicher, Miss Sinclair würde es genießen, die schönen Seiten von London kennenzulernen, und es ist meine schönste Hoffnung, dass ich Sie ihr zeigen darf." Er richtete seine Aufmerksamkeit auf Ellie Sinclair. „Gibt es etwas, das sie schon immer besonders gerne sehen wollten?"

Das Mädchen warf schnell von der Seite einen Blick auf ihre Schwester, dann sah sie wieder zu

Harry. „Oh ja! Ich würde so furchtbar gerne das Britische Museum besichtigen."

„Auf mein Wort", sagte Edward, „das ist das Faszinierendste, was ich je gesehen habe. Wann immer es für Sie passend wäre, würde es mir eine Ehre sein, Sie dorthin zu begleiten. Ich stehe Ihnen zu Diensten, Miss Sinclair." Der junge Mann machte eine Verbeugung.

„Oh, Louisa, könnten wir bitte heute gehen?", fragte Ellie.

„Ich bin sicher, dass die Gentleman heute Nachmittag bereits andere Pläne haben."

Harry trat zu Mrs. Phillips und hielt ihren Blick fest. „Nichts würde mir größere Freude bereiten, als zwei so hübsche Damen ins Museum zu begleiten."

* * *

Das Quartett fuhr in Lord Wycliffs prachtvoller Kutsche nach Bloomsbury. Aus Gründen, die Louisa überhaupt nicht verstehen konnte, saß Mr. Coke neben Ellie, während der Earl neben ihr saß. Sie konnte sich an keine Zeit in ihrem Leben erinnern, als sie neben einem Mann gesessen hatte, der weder ihr Vater noch ihr Ehemann war. Vor allem hatte sie noch nie neben einem so gutaussehenden Mann gesessen. Natürlich hatte Louisa *kein* Interesse an Männern. Sie mochte sie nicht einmal.

Als sie am Museum ankamen, schlug der Earl sich an den Kopf. „Wie dumm von mir, nicht daran gedacht zu haben! Montague House wird abgerissen, um Platz für das schöne, neue Museum zu schaffen, das an dieser Stelle errichtet wird."

Louisa spähte aus dem Fenster und war wegen des Abrisses betrübt. Sie hatte Montague House immer geliebt.

„Ich weiß, es ist nicht so faszinierend wie das Museum", sagte Lord Wycliff, „aber eine Fahrt durch den Hyde Park wäre vielleicht doch von Interesse - und ich könnte Sie einigen Mitgliedern des Parlaments vorstellen." Letzteres richtete sich an Louisa, die zustimmte.

Als sie weiterfuhren, warfen die Cousins sich öfter bei Ellies Fragen amüsierte Blicke zu. Sie war eifrig darauf bedacht, einen Dieb zu sehen, da Miss Grimm ihr erzählt hatte, dass man in London an jeder Straßenecke einen fände. Mr. Coke begann sogar, sie in sehr gutmütiger Art zu necken.

Louisa war froh, dass nicht der Earl sich neben Ellie gesetzt hatte, denn sie hatte ein Unbehagen bei ihrer Schwester bemerkt, wenn dieser sie ansprach. Bei dem jüngeren Mr. Coke war Ellie jedoch entspannt - sie flirtete sogar ein wenig.

Es musste das Alter sein, dachte Louisa ironisch. Wie irgendjemand den faden Cousin dem Earl vorziehen konnte, verstand sie nicht. Wenn man so frivol war, dass man Äußerlichkeiten bewunderte, hätte jeder zugeben müssen, dass der Earl weit besser, männlicher, aussah. Sie schaute in ihren Schoß und zwang sich, nicht länger an seine beunruhigende Anwesenheit neben ihr zu denken, aber sie ertappte sich, wie ihre Augen auf seinen muskulösen Beinen, die ganz parallel zu ihren auf dem Sitz lagen, doch so viel länger waren, hingen.

Zum zweiten Mal in ebenso vielen Tagen wurde Louisa von dem Eindruck ergriffen, dass er in einem feinen Rock und einer eleganten Kutsche so fehl am Platze war wie ein Fisch auf dem Trockenen.

Auch das plötzliche Interesse des Earls an den weniger Glücklichen war beunruhigend. Gestern hatte er mit seinem Reichtum geprahlt, geschworen, Wycliff House zu einem der elegantesten Häuser Londons zu machen. Wie konnte ein Mann sich innerhalb nur eines Tages so verändern?

Harry drehte sich zu Louisa. „Ich glaube, ihre Schwester pflegt viele unbegründete Ängste."

„Wie scharfsinnig Sie sind", sagte sie spöttisch.

Plötzlich fühlte sie sich in ihrem dunkelgrauen Sergekleid sehr schäbig. Zum ersten Mal seit Jahren verlangte es sie tatsächlich danach, elegante Kleider zu tragen und hübsch auszusehen. Sie sagte sich, dass sie dann besser in der Lage wäre, einen guten Eindruck auf die Lords zu machen, die die Gesetze erließen. Ihr Wunsch, anziehend zu wirken, hatte überhaupt nichts mit dem Mann zu tun, der neben ihr saß.

Als die Kutsche in Mayfair angekommen war, sagte sie: „Ich bin kaum für die große Spazierfahrt angezogen. Ich möchte Sie nicht in Verlegenheit bringen, Mylord."

„Es würde mir nie Verlegenheit bereiten, mit jemandem gesehen zu werden, der so schön wie Sie ist."

Ihr wurde unerklärlich flau im Magen und sie konnte dem prüfenden Blick seiner Lordschaft nicht standhalten. „Sie sind sehr galant."

„Gar nicht. Nur ehrlich."

Sie schluckte. „Vielleicht können wir morgen mit Ihnen in den Park fahren. Dann könnten Ellie und ich uns passender kleiden - das heißt, wenn das nicht Ihren Plänen zuwiderläuft."

„Ich habe keine Pläne, die nicht Sie und ihre bezaubernde Schwester mit einbeziehen."

Kapitel 3

Mrs. Phillips Auffassung über angemessene Erscheinung hatte genau ins Schwarze getroffen, gab Harry zu, als sie am nächsten Nachmittag durch den Hyde Park fuhren; die Männer seiner Bekanntschaft versperrten ihnen fast den Weg, um ihn zu bitten, seiner schönen Begleiterin vorgestellt zu werden. Solche Beliebtheit wäre ihr wahrscheinlich in dem tristen Kleid, das sie am Tag zuvor getragen hatte, nicht zuteil geworden.

Als er sie an diesem Tag aufgesucht hatte, war ihm fast der Atem stehengeblieben, als er die marmorne Treppe hinaufsah, deren Stufen die außergewöhnlich schöne Blondine herabschritt. Da sie noch in Trauer war, trug sie Lavendel, ein dünnes Musselinkleid, das sich weich an die sanften Rundungen ihres Körpers schmiegte. Starke Gefühle stiegen in ihm auf und er war fast froh, dass wieder eine Frau Wycliff House bewohnte.

Fast. Er durfte das Ziel, dessentwegen er die Freundschaft zu dieser ungewöhnlichen Frau pflegte, nicht aus den Augen verlieren.

Louisa durfte mit ihrer heutigen Ausfahrt sehr wohl zufrieden sein, sinnierte Harry. Lord Seymour selbst hatte mit ihr geplaudert und sie zu einem Ball in seinem Haus am Donnerstagabend eingeladen. Das war in der Tat ein Erfolg, da Lord Seymours Macht im Parlament legendär war, obwohl er sich als Whig bezeichnete.

Es war eigentlich sehr bemerkenswert, ihn zu treffen, da ein so mächtiger Mann wie Seymour keine Zeit für müßige Spazierfahrten im Park hatte. An diesem bewussten Tag hatte Seymour sich jedoch entschieden, seine Berühmtheit für die Aufgabe zu nutzen, seine Nichte einer Vielzahl von passenden Ehepartnern vorzustellen.

Der ältere Mann ließ seine Augen über die wundervolle Mrs. Phillips schweifen, dann zog er seinen Hut vor Harry. „Wycliff", sagte er und ließ seinen Phaeton anhalten.

Harry zügelte seine Kutsche neben der des bekannten Whig.

„Ich möchte Sie mit meiner Nichte bekanntmachen, die gerade aus Middlesex in London eingetroffen ist", sagte Lord Seymour. Obwohl er mit Harry zu sprechen schien, wurde die Aufmerksamkeit des Mannes deutlich von der neben diesem sitzenden Frau gefesselt.

Nachdem die Vorstellungen erledigt waren, sagte Louisa: „Ich kann nicht sagen, wie erfreut ich bin, Sie endlich kennenzulernen, Lord Seymour."

Die Augen des Mannes funkelten, aber bevor er antworten konnte, erklärte Harry: „Mrs. Phillips ist ein Blaustrumpf und möchte unbedingt ihre Ideen mächtigen Männern des Parlaments darlegen. Einige könnten ihre Ideen für radikal halten."

„Dann müssen Sie am Donnerstagabend zum Ball in meinem Haus kommen", sagte Lord Seymour zu ihr. „Und Sie auch, Wycliff. Ich gebe Ihnen mein Wort, Mrs. Phillips, dass ich Ihnen dann mein Ohr leihen werde." Lord Seymour nahm seine Reitgerte wieder auf und verabschiedete sich von ihnen.

Harry gab sich große Mühe, nicht in der Nähe seiner vor kurzen abgefundenen Mätresse, Lady Davenwood, zu kommen, obwohl er nicht verhindern konnte, dass die auffällige Frau die Aufmerksamkeit der beiden jungen Damen erweckte, die mit ihm in der Kutsche saßen.

„Sagen Sie bitte, wer ist diese ... stattliche Dame in Purpurrot?", quietschte Miss Sinclair.

Harry beantwortete ihre Frage soweit, dass die Frau Lady Davenwood wäre, wies dann aber den Kutscher an, in die entgegengesetzte Richtung zu fahren.

„Wirklich", sagte Ellie, „ich kann nicht glauben, dass Lady Davenwood nicht dunkelrot wird! Wie kann eine Frau so spärlich bekleidet herumstolzieren?"

Harry konnte ein amüsiertes Grinsen nicht unterdrücken. In der Tat überließ Fanny wenig der Fantasie. Ihr tief ausgeschnittenes Kleid verbarg ihren üppigen Busen kaum - wohl kein Anblick, der sich einem bei hellem Tageslicht in Kerseymeade geboten haben dürfte.

Mrs. Phillips begegnete seinem Blick mit einem leicht irritierten Ausdruck auf dem schönen Gesicht. „Vorsicht, Schatz, oder Lord Wycliff wird dich noch für eine Methodistin halten."

„Sind Sie das nicht?", neckte Harry, die Bemerkung an Louisa richtend.

Sie warf ihm einen verwirrten Blick zu. „Methodistin?"

„Ich hätte gedacht, dass eine Reformerin wie Sie Mr. Wesleys Glauben anhängen würde", sagte er.

„Ich muss zugeben, dass ich den Methodismus eine Zeit lang untersucht habe, dann aber entschied, dass das nichts für mich ist", sagte die

Witwe. „Und Sie sollten wissen, dass Mr. Wesley verkündet, zur Kirche von England zu gehören."

Harry wollte den Eindruck erwecken, als wäre er eifrig darauf bedacht, ihre Ansichten zu verstehen. „Und warum haben Sie sich nicht dem Methodismus zugewandt?"

Sie dachte einen Moment lang nach, bevor sie antwortete. Harry ertappte sich dabei, wie er ihr entschlossenes Profil betrachtete und über ihre klassische Perfektion nachdachte. Etwas an ihr berührte eine Stelle in ihm, wo noch keine Frau je hingelangt war, in einer Weise, die er nicht einmal ansatzweise erklären konnte. Sie war schön, intelligent und völlig unempfindlich für seinen Charme. In der Tat war sie die einzige Frau, die er je kennengelernt hatte, auf die sein Titel keinen Eindruck machte. Als sie schließlich antwortete, machte ihn der besänftigende Ton ihrer melodischen Stimme betroffen.

„Ich bin nicht annähernd fromm genug. Auch glaube ich, dass die Bibel ein Stück Literatur ist und nie dazu gedacht war, auseinandergenommen und wörtlich verstanden zu werden."

Harry hob eine Braue. „Also *lesen* Sie die Bibel?"

Sie nickte. „Und Gedichte und Shakespeare und politische Abhandlungen."

„Und welche politischen Abhandlungen finden Sie am lehrreichsten, Mrs. Phillips?", fragte Harry.

„Obwohl es nicht neu ist, finde ich, dass Thomas Paines *Rights of Man* aufregend ist, und es hat zweifellos die Denker der letzten dreißig Jahre beeinflusst. Mr. Wesley hat sicher auch einiges beigetragen. Und das Gesamtwerk Mr. Benthams ist unvergleichlich. Hannah More ist auch jemand, für den ich großen Respekt empfinde. Und dann gibt es einen jungen Gelehrten, den ich sehr bewundere, den Sohn von James Mill."

„Ist das John Stuart Mill?"

„Sie haben etwas von ihm gelesen?", fragte Mrs. Phillips ungläubig.

Harry tadelte sich selbst, weil er sein gewöhnlich autoritäres Auftreten nicht unterdrückt hatte. Er musste daran denken, bescheidener zu wirken. Er zuckte die Schultern. „Ein Name, der in meinem Kopf auftauchte. Seien Sie versichert, Mrs. Phillips, ich brauche wirklich Ihre Anleitung."

Sie schaute schweigend den vorbeiziehenden Kutschen nach. „Der arme Mr. Mill, der jüngere, er wurde vor kurzem ins Gefängnis geworfen, wo doch alles, was er tat, der Versuch war, den weniger Glücklichen zu helfen."

„Bitte, was hat er getan?", fragte Harry mit besorgter Stimme.

„Er unterrichtete die ungebildeten Massen über die Methoden zur Geburtenkontrolle", antwortete Louisa sachlich.

Edward hüstelte. „Muss sagen, es ist ein wunderschöner Tag, um im Park spazieren zu fahren."

Ellie, die jetzt hochrot geworden war, vermied es, einen ihrer Begleiter anzusehen. „Ja, das ist es", sagte sie mit dünner Stimme. „Ich bin Ihnen so dankbar, dass Sie mir London zeigen. Ich genieße es so sehr."

Während Edward und Miss Sinclair Nettigkeiten austauschten, war Harry entschlossen, Mrs. Phillips von seiner ernsten Absicht, mehr über die liberalen Denker zu lernen, zu überzeugen.

„Sie müssen mir die Schriften des jüngeren Mills zeigen. Ihre Empfehlung ist sicher eine deutliche Unterstützung, da bin ich sicher."

Der Hauch eines Lächelns umspielte ihre Lippen. „Wenn wir nach Wycliff House zurückkommen, werde ich Ihnen meine Bibliothek zur Verfügung stellen."

Er musterte wieder ihr Profil und war nicht in der Lage, sie sich als die Frau des skrupellosen Godwin Phillips vorzustellen. „Sagen Sie, teilte der verstorbene Mr. Phillips Ihre Begeisterung für die liberalen Denker?"

Ihr Gesicht wurde kalt. „Wenn er meine Ansichten auch nicht teilte, erlaubte er mir doch, alle Bücher zu kaufen, die ich wollte. Als er noch lebte, bewahrte ich sie in meinem Zimmer auf. Jetzt stehen sie in der Bibliothek."

Er beschloss, weiter zu bohren. „Hatten Sie auch ihre Dienstagstreffen, als Mr. Phillips noch lebte?"

Sie schüttelte den Kopf und er entdeckte Bosheit in ihrem Gesichtsausdruck. „Nein. Ich bin zu vielen Versammlungen gegangen, aber mit Rücksicht auf die Einstellung meines Mannes habe ich die Blaustrümpfe nicht in sein Haus gebracht. Oder dem, was ich für sein Haus hielt."

„Gehe ich richtig in der Annahme, dass Ihr Mann nicht einverstanden gewesen wäre?"

Sie schluckte. „Ja."

Er spürte, dass sie nicht länger über ihren Mann sprechen wollte, als sie sagte: „Ich glaube wirklich, Sie sollten mit dem Lesen von Mr. Benthams Schriften beginnen."

Harrys Kutsche fuhr vor Wycliff House vor. Er konnte noch immer sein früheres Heim nicht anschauen, ohne von tiefen Gefühlen überwältigt zu werden. So sehr er das Stadthaus wieder an sich bringen wollte, er wusste, dass auch sein Besitz die glücklichen Zeiten und die familiäre Vertrautheit, die er damit verband, nicht wiederbringen würde - noch würde es ohne seine Mutter je dasselbe sein.

Himmel, aber er musste er zurückbekommen. Er würde nichts unversucht lassen, um es wieder in seinen Besitz zu bringen.

Während Ellie und Edward einen Spaziergang im Park des Platzes machten, nahm Mrs. Phillips Harry in ihre Bibliothek mit und räumte alle Bücher aus, die den unwissenden Adligen belehren würden.

* * *

Zwei Tage später schaute Louisa mitleidig zu, wie ein niedergeschlagener Mann in die Menge auf Lord Seymours Ball zurückging. Sie war erst seit einer halben Stunde dort und hatte bereits ein halbes Dutzend Männer abgewiesen, die sie gebeten hatten, mit ihnen zu tanzen. Mit Sicherheit würde der junge Mr. Dithers der letzte sein, der sich ihr näherte. Sie ließ ihren Blick auf Lord Wycliff ruhen, der zu ihrer Linken stand und ertappte ihn dabei, wie er sie mit einem unbestreitbar heißen Blick des Verlangens anschaute. Es war derselbe Ausdruck, der auf seinem Gesicht gelegen hatte, als er sie abholte und sie in ihrem neuen, lavendelfarbenen Kleid die Treppe herunterkam. Bei dieser Erinnerung stieg ihr die Röte in die Wangen und sie wich seinen Augen aus.

Vielleicht war das neue Kleid doch keine so gute Idee gewesen. Obwohl sie es selbst gemacht hatte, war es doch ziemlich zeitraubend gewesen, es fertigzustellen. Sie konnte es sich kaum leisten,

Geld für die Schneiderin auszugeben. Zumindest nicht, bis sie erfahren hatte, was von Godwins Nachlass übriggeblieben war.

Es war an der Zeit, ihre halbherzige Trauer hinter sich zu lassen. Als sie heute Abend, bevor Lord Wycliff kam, vor ihrem Spiegel gestanden hatte, war sie fast verlegen gewesen zu sehen, wie sich die weiche Seide an die Rundung ihrer Brüste schmiegte und sehr freizügig über ihre anderen Rundungen fiel. Obwohl ihr Mieder längst nicht so weit ausgeschnitten war wie die der anderen Frauen hier heute Abend, konnte sie nicht leugnen, dass das Kleid aufreizend war.

Was ganz und gar nicht in ihrer Absicht gelegen hatte. Alles, was sie gewollt hatte, war, hübsch genug auszusehen, um Lord Seymours Aufmerksamkeit auf sich zu lenken. Er war ein sehr mächtiger Mann und sie wollte nicht mehr, als diese Macht in die Richtung ihrer bevorzugten Reformprojekte zu lenken.

Sie musste zugeben, dass Lord Wycliff sich für ihre Ansichten erwärmte, obwohl er ein Adliger war. Sie konnte heute Abend keine Verlegenheit in seinem Verhalten bemerken, als er seine Freunde über ihre radikalen Ideen informierte. In der Tat sprach er sogar mit diesen Männern über ihre Projekte. „Mrs. Phillips ist gegen die Idee, dass nur Landeigentümer wählen dürfen", hatte er gesagt. Oder: „Mrs. Phillips setzt sich für die Schulpflicht ein", wie er zu einem anderen gesagt hatte. Wieder zu einem anderen hatte er gesagt: „Wirklich, ich denke, Mrs. Phillips Vorstellungen von einer Hierarchie der Straftaten - für den Zweck der Gefängnisstrafen - haben viel für sich."

Woraufhin sie geantwortet hatte: „Obwohl ich gerne das Lob für solche genialen Ideen beanspruchen würde, ist tatsächlich Jeremy Bentham das Genie, das diesen Plan erarbeitet hat."

Harry wandte sich an seine Bekannten: „Stellt euch einen Mann vor, der vielleicht eine Hammelkeule gestohlen hat, um seine hungrige Familie zu füttern, erwischt und deshalb gehängt wird. Wie kann für ein so kleines Vergehen die gleiche Strafe verhängt werden wie für einen kaltblütigen Mörder?"

Louisa strahlte, als sie zusah, wie die Gesichter von Lord Wycliffs Freunden sich vor Verständnis erhellten. Sie freute sich besonders, die Bekanntschaft von Lord Wycliffs Freund Lord Jack St. John zu machen.

„Ich glaube, Sie sind mit meiner lieben Freundin Miss Jane Featherstone bekannt", hatte sie gesagt.

„Ja, allerdings. Sie ist, wie ich zugeben muss, die intelligenteste Frau, die ich je kennengelernt habe. Und ihr Vater führt mit ihrer fähigen Unterstützung den meiner Meinung nach besten Salon von London."

„Ich teile Ihre Meinung über Miss Featherstones hervorragende Intelligenz", sagte sie.

St. John musterte seinen Freund. „Ist dies die reformverrückte Dame, von der du mir erzähltest?" Mr. St. John war, wie sie feststellte, einer der seltenen Männer der sie *nicht* abschätzend betrachtete, als wäre sie ein Pferd, das bei Tattersall versteigert werden sollte - was ihn ihr noch lieber machte. Sie bewunderte ernsthafte Männer.

Lord Wycliff nickte. „Sie versucht, mich dazu zu verführen, meinen Sitz im Oberhaus einzunehmen."

„Wozu ich dich schon seit deiner Rückkehr nach England dränge", sagte sein Freund. „Wo du von der Rückkehr nach London sprichst, wusstest du, dass Alex' Bruder Morton beabsichtigt, von der Halbinsel zurückzukommen?"

„Er verkauft sein Offizierspatent?", fragte seine Lordschaft ungläubig.

„Ja. Du weißt es vielleicht nicht, weil es geschah, während du außer Landes warst, aber der alte Herzog ist gestorben und sein ältester Sohn hat die Nachfolge angetreten. Dieser Sohn starb letzte Woche unerwartet an einer geplatzten Hernie, als er Tennis spielte, daher kehrt jetzt der zweite Sohn als neuer Herzog nach England zurück."

„Was unseren Alex als nächsten in die Erbfolge des Herzogtums bringt."

Lord Jack St. zuckte mit den Schultern. „Ich bezweifle, dass der neue Herzog Tennis spielen wird."

Sie war leicht enttäuscht, als Lord Wycliffs Freund sich vom Ball verabschiedete, aber ihre Bewunderung für seine Lordschaft wuchs. Nachdem sie ihn jeden Tag dieser Woche gesehen hatte, begann sie zu erkennen, dass nicht alle Adligen dem Status Quo anhingen, der für wohlhabende Landeigentümer wie sie selbst so vorteilhaft war. Lord Wycliffs fortschrittliche Vorstellungen waren unter ihrer Anleitung in den letzten paar Tagen aufgeblüht wie Frühlingsblumen. Sie erfuhr nicht nur, dass nicht alle Adligen gegen Veränderungen eingestellt waren, sondern auch, dass nicht alle Männer völlig egoistisch waren. Wenn Lord Wycliff in der nächsten Sitzungsperiode im Parlament säße und die Idee, das Wahlrecht zu erweitern, unterstützte, würde er Louisas unsterbliche Verehrung erringen.

Obwohl er sich damit ins eigene Fleisch schneiden würde.

„Lord Seymour hat seinen Posten beim Empfang der Gäste aufgegeben", sagte Lord Wycliff. Obwohl es schwierig war, in dem Lärm von Gelächter und Unterhaltung sowie den Anstrengungen des Orchesters gehört zu werden, beugte er sich dichter zu ihr und flüsterte: „Kommen Sie, lassen Sie uns mit unserem Gastgeber sprechen. Lord Seymour hat eine ziemliche Schwäche für hübsche junge Dinger. Sie sind so ziemlich die schönste Frau hier."

„Bitte, Mylord, sehen Sie mich als jung an?"

„Sie *sind* jung."

„Wie alt sind Sie denn, wenn ich fragen darf?"

„Siebenundzwanzig."

„Ich bin nur drei Jahre jünger als sie, Mylord."

Sie erinnerte sich daran, dass Lord Wycliff gesagt *hatte*, sie wäre die schönste Frau hier. Ihr Herz flatterte - obwohl sie nie zuvor das Objekt der Begierde eines Mannes hatte sein wollen.

Und sie hasste sich selbst für diese Oberflächlichkeit.

Als er seine Hand auf ihrem Rücken ruhen ließ, während er sie zu Lord Seymour führte, verspürte sie ein seltsames Gefühl von Stolz. Sie war sich dessen sehr bewusst gewesen, dass ihr Begleiter von der Hälfte der anwesenden Frauen mit verführerischen Blicken und überschwänglichem Flirten beglückt wurde.

Ihr Gastgeber war ein distinguiert aussehender Mann in den Fünfzigern. Trotz seiner Schlankheit war seine Stimme doch herrisch, wie seine ganze

Haltung. Als junger Mann hatte er sich offensichtlich einen herabhängenden Schnurrbart wachsen lassen, um seiner zierlichen Person mehr Reife zu verleihen. Jetzt war dieser sein Markenzeichen, was ihn auf politischen Karikaturen leicht erkennbar machte.

Louisa entdeckte ein Funkeln in seinen grünen Augen, als sie sich ihm mit Lord Wycliff näherte.

„Ich sehe, Wycliff, dass Sie Ihre charmante Begleiterin mitgebracht haben." Lord Seymour schaute Louisa an. „Mrs. Phillips, nicht wahr?"

„Ja", antwortete Louisa schüchtern. Sie wusste, sie würde ihre Stimme besser beherrschen müssen, wenn sie hoffen wollte, die Gunst dieses bekannten Whigs zu erwerben.

„Mrs. Phillips möchte mit Ihnen über Reformen sprechen", sagte Harry.

Seymours Brauen hoben sich. „Ich freue mich immer, über Reformen zu diskutieren, meine liebe Mrs. Phillips."

Sie trat näher zu dem bekannten Whig und beglückte ihn mit dem, was ihrer Hoffnung nach ihr schönstes Lächeln war, als das Orchester gerade den Tanz beendete. Die relative Stille, die dann folgte, kam ihr sehr gelegen. Jetzt konnte Lord Seymour sie viel besser hören. „Ich möchte Ihnen vor allem die Bedeutung einer Ausweitung des Wahlrechts vor Augen führen."

„Was? Keine Petition, die Kinderarbeit zu reglementieren? Oder das Strafsystem zu reformieren?"

Jetzt überwanden ihre Überzeugungen jede Schüchternheit. Sie war auf festem Boden, wenn sie ihre Ansichten darlegte. „Obwohl ich ernsthaft über die Ausbeutung von Kindern und der Ungerechtigkeit unseres Strafsystems ernsthaft beunruhigt bin, glaube ich, dass die schwerwiegendsten Probleme gelöst werden könnten, wenn das Wahlrecht nicht nur ein paar Privilegierten unter Ausschluss derer, die von den Gesetzen am meisten betroffen sind, überlassen bleibt. Wenn diejenigen ihre Stimme abgeben dürften, deren Angehörige bei den kleinsten Vergehen deportiert werden, könnten wir sicher sein, dass die strengen Strafen der heutigen Gesetze gemildert werden dürften."

„Gut gesprochen, meine Liebe", sagte Seymour mit funkelnden Augen. „Sie müssen von Philip Lewis, einem Mann, den ich sehr bewundere, beeinflusst worden sein."

Ein berauschendes Gefühl von Stolz kam in Louisa auf und sie musste ihr Verlangen bekämpfen, einfach zu rufen: *Ich bin Philip Lewis!* Stattdessen verbeugte sie sich bescheiden und sagte: „Ja, ich bewundere ihn auch." Sie hätte fast gewürgt, als sie ihr Alter Ego *ihn* nennen musste.

Gerade da kam Lord Seymours aufgeregte Nichte zu ihrem Onkel gehuscht und legte besitzergreifend eine Hand auf seinen Unterarm. „Onkel! *Er* ist hier. Willst du nicht kommen, um ihn kennenzulernen?"

Lord Seymour entschuldigte sich und verschwand eilig auf den zierlichen Fersen seiner Nichte.

Nachdem er fort war, drehte Louisa sich zu Lord Wycliff. „Ich bin sehr dankbar für die Gelegenheit, die Sie mir verschafften, mit Lord Seymour und mit Lord Jack - Mr. St. John zu sprechen."

Lord Wycliff lächelte. „Einen Moment lang wusste ich nicht von wem Sie sprechen. Sehen Sie, in Eton wurde Lord Jack immer Sinjin gerufen, eine Verkürzung seines Nachnamens."

„St. John", murmelte sie.

Er schaute aus seiner beträchtlichen Höhe zu ihr herab. Auf seinem Gesicht lag ein deutlich bewundernder Eindruck, als er zu ihr sprach. „Dann bitte ich Sie, mir das zu entgelten, indem Sie mit mir Walzer tanzen."

Da ging es wieder los. Dieses lächerliche Flattern in ihrer Brust, als er ihre Hand in seinen festen Griff nahm und sie auf die Tanzfläche führte. Er hatte ihr nicht einmal erlaubt zu widersprechen. Und als er sie wirklich in seine Arme nahm, fürchtete sie, sie würde ohnmächtig werden. Unerklärlicherweise hatte er bis jetzt nicht wie ein echter Mann auf sie gewirkt. Er war ein Adliger. Ein lebloses Objekt, das man nur verachten konnte.

Aber der Mann, dessen Hände sich so fest um ihre schlossen, war sehr lebendig. Und sehr attraktiv: groß und stark und voller Männlichkeit. Sie errötete, als sie flüchtig an seine sexuellen Gelüste dachte. Sie vermutete, er müsste ein sehr geübter Liebhaber sein. Vermutlich hatte er mit vielen Frauen in diesem Raum herumgetändelt, wenn sie nach den eifersüchtigen Blicken urteilte, die sie jetzt auffing.

Wie schade, dass es so etwas wie einen vertrauenswürdigen Mann nicht gab.

* * *

Mit Mrs. Phillips zu tanzen erfüllte Harry mit einem seltsamen Gefühl von Stolz. Obwohl sie nicht annähernd so prachtvoll gekleidet war wie die meisten Frauen hier an diesem Abend, überstrahlte sie die anderen mit ihrer einfachen Schönheit. Ihr Kleid floss glatt von unter ihrem rundlichen Busen hinab und schmiegte sich an ihre weichen Kurven. Er ertappte sich bei der Überlegung, wie sie aussehen würde, wenn das heruntergelassene Haar ihr über die bloßen, glatten Schultern fiele.

Selbst ungeachtet ihrer Schönheit musste er sie bewundern. Sie war von ihren Absichten bei ihrem kurzen Zusammentreffen mit einigen der führenden Whigs im Parlament nicht abgewichen. Ihr Wissen und ihre große Mitleidsfähigkeit überstieg die aller anderer hier anwesenden Damen zusammen.

Er schaute auf die Oberseite ihres blonden Kopfes hinab, wo das Kerzenlicht einen silbrigen Schimmer über ihre weichen Locken warf. „Danke", murmelte er.

Sie sah zu ihm auf. Es fiel ihm schwer, seine Gedanken zu ordnen, während er in die porzellanartige Perfektion ihres Gesichts blickte. „Wofür?"

„Für Ihre Erklärungen. Ich habe die ganze letzte Nacht mit Mr. Benthams Schriften verbracht." Himmel, was für ein unaufrichtiger Schurke er war!

„Sie fanden sie aufschlussreich?"

„Nicht nur aufschlussreich, sondern ich habe entdeckt, dass mein ganzes Leben in die falsche Richtung lief."

Sie lächelte und er dachte, dass ihre schlanke Hand seine eigene vielleicht ein wenig fester drückte.

* * *

Später an diesem Abend war Louisa überglücklich, sich direkt rechts neben ihrem Gastgeber platziert zu finden. Hatte Lord Wycliff das für sie arrangiert? Oder wünschte Lord Seymour selbst, seine Bekanntschaft mit ihr zu vertiefen?

Während des Diners richtete Lord Seymour sehr viele Bemerkungen an sie. „Mrs. Phillips ein sehr großes Bedürfnis nach Gerechtigkeit", erklärte er den Gästen am Kopf der Tafel. „Sie hat sehr überzeugend dargelegt, warum die Bürgerschaft das Wahlrecht erhalten sollte."

„Nein, wirklich", sagte Mrs. Aker-Jones und starrte Louisa über den Tisch hinweg an. „Ist die unglückselige Frau irrsinnig? Die ungebildeten Massen würden vermutlich alle Gefängnistore öffnen und es würde zu völligem Chaos führen."

„Ich bin weder eine unglückselige Frau, noch bin ich verrückt", erwiderte Louisa. „Obwohl Sie unter einem Mangel an Verstand leiden müssen, wenn Sie sich ein solches Szenario ausmalen."

„Nun, ich ..."

„Bitte, meine Damen", warf Lord Seymour ein. „Ich hatte keine Ahnung, dass meine Bemerkung zu einer solchen Kontroverse führen würde."

„Ich bin es gewöhnt, von Kontroversen umgeben zu sein", sagte Louisa. „Sollte ich Sie gekränkt haben, Lord Seymour, tut mir das sehr leid, aber ich kann nicht anders, als meine Meinung zu sagen. Wie Sie wissen, bin ich bei meinem Streben nach Gerechtigkeit sehr zielstrebig."

Lord Seymour legte seine schmale weiße Hand über ihre. „Ein nobles Unterfangen, sicher, aber darf ich hinzufügen, dass das Leben sehr ungerecht ist, meine Liebe, eine Tatsache, die Sie verstehen werden, wenn Sie mein Alter erreichen."

Als ob sie nichts über Ungerechtigkeiten wüsste! „Ich hoffe, dass ich nie so zynisch sein werde, dass ich nicht das Bedürfnis habe, den unterdrückten Menschen zu helfen, die keine

Stimme haben."

Lord Seymour überraschte sie, als er ihre Hand drückte.

„Das hoffe ich auch", sagte er.

* * *

Harry saß beim Diner gegenüber von Mrs. Phillips. Er war unfähig, seinen Blick von ihr abzuwenden und strengte sich an, ihre sanfte Stimme zu hören, was keine leichte Aufgabe war, da Mrs. Aker-Jones darauf bedacht schien, ihn in ein Gespräch zu ziehen und ihm die Vorzüge ihrer Tochter aufzuzählen, die starke Ähnlichkeit mit einer Bohnenstange hatte. Als er Mrs. Phillips Selbstbewusstsein beobachtete, während sie mit dem mächtigen Lord über ihre Anliegen sprach, fühlte Harry unerwartet Stolz in sich aufsteigen.

Er bewunderte sie mehr, als er mit ihr einer Meinung war.

Obwohl sie sich wie ein Fisch auf dem Trockenen hätte vorkommen müssen, war sie das überraschend nicht. Ihre Worte waren beredsam, ihre Erscheinung elegant.

Nur eines bereitete Harry Sorge. Lord Seymour. Obwohl der Mann im Oberhaus größten Respekt genoss, waren seine privaten Tändeleien mit schönen Frauen alles andere als bewundernswert. Als Harry beobachtete, wie der Mann Louisa tätschelte, schwor er, dass er es Seymour nie erlauben würde, die Vertraulichkeit mit Mrs. Phillips zu finden, die der Whig so offensichtlich begehrte.

Harry verspürte ein seltsames Gefühl, sie beschützen zu wollen. Ihre Courage, das erkannte er instinktiv, verbarg nur ihre Unschuld.

Als er sie ein paar Stunden später bei Wycliff House absetzte, sagte sie: „Morgen werde ich

Ihnen die Adresse des Anwalts geben."

Das war, worauf er gewartet hatte. Er hätte begeistert sein sollen.

Stattdessen kam er sich vor wie ein Verräter.

Kapitel 4

„Ich muss sagen, Louisa, du siehst viel schöner aus als bei meiner Ankunft", sagte Ellie. „Ich vermute, es legt daran, dass du Farben trägst." Die Augen der jungen Frau wurden rund und ihre flache Hand flog vor ihren Mund. „Aber wirklich, Louisa, du solltest schwarz tragen. Es gehört sich nicht, den eigenen Mann nicht zu betrauern. Selbst, wenn du ihn nicht geliebt hast. Denk an den Anstand!"

Wie verschieden Ellie und sie waren, dachte Louisa. Trotz Ellies Behauptung, sich die ungewöhnlichen Ansichten ihrer Schwester zu eigen zu machen, war Ellies Einstellung im Herzen doch konservativ. Louisa fragte sich, ob ihre eigenen Einstellungen sich vielleicht eher der Norm angepasst hätten, wäre ihr Leben normaler gewesen.

Eilig steckte sie ihre Haare fertig auf. Sie fühlte sich schuldig, weil sie in diesen letzten Tagen ungewöhnlich viel Zeit mit ihrer Toilette verbrachte. Zum ersten Mal seit Jahren wollte sie wirklich hübsch aussehen.

Und das bereitete ihr großes Schuldbewusstsein.

Aber sie fühlte sich keineswegs schuldbewusst, weil sie nicht wegen eines Ehemannes Trauer trug, den sie nie hatte lieben können. „Um jemanden zu trauern, den ich verabscheute, wäre die Verkörperung der Unehrlichkeit, und du weißt, dass ich Lügner nicht ausstehen kann."

„Sicher", sagte Ellie. „Wenn du nicht Trauer tragen willst, bin ich sehr froh, dass du deine Abneigung gegen Weiblichkeit beiseitegeschoben hast und ich wage zu behaupten, dass es Lord Wycliff auch gefällt. Ich glaube, er hegt romantische Gefühle für dich."

Louisa hatte wenig Geduld mit den törichten romantischen Vorstellungen ihrer Schwester. Die bloße Idee, dass ein Adliger amouröse Gefühle für sie hegen könnte, war absurd. „Ich versichere dir, dass Lord Wycliff mich nur erträgt, weil er sein Wissen vergrößern möchte - und um zu erfahren, wem sein früheres Haus gehört." Sie wirbelte vor dem Spiegel herum. „Selbst, wenn er von mir irgendwie angezogen wäre - und ich kann dir versichern, dass er das nicht ist - wäre eine Verbindung zwischen einem Adligen und mir für uns beide völlig inakzeptabel."

Bevor sie das Zimmer verließ, warf Louisa einen letzten Blick in den Spiegel, ziemlich erfreut über die Art, wie ihr safrangelbes Kleid fiel. Sie dachte, es ließe sie etwas größer aussehen - was sehr gut war. Dann befestigte sie ihre goldenen Ohrringe, zornig über dieses neuentdeckte Bedürfnis, hübsch auszusehen, wenn ein Besuch seiner Lordschaft bevorstand.

Als sie die Treppe hinabgingen, dachte sie weiter über das nach, was Ellie gesagt hatte. *Ich glaube, der Earl hegt romantische Gefühle für dich.* Louisa konnte nicht leugnen, dass Lord Wycliff sie während des Walzers bei Lord Seymours Ball ein weniger fester gehalten hatte als nötig, und die Art wie sein stetiger Blick auf ihre geruht hatte, ließ sie sich völlig nackt fühlen. Sein stilles Flirten hatte sich nicht darauf beschränkt. Sie dachte an die Art, wie er ihre Hand länger als notwendig festhielt, wenn er ihr in seine Kutsche half, und wie er in der Kutsche immer neben ihr saß, sodass sein kräftiger Oberschenkel den ihren ganz leicht streifte.

Solches Verhalten wurde zweifellos von allen Adligen an den Tag gelegt, besonders von denen, die so jung, männlich und ungebunden waren wie Lord Wycliff. Sie war sich sicher, dass diesen Männern an nichts lag als ihrer eigenen Befriedigung. Verschwender, allesamt!

Dann war sie fast am Fuß der Treppe und fand ihn dort vor. Sie hatte nicht einmal gewusst, dass er gekommen war und nun stand er dort, seine Stiefel fest auf den Marmorboden gepflanzt, als er zu ihr aufschaute und sie mit einem düsteren, unergründlichen Blick musterte. Sie tat es ihm nach, ließ ihre Augen von dem dunklen Haar, das er unbedeckt trug, über den wohlgeschnittenen Rock wandern, der seine breiten Schultern bedeckte und bis zu seiner schlanken Taille gleiten. Sie konnte verstehen, wie hohlköpfige Frauen sich in einen Mann wie Lord Wycliff verlieben konnten.

Gott sei Dank war sie kein so hohlköpfiges Frauenzimmer.

Wieder huschten Lord Wycliffs warme braune Augen über ihren ganzen Körper. Hätte Godwin sie auf diese Weise angesehen, wäre ihr übel geworden und sie hätte sich gewünscht, nie geboren worden zu sein. Lord Wycliffs sehnsüchtiger Blick andererseits ließ ihr Innerstes erzittern und erweckte überall eine nicht unangenehme Erregung. Zum ersten Mal seit Jahren fühlte sie sich unerklärlich weiblich und seltsamerweise begehrenswert und schön.

Und war wütend auf sich selbst, weil sie sich so

fühlte.

Sie bot ihm ihre Hand - eine Geste, die sie vor zwei Wochen für undenkbar gehalten hätte - und knirschte darüber, dass sie sich ihm so leicht anpasste, mit den Zähnen.

„Ach, Mrs. Phillips, wie hübsch Sie heute aussehen", sagte er und drückte seine Lippen auf ihre Hand. Dann sah er hastig zu Ellie, die einen Schritt hinter ihrer Schwester stand. Ihr nickte er nur zu. „Guten Tag, Miss Sinclair."

Sein jugendlicher Cousin, der seinen Hut in den Händen drehte, trat vor und verbeugte sich vor den beiden jungen Frauen, wobei seine Augen ausschließlich auf der jüngeren Schwester ruhten. „Guten Morgen, meine Damen."

Während sie sich alle im Foyer versammelten, wandte Louisa sich an Ellie. „Erlaube doch Mr. Coke, dich zu einem Spaziergang auf dem Platz zu führen. Ich bin sicher, dass du die Informationen, die ich Lord Wycliff mitteilen muss, recht langweilig finden wirst."

Louisa bemerkte die Heiterkeit, die in Mr. Cokes Augen funkelte, bevor er seinen Hut aufsetzte und Ellie seinen Arm bot, woraufhin die beiden davonschlenderten.

Louisa war es nicht gewöhnt, mit Lord Wycliff allein zu sein und ihr Herz flatterte, als sie sich ihm zuwandte. „Möchten Sie mir nicht in die Bibliothek folgen?"

Zu ihrer Bestürzung nahm er ihren Arm, so wie sein Cousin es bei ihrer Schwester gemacht hatte. Fühlte Ellie sich so leicht und albern, wie sie es jetzt tat? Sie war so in ihrer eigenen Welt verhaftet gewesen, dass sie Ellie und ihrer Beziehung zu dem angenehmen Mr. Coke keinen Gedanken gewidmet hatte. Jetzt, als sie darüber nachdachte, wurde ihr klar, dass Ellie jede Menge freundlicher Bemerkungen über den jungen Mann gemacht hatte. Er schien *wirklich* recht nett. Und er betrug sich ihrer Schwester gegenüber mit großem Anstand. Dennoch ... Louisa hatte nie einen Mann kennengelernt, der ihres Vertrauens würdig gewesen wäre.

Sie nahm auf dem seidenen Sofa in der Bibliothek gegenüber von Lord Wycliff Platz. Einen Moment lang vergaß sie seine Anwesenheit. Ihr wurde ihre elegante Umgebung bewusst und ihr wurde klar, dass diese prachtvolle Einrichtung ihr nichts bedeutete. Sie brauchte solch teure Pracht nicht, noch gefiel sie ihr. Aber sie brauchte ein Dach über ihrem Kopf, obwohl dieses Dach nie in Kerseymeade sein würde. Sie würde lieber auf den Straßen betteln, bevor sie je wieder einen Fuß in das Haus ihres Vaters setzte.

Ihr Magen zog sich bei der Erinnerung zusammen, dass Godwin, obwohl sie ihm eine pflichtbewusste Ehefrau gewesen war, nicht die Güte besessen hatte, für ihre Zukunft zu sorgen. Sie hatte in diesem Quartal kein Geld erhalten und der Anwalt, den sie gebeten hatte, das aufzuklären, hatte sich noch nicht wieder bei ihr gemeldet.

Der Gedanke, ebenso mittellos wie obdachlos zu sein, ließ ihr Herz sinken.

„Sie waren gestern Abend so ziemlich die schönste Frau auf dem Ball, Mrs. Phillips", sagte Lord Wycliff.

„Sie kennen mich schlecht, Mylord, wenn Sie meinen, dass eine solche Bemerkung ein Kompliment wäre. Würden Sie sagen, dass Lord Seymour im Parlament zugunsten meiner Ideen sprechen möchte, das, Sir, würde mir den Kopf verdrehen."

Ein trockenes Grinsen huschte über sein Gesicht. „Wir werden weiter auf dieses Ziel hinarbeiten, Ma'am."

„Wir?"

Er nickte. „Ich muss gestehen, dass Sie mich bekehrt haben. Sie und ich werden uns in die Gesellschaft einschleichen mit dem alleinigen Ziel, die müßigen Adligen *aufzuklären*."

Sie warf ihm einen zweifelnden Blick zu. Meinte er das ernst? Hatte sie ihn wirklich bekehrt? Würde er ihr wirklich Zutritt zur *feinen Gesellschaft* erwirken, um die Lords über die Notwendigkeit der Reformen zu belehren? Irgendwie konnte sie nicht recht an Lord Wycliffs Aufrichtigkeit glauben. Außer an jenem ersten Tag hatte er nichts als Verständnis für ihre Vorstellungen gezeigt, aber aus einem unerklärlichen Grund hegte sie Zweifel an seiner Ehrlichkeit.

„Heißt das, Sie werden Ihren Platz im Oberhaus einnehmen, Mylord?"

Seine Antwort kam nicht so schnell, wie sie es gerne gesehen hätte.

„Ja. Sobald ich meine privaten Angelegenheiten geordnet habe."

Sie erstarrte. „Und eine dieser privaten Angelegenheiten ist natürlich, Wycliff House wieder in Ihren Besitz zu bringen."

„Ja." Er beobachtete sie düster.

Ihre Brust wogte. „Sehr wohl, Mylord. Ich werde Ihnen nicht nur den Namen des Anwalts nennen, sondern Sie auch heute dorthin begleiten." Das würde ihr die Kosten für eine Mietkutsche sparen, dachte sie befriedigt. Vor zwei Wochen hatte sie Pferde und Kutsche verkauft und war gezwungen gewesen, den Stallburschen zu entlassen, als sie erfuhr, dass kein Geld da war.

Sie erhaschte einen Funken der Befriedigung in Lord Wycliffs Gesicht, als er aufstand.

Ihre Augen flogen schnell von seinen muskulösen Schenkeln zu seinem flachen Bauch, dann zu den bemerkenswert breiten Schultern und sie holte tief Atem, als sie aufstand.

„Werden wir die Gesellschaft meines Cousins und Ihrer Schwester bei unserer Ausfahrt haben?", fragte er.

Sie stemmte die Hände in die Taille. „Es ist *keine* Ausfahrt, Mylord. Nur eine geschäftliche Besprechung. Es trifft sich, dass ich selbst wegen Geschäften privater Natur den Anwalt aufsuchen muss."

„Aber Sie haben meine Frage nicht beantwortet, Mrs. Phillips."

Sie starrte ihn verwirrt an. Warum brachte der Mann sie so aus der Fassung? Warum hatte seine Anwesenheit die Fähigkeit, ihr das klare Denken zu rauben?

„Brauchen Sie Ihre Schwester als Anstandsdame?", fragte er.

Dachte er, sie wäre so kopflos wie ein Schulmädchen? Oder eine leichte Eroberung? Sie würde es ihm zeigen, diesem arroganten Aristokraten! „Natürlich brauche ich keine Anstandsdame. Ich bin eine Frau, die acht Jahre verheiratet war. Als Frau mit so umfangreicher Erfahrung werde ich nicht leicht zum Opfer intriganter Männer."

Er stieß ein Lachen aus. „Verzeihung, aber mit Sicherheit wird eine Frau von so großer Erfahrung mich nicht mit dem Etikett *intriganter Mann* versehen."

„Das, Lord Wycliff, werden wir ja sehen." Dann rauschte sie aus dem Raum und rief nach Williams, um ihr Jäckchen zu holen.

„Auf der anderen Seite, Lord Wycliff", sagte sie zu ihm, während sie darauf wartete, dass ihr Butler zurückkam, „würde ich meine Schwester als junges Mädchen nicht in den Klauen Ihres weltgewandten Cousins zurücklassen." *Weltgewandter Cousin*? Eine so fragwürdige Beschreibung des bisher anständigen Mr. Coke klang selbst in ihren eigenen Ohren falsch.

Lord Wycliff warf seinen Kopf in den Nacken und brüllte vor Lachen. „Ich kann Ihnen versichern, dass mein Cousin ein äußerst ehrbarer Mann ist."

Louisa wirbelte zu ihm herum, ihre blauen Augen blitzten. „Hält sein Vater sich keine Mätressen?"

Lord Wycliffs Gesicht wurde weiß und streng. „Haben wir uns nicht bei unserem ersten Zusammentreffen darauf geeinigt, dass jeder Mensch ein Individuum ist und entsprechend beurteilt werden sollte?"

Ihr Gesicht wurde rot. Sie schluckte. „Natürlich, Sie haben recht. Es steht Mr. Coke zu, nach seinem eigenen Verdienst beurteilt zu werden. Ich entschuldige mich."

„Ich gebe Ihnen mein Wort, dass Edward ein ehrenhafter Mann ist."

Als ob *sein* Wort etwas zu bedeuten hätte, aber sie wagte nicht, das jetzt in Frage zu stellen. Sie nickte nur, unfähig, seinem vernichtenden Blick zu begegnen.

Da es ein so schöner Tag war und Louisa wusste, dass Ellie und Mr. Coke sich bei dem Anwalt unerträglich langweilen würden, schlug sie vor, dass die beiden jungen Verwandten zurückbleiben sollten.

„Es ist besser, wenn Miss Sinclair und mein Cousin weiter draußen den Park genießen", stimmte er zu. „Es ist schließlich ein so schöner Tag."

Nachdem er dem Kutscher die Adresse des Anwalts gegeben hatte, half Lord Wycliff Louisa in seine Kutsche und setzte sich zu ihrer Überraschung auf seinen gewohnten Platz neben ihr. Sie waren noch nie zuvor allein in der Kutsche gewesen. Ellie und Mr. Coke hatten immer auf der einen Seite, sie und Lord Wycliff auf der anderen gesessen. Sie wusste, dass sie Lord Wycliff tadeln und darauf bestehen sollte, dass er sich ihr gegenüber setzte, aber ihre Stimme versagte ihr den Dienst. Ihn darum zu bitten, würde bedeuten, dass etwas Unanständiges daran war, wie sie nebeneinander saßen, und es würde sie in große Verlegenheit bringen, wenn er dächte, dass sie so etwas unterstellen könnte.

Daher saß sie auf der Fahrt in die City neben ihm, äußerlich ruhig, während in ihrem Inneren großer Aufruhr herrschte. Es dauerte einige Zeit, bis sie ihrer Stimme zutraute, beim Sprechen nicht zu wanken. „Würden Sie sich lieber unter vier Augen mit dem Anwalt, Mr. Twining, unterhalten?"

„Ich habe nichts vor Ihnen zu verbergen, aber Mr. Twining vielleicht. Sehen Sie, wenn ich die Information, die ich brauche, nicht von ihm bekomme, beabsichtige ich, den Mann zu bestechen."

Louisa wusste, dass sie über sein arrogantes Handeln hätte empört sein sollen, aber sie fühlte sich stattdessen leicht erfreut, dass er ihr gegenüber aufrichtig war. Die Wahrheit, hatte sie festgestellt, war den meisten Männern fremd. „Dann gehen Sie unbedingt allein zu ihm hinein", sagte sie. „Wird es Ihnen etwas ausmachen zu warten, während ich mit ihm über meine Angelegenheiten spreche - die ich unbedingt vor Ihnen geheim halten möchte, Mylord."

Er grinste. Ein verheerend anziehendes Grinsen. Dieser verflixte Mann!

„Nehmen Sie sich so viel Zeit, wie Sie brauchen."

Die Kutsche bog nach rechts ab und sie fiel gegen ihn, ihre Schenkel waren so dicht beieinander wie Seiten in einem Buch. Und wieder versetzte dieses überwältigende Rühren tief in ihr sie völlig in Aufruhr.

Sie mied seinen Blick und setzte sich hastig wieder zur Seite.

Einen Moment später kamen sie in Mr. Twinings Geschäftsräumen an.

Lord Wycliff bestand darauf, dass sie ihre Geschäfte zuerst erledigte.

Als Louisa Mr. Twinings inneres Büro betrat, stand der Anwalt auf. Er war in Godwins Alter und war Godwins Anwalt gewesen, lange bevor sie und Godwin geheiratet hatten. Wie Godwin war er dick, die Knöpfe an seiner Weste spannten sich vor seinem runden Bauch. Sie hob ihren Blick zu seinem angenehmen Gesicht, wo seine buschigen grauen Koteletten ihre Aufmerksamkeit weckten.

„Es tut mir so leid um Mr. Phillips", begann er und seine Augen huschten über ihr helles Kleid - kein Trauerkleid.

„Wie sie feststellen", sagte sie knapp, „habe ich es vorgezogen, keine Trauer zu tragen. Ich bin nicht hier, um über Godwin zu sprechen, sondern um zu erfahren, in welchen finanziellen Umständen er mich zurückgelassen hat."

Ohne, dass es ihr angeboten worden wäre, setzte sie sich vor den Schreibtisch des Anwalts auf einen breiten Stuhl mit hölzernen Armlehnen.

Ein Ausdruck von - was? Misstrauen? Missbilligung? oder Mitleid? - huschte über sein breitwangiges Gesicht, als er sich setzte. Er hüstelte, dann klingelte er nach seinem Schreiber. Als der junge Mann das Büro betrat, wies Mr. Twining ihn an, Mr. Godwin Phillips' Unterlagen zu bringen.

Einen Moment später befanden sich diese Papiere in Mr. Twinings Händen. Er blätterte einige Seiten um, während seine Augen den Druck überflogen. Er hüstelte wieder. Es war kein richtiges Husten, sondern ein Ausdruck des Zögerns.

„Wie ich Ihnen vor zwei Wochen erklärt habe, Mrs. Phillips", begann er, „war Ihr Ehemann nicht der Eigentümer des Hauses am Grosvenor Square. Er war mehr oder weniger dessen Betreuer im Auftrag seines Wohltäters."

„Seines Wohltäters?", fragte sie ungläubig. Godwin hatte keine engen Freunde gehabt und Gott wusste, dass er nicht sympathisch genug gewesen war, um einen Wohltäter zu haben. Dann erinnerte sie sich an die Abende, wenn Godwin sie angewiesen hatte, nicht nach unten zu kommen, da eine sehr wichtige Persönlichkeit ihm einen heimlichen Besuch abstatten würde. Irgendein Lord Sowieso. Nicht, dass Godwin ihr je so viel verraten hätte. Aber wegen der Geheimnistuerei hatte sie sich durch die dunklen Gänge gestohlen und versucht, die Männer beim Sprechen zu belauschen. Das einzige, was sie gehört hatte, war, dass ihr Mann den anderen mit *Mylord* ansprach.

„Wer ist dieser Mann?", fragte sie.

„Es steht mir nicht frei, Ihnen das mitzuteilen."

Ihre Hände ballten sich in ihrem Schoß zu Fäusten, ihre Lippen pressten sich zusammen. „Dann sagen Sie mir, in welchem Verhältnis dieser Mann zu meinem Gatten stand."

„Darüber ist mir nichts bekannt."

Sie hob die Schultern. „Hat mein Mann ein anderes - kleineres - Haus für mich zur Verfügung gestellt?"

Er schüttelte traurig den Kopf. „Ich fürchte, nein, Mrs. Phillips."

„Als seine einzige Erbin steht mir der gesamte Nachlass meines Mannes zu."

„Das leugne ich nicht, Mrs. Phillips. Es ist nur so, dass sein Nachlass sehr gering ist. Als er zur Zeit Ihrer Heirat dauerhaft nach London zog, verkaufte er alles, was er besaß, und wie Sie wissen, hatte Ihr Mann einen recht kostspieligen Geschmack. Seine Rechnungen waren gewaltig. Ja, seine Kosten allein bei Waiters ..."

„Ich bin nicht an Godwins kostspieligem Lebenswandel interessiert. Ich kenne die Einzelheiten nur zu genau. Was ich fordere, Mr. Twining, ist die genaue Summe dessen, was nach seinen extravaganten Ausgaben noch übrig ist. Wie viel bekomme ich?" *Für was für ein geldgieriges Luder Mr. Twining mich halten muss.*

Sie beugte sich vor.

Er räusperte sich. „Wie Ihnen bekannt ist, steht Ihnen nichts vom Mobiliar des Grosvenor Square zu." Er blätterte in den Papieren, hüstelte wieder. „Ich glaube, zum Zeitpunkt seines Todes hatte Mr.

Phillips die Gesamtsumme von siebenunddreißig Pfund bei der Bank. Diese geht natürlich auf Sie über."

Sie nickte, ihr Zorn wuchs.

„Dann können Sie natürlich allen Schmuck und alle Kleidung, die er Ihnen geschenkt hat, behalten."

So viel hatte sie gewusst. Nicht, dass Godwin ihr gegenüber so großzügig gewesen wäre. Bei den Gelegenheiten, wenn sie auf Feste und Bälle gegangen waren, hatte er sie mit Schmuck überschüttet, den sie zu auffällig fand und nur trug, wenn er darauf bestand. Diesen besaß sie noch und er sollte genug einbringen, dass sie sich ein Häuschen leisten könnte, aber mit Sicherheit würde sie nicht den Rest ihres Lebens von siebenunddreißig Pfund leben können! Mit Sicherheit musste noch mehr Geld da sein. Schließlich war Godwin ein vermögender Mann gewesen.

„Und wie Sie wissen, überließ Mr. Phillips bei ihrer Heirat ihrem Vater einen großzügigen Betrag."

Ihr Magen drehte sich um und Wut durchströmte sie. „Wie viel?", verlangte sie zu wissen.

„Eintausend Pfund."

Eine unglaubliche Summe. Von diesem Geld hätte sie viele Jahre lang leben können. Sie schluckte schwer. „Ich will nichts von Godwins Ausgaben wissen. Ich will wissen, was übrig ist."

Er hüstelte wieder. „Das ist eigentlich alles, Mrs. Phillips. Das Geld auf der Bank und Ihr persönliches Eigentum. Und, wenn Sie vielleicht etwas von Mr. Phillips persönlichen Sachen verkaufen möchten, wie etwa Schnupftabakdosen oder Taschenuhr oder ...“

„Ich verstehe, was Sie meinen, Mr. Twining.“ Sie stand auf, königlich und stolz. „Sagen Sie mir, wann ich mein Heim verlassen muss.“

„Der Eigentümer des Hauses hat freundlicherweise erklärt, dass Sie bis zum Ende des nächsten Monats dort bleiben dürfen.“

Sie rechnete im Geiste aus, dass Godwins Besitztümer vielleicht dreißig oder vierzig Pfund einbringen würden und dass sie weniger als einen Monat hatte, um eine neue Bleibe zu finden. Daraufhin erhob sie sich und entbot dem Anwalt einen guten Tag.

* * *

Harry gefiel der besorgte Blick auf Mrs. Phillips Gesicht nicht, als sie das Büro des Anwalts verließ. Er bekämpfte das unerwartete Bedürfnis, sie in seine Arme zu schließen und ihre Probleme wegzustreicheln. Selbst, wenn sie ein verdammter Blaustrumpf war.

Er stand auf und begegnete ihrem düsteren Blick mit einem mitfühlenden, dann drückte er ihren Arm, als er an ihr vorbeiging und Mr. Twinings Büro betrat, dessen Tür er hinter sich schloss.

Der Schreiber hatte ihn als Lord Wycliff angekündigt. Mr. Twining begrüßte den Lord mit einem breiten Lächeln auf seinem runden Gesicht. „Wie kann ich Ihnen heute zu Diensten sein, Mylord?“

„Ich will nicht um den heißen Brei herumreden, Twining. Ich möchte Wycliff House wiederhaben und bin bereit, mit dem derzeitigen Eigentümer in Verhandlung zu treten.“

Das Lächeln auf Mr. Twinings Gesicht verblasste. „Ich werde Ihre Wünsche natürlich dem Eigentümer übermitteln."

„Und wer wäre das?", fragte Harry.

Mr. Twining hustete. Einen falscheren Husten hatte Harry noch nie gehört.

„Ich muss hier auf meine Schweigepflicht verweisen, ich darf Ihnen die Auskunft, die sie wünschen, nicht geben, Mylord."

„Kommen Sie, Twining, jeder Mann hat seinen Preis. Wie ist der Ihre? Wie viel muss ich Ihnen zahlen, um den Namen des Eigentümers meines früheren Heims zu bekommen?"

Er zog einen Beutel mit Goldstücken heraus und legte ihn auf den Schreibtisch des Anwalts.

Mr. Twining schaute von den Münzen zu Harry, seine Augen waren glasig. Auf seiner Stirn perlte der Schweiß. Dann schüttelte er den Kopf. „Ich bin ein ehrbarer Mann. Ich werde solche vertraulichen Informationen nicht preisgeben."

Harry war es nicht gewöhnt, zurückgewiesen zu werden. Jeder hatte seinen Preis, aber er wusste, dass dieser Mann nicht nachgeben würde. Nicht, weil er ehrbar war.

Sondern, weil er Angst hatte. Zuletzt hatte Harry solche Angst auf dem Gesicht eines Mannes gesehen, als er sich anschickte, diesem Mann ein Schwert in den Bauch zu rammen.

Kapitel 5

Die Rückfahrt zum Grosvenor Square verlief sehr ernst. Mrs. Phillips war offensichtlich ebenso enttäuscht worden wie er. Seltsam, ihre Sorge bedrückte Harry mehr als seine eigene. Selbst, wenn er Wycliff House nie wiederbekäme, würde sein bequemes Leben doch im Wesentlich in gleicher Weise weitergehen. Wenn Louisa Phillips Wycliff House verließe, war eine düstere Zukunft alles, was sie erwarten konnte. Wo würde sie leben? Woher würde sie Geld bekommen?

Denn Harry wusste, dass der verachtenswerte Schurke, der Louisa Phillips' Ehemann gewesen war, ihr nichts hinterlassen hatte. Wie konnte ein Mann so ehrlos sein?

Louisas Entfremdung von ihrer Familie war, wie er erfahren hatte, unwiderruflich. Ihr Vater war ebenso widerlich, wie ihr Ehemann es gewesen war. Wie konnte er ihr so grausam mitgespielt haben? Was würde eine Frau von vornehmer Geburt tun, wenn sie ohne Geld und ohne den Schutz eines Ehemannes in London strandete? Andere Frauen in vergleichbar bedauerlicher Lage - vor allem eine Frau, die so schön war wie die Witwe Phillips - würden versuchen zu heiraten, aber nicht Louisa Phillips. Sie war nicht wie andere Frauen.

Sie hasste Männer. Und er konnte ihr das nicht übelnehmen.

Harry verbrachte den größeren Teil der Kutschfahrt mit dem Versuch, herauszufinden, wie er der unglückseligen Witwe helfen könnte. Das Problem war ihr verdammter Stolz. Sie würde nie Almosen von ihm annehmen. Er musste sich einen Weg einfallen lassen, um ihr anonym zu helfen.

Er warf ihr einen raschen Blick zu. Und sein Herz hätte angesichts der düsteren Verzweiflung, die er auf ihrem verstörten Gesicht sah, bluten mögen. Er konnte sich knapp davon abhalten, sie in seine Arme zu ziehen und zu trösten.

Himmel, wie sehr er das wollte!

Als er sie an der Tür von Wycliff House verließ, sagte er lediglich: „Wir müssen uns etwas einfallen lassen, um Sie aus dieser Lage zu befreien." Sein Fingerknöchel stupste sie unter das Kinn, als er ihr Gesicht hob, um ihr in die Augen zu sehen. „Nicht verzweifeln."

* * *

So töricht es schien, machten Lord Wycliffs Worte ihr doch Hoffnung. Sie fühlte sich weniger einsam, als sie die Treppe zu Godwins Schlafzimmer hinaufging.

Obwohl es spät am Nachmittag war, wirkte sein Schlafzimmer dunkel wie eine Höhle. Louisa erschauerte, als sie eintrat. Die Kälte war nur zum Teil verantwortlich für ihr Zittern. Sie redete sich ein, dass das Zimmer kalt wäre, weil seit seinem Tod in diesem Raum kein Feuer mehr gebrannt hatte. Es lief ihr kalt den Rücken hinunter, als sie durch den Raum ging und die schweren, roten Vorhänge öffnete. Sie hasste dieses Zimmer. So, wie sie den Mann gehasst hatte, der es bewohnte.

Anstatt über ihre Befreiung zu jubeln, duckte sie sich furchtsam, als ob sie halb erwartete, dass Godwins korpulente Gegenwart sich manifestieren würde.

Sie hatte keine Erinnerung daran, dass das Zimmer so übel roch. Es war ein abgestandener Geruch, der sie an den Tod erinnerte. Er war hier gestorben.

Nachdem das Zimmer jetzt von Tageslicht durchflutet wurde, konnte sie Godwin aus ihrem Gedächtnis vertreiben. Die acht Jahre mit ihm waren ein einziger Albtraum gewesen. Sie würde nie wieder unter ihm liegen müssen. Er war tot. Und sie war frei.

Sie begann, in seinem Raum herumzugehen und nach Wertsachen zu suchen. Da war sein silbernes Taschenmesser. Sie nahm es und legte es aufs Bett. Dann kam ihr seine Schnupftabakdose aus Elfenbein in die Hände. Auch sie landete auf dem Bett. Sie zog einen goldenen Ring von ihrem Finger und warf ihn dazu.

Als sie schließlich alles Wertvolle, das sie finden konnte, zusammengesucht hatte, zog sie an der Klingelschnur, und als Williams daraufhin hereinkam, gab sie ihm ihre Anweisungen. Zuerst deutete sie auf das klägliche Häufchen auf dem Bett. „Ich möchte, dass Sie einen Auftrag für mich erledigen", sagte sie.

„Was immer Sie wünschen, Mrs. Phillips."

„Ich möchte, dass Sie die Sachen meines Mannes, die ich hier gesammelt habe, verkaufen."

Er warf einen Blick auf das Bett.

„Auch möchte ich, dass Sie alle Kleider und Ledersachen von Mr. Phillips zu einem Händler für gebrauchte Kleidung bringen und für sie so viel Geld wie möglich verlangen. Es scheint, dass Ihr früherer Herr diese Welt verlassen hat, ohne ein Vermächtnis für Sie oder mich zu hinterlassen, Williams."

Seine Lippen kräuselten sich. „Sehr schade, Ma'am. Ich werde tun, was ich kann, um einen guten Preis für Mr. Phillips' Sachen zu erzielen. Sie können auf mich zählen."

Sie lächelte. „Vielen Dank, Williams."

* * *

Am nächsten Morgen, als Ellie noch schlief, verließ Louisa mit Williams in ihrer Begleitung das Haus. Sie gingen zu einem Juwelier in der Conduit Street. Einem sehr angesehenen Juwelier, von dem Godwin einen großen Teil ihres Schmucks gekauft hatte.

Williams blieb draußen, als Louisa selbstbewusst in das Geschäft trat und einen Beutel, der von juwelenbesetzten Halsketten und dazu passenden Armbändern und Ohrringen überfloss, vorlegte. Sie schüttete den Inhalt des Beutels auf die Theke des Juweliers.

Der Juwelier riss die Augen auf.

„Ich möchte mich nach dem Wert meines Schmucks erkundigen", sagte Louisa selbstsicher.

Ohne zu antworten setzte der Juwelier eine Lupe in sein linkes Auge und hob dann die Saphirhalskette hoch. Einen Moment später legte er sie zurück. „Ich fürchte, Madam, auch wenn sie sehr hübsch aussehen, besteht die Kette doch aus sehr geringwertigen Steinen. Für die Saphire kann ich Ihnen nicht mehr als zwanzig Pfund anbieten."

Sie riss sie ihm aus der Hand und begann, den gesamten Schmuck wieder in den Beutel zu packen. „Ich werde zu einem anderen Juwelier gehen, um eine zweite Meinung einzuholen", sagte sie.

„Ich fürchte, niemand wird Ihnen mehr geben als ich", sagte er. Jetzt war da der Schatten eines

Gefühls - war es Mitleid? - der über sein Gesicht huschte. „Vielleicht könnte ich den Betrag auf dreißig Pfund erhöhen, Mrs. Phillips."

Sie erstarrte. „Woher kennen Sie meinen Namen?" Sie war noch nie hier gewesen.

„Ich erinnere mich an Ihren Schmuck, Madam. Und an Ihren Mann." Ein weiterer, wenig freundlicher Ausdruck huschte über sein Gesicht. „Ihr Mann wollte, dass ich eine prachtvolle Halskette aus falschen Steinen mache. Ich weigerte mich. Dann bat er mich, dass ich eine mit fehlerhaften Steinen anfertigen sollte. Er bestand unerbittlich darauf, dass er eine Halskette wünschte, die den Anschein großen Reichtums erweckte - den er zweifellos nicht besaß."

Sie erweichte sich für den Juwelier, der alt genug war, um ihr Vater sein zu können. Er versuchte wohl doch nicht, sie zu betrügen. Sie wusste, dass der Mann ihr die Wahrheit sagte. Er kannte Godwin gut. „Ihre Annahme war korrekt, Sir. Ich bin dabei zu erfahren, dass das Vermögen meines Mannes nur eine Täuschung war. Jetzt, wo er tot ist, finde ich mich fast mittellos wieder."

Er nickte mitfühlend, setzte die Lupe wieder in sein Auge und prüfte den Rest des Schmucks. Als er fertig war, nahm er die Lupe heraus und schaute sie mit traurigen Augen an. „Ich werde Ihnen hundert Pfund für alles geben. Ich kann Ihnen versichern, dass niemand mehr zahlen würde. Ich weiß das, weil ich bereit bin, Ihnen genau das zu geben, was der Schmuck Ihren verstorbenen Ehemann gekostet hat."

Sie wusste, dass er mehr als großzügig war. „Ich nehme ihr Angebot an."

* * *

Später an diesem Nachmittag, als Louisa beim Nähen im oberen Arbeitszimmer saß, trat Williams ins Zimmer. Als er sich versichert hatte, dass Louisa und er allein waren, übergab er ihr eine Handvoll Münzen. „Das ist alles, was ich für die Sachen des Herrn bekommen konnte", sagte er zu ihr, während er ihr etwas weniger als zweiundsiebzig Pfund aufzählte.

Sie nahm das Geld und tat es in ihren Nähbeutel. „Ich bin Ihnen sehr dankbar, Williams."

„Ich bin Ihnen dankbar, Mrs. Phillips, weil sie mich nicht auf die Straße gesetzt haben."

Sie lächelte ihn an und hoffte, dass sie auch weiter für ein Dach über seinem Kopf würde sorgen können. Wenn sie nur ein nettes, kleines Cottage finden könnte, das nicht so viel kostete. Dann würde sie vielleicht Williams und die Köchin nicht entlassen müssen. Wie sie selbst hatten die beiden keinen Ort, an den sie gehen konnten.

Nachdem er den Raum verlassen hatte, legte Louisa ihre Näharbeit beiseite und griff zu ihrer Feder. Sie sollte sich besser auf ihre Schreibarbeit konzentrieren. Jeder Schilling zählte, und es sah aus, als würde sie ihren Lebensunterhalt - und den Ellies, der Köchin und Williams' - mit ihrem Schreiben verdienen müssen.

Aber kaum hatte sie die Feder in die Tinte getaucht, kam Ellie mit einem Stück Twillseide herein. „Ich glaube, ich werde ein neues Kleid zuschneiden. Mr. Coke muss schon denken, dass ich nur zwei Kleider besitze."

Louisa schaute zu ihrer hübschen Schwester auf. „Und es ist dir wichtig, was Mr. Coke denkt?"

Ellie kicherte. „Obwohl er ein Mann ist und du Männer hasst, ist Mr. Coke in jeder Hinsicht

angenehm. Kannst du mir da nicht zustimmen?"
Sie schaute ihre Schwester lächelnd an.

„Ich weiß nichts Schlechtes über ihn", sagte
Louisa, „obwohl ich zugeben muss, dass ich an
ihn nicht wie an einen *Mann* denke. Er wirkt sehr
jungenhaft auf mich."

„Er ist *dreiundzwanzig*." Ellie sagte das so, als
ob sie sagte, er wäre hundert.

So alt wie ich, dachte Louisa, und erkannte,
dass sie schließlich so alt noch nicht war.
Eigentlich würde sie erst bei ihrem nächsten
Geburtstag so alt werden.

Im Vergleich zu seinem älteren Cousin schien
Edward Coke weder männlich noch reif. Als sie an
Lord Wycliff dachte, bildete sie sich ein, seine
Stimme zu hören. Einen Moment später bestätigte
Williams, dass er und sein Cousin unten im Haus
waren.

Ellies Hand flog zu ihren Haaren. „Ich kann
nicht hinunter gehen, bevor ich mich nicht
vorzeigbarer gemacht habe."

Louisa lächelte, als sie aufstand und zu ihrer
Schwester sagte: „Ich werde ihnen sagen, dass du
in fünf Minuten nachkommst."

„Fünf Minuten! Das ist nicht annährend genug
Zeit", protestierte Ellie.

Louisa versuchte, streng zu klingen. „Das sollte
Zeit genug sein, mein Schatz." Dann verließ sie
das Zimmer und sagte sich, wenn dieser elende
Lord Wycliff wieder am Fuße der Treppe stünde
und bewundernd zu ihr aufschaute, würde sie ihn
vollkommen ignorieren. *Ich will nicht, dass die
Aufmerksamkeit dieses Mannes mich aus der
Fassung bringt.*

Zum Glück war er im Morgenzimmer, nicht am
Fuße der Treppe. Leider stand er auf, als sie den

Raum betrat, und wie immer wanderten seine Augen bewundernd über sie, vom Kopf bis zur Spitze ihrer Seidenschuhe.

Sie versuchte, ihn zu ignorieren. Das tat sie, indem sie zuerst seinen Cousin ansprach. „Mr. Coke, wie schön, Sie und Ihren Cousin zu sehen." Dazu ein fast unmerkliches Nicken in Lord Wycliffs Richtung.

Lord Wycliff, der sich nicht ignorieren lassen wollte, trat vor, machte eine schwungvolle Verbeugung, nahm dann Louisas Hand und drückte seine Lippen darauf. Ein wenig länger als nötig.

Hol ihn der Teufel! Sie zog es vor, sich wieder an Mr. Coke zu wenden. „Meine Schwester wird gleich herunterkommen."

„Großartig!", sagte er. „Es ist ein wunderschöner Tag. Ich dachte, ich könnte sie überreden, mir die Ehre zu geben, mich wieder auf einen Spaziergang auf dem Platz zu begleiten."

„Was ein ausgezeichneter Plan ist", fügte Lord Wycliff hinzu und sah Louisa an, „denn ich habe sehr vertrauliche Geschäfte mit Ihnen zu besprechen, Mrs. Phillips."

Lieber Himmel! Er sieht mich schon wieder mit diesen gefährlich dunklen Augen an. Die Art, wie er „vertrauliche" sagte, ließ ihr die Röte in die Wangen steigen. Jetzt benahm sie sich noch mehr wie ein Schulmädchen als Ellie.

Bald war Ellie im Zimmer, und dann nicht mehr. Niemand war mehr dort außer Lord Wycliff mit seinen verflixten Augen. Louisa stand auf und ging zum Fenster, um ihre Schwester zu beobachten, die in helles Blau gekleidet war und jetzt ihren Schlüssel in das Schloss zum Park in der Mitte des Grosvenor Square steckte.

Louisa drehte sich um und sah Lord Wycliff an. „Was möchten Sie mit mir besprechen, Mylord?"

„Zuerst", sagte er, „möchte ich gerne über das brillanteste Stück Philosophie diskutieren, das ich je gelesen habe."

„Bitte, von welchem Autor sprechen Sie?", fragte sie, als sie zu ihm ging, mit erhobenen Brauen.

„Jeremy Bentham. Ich habe gerade seine „Klassifizierung der Straftaten" gelesen. Sie hatten mir davon erzählt, aber es war das erste Mal, dass ich es tatsächlich gelesen habe."

Jetzt strahlten ihre Augen, als sie kam, um sich auf das Sofa zu setzen. „Er stellt alles so logisch und mit solcher Leichtigkeit dar, dass man sofort verblüfft ist, warum niemand sonst eine so einfache Lösung für Gefängnisstrafen gefunden hat." Lord Wycliff erblickte plötzlich das Licht.

Er lächelte, als er sich auf das Sofa ihr gegenüber setzte. „Genau meine Gedanken. Klassifizierungen sind seit den Tagen von Platos Dialogen üblich. Dass es uns hunderte von Jahren gekostet hat, die Klassifizierung auf strafbare Handlungen anzuwenden, ist unbegreiflich."

„Dem stimme ich völlig zu!", sagte sie. „Es hätte für uns immer so offensichtlich sein sollen wie die Nasen in unserem Gesicht."

„Wenn Mr. Bentham nie ein Wort mehr schriebe, wäre die Klassifizierung der Straftaten genug, um seine Stellung als eines der größten Denker der Welt zu sichern."

Louisa strahlte Lord Wycliff an. „Ich bin so glücklich, dass Sie mich verstehen."

„Und ich bin Ihnen so dankbar."

Sie schaute ihn mit hochgezogenen Brauen an.

Hatte er nicht gesagt, er wollte über etwas *Persönliches* mit ihr sprechen? „Sie sagten, *zuerst* wollten Sie über Mr. Bentham sprechen. Bitte, worüber wollten sie noch sprechen?"

„Über meinen Misserfolg bei Ihrem Anwalt gestern."

Sie ließ sich ins Sofa zurücksinken. „Dann waren Sie nicht in der Lage, ihn zu zwingen, dass er Ihnen die gewünschte Information gab?"

„Der Mann war für mein Geld nicht empfänglich."

„Wie neu für Sie, Mylord."

„Kommen Sie und setzten Sie sich neben mich, Mrs. Phillips. Ich rufe nicht gern quer durch das Zimmer."

Aus Gründen, die sie nie verstehen würde, gehorchte Sie dem arroganten Mann und setzte sich neben ihm auf das Sofa. „Hier bin ich, Mylord. Zufrieden?"

Heute sahen seine Augen völlig schwarz aus. Und sie funkelten vor Heiterkeit. „Liebe Güte, Sie sind aber heute ein kleines Biest."

„Soll ich das als Kompliment auffassen?"

Er schien ein Lächeln nicht unterdrücken zu können. Er lehnte sich zurück und hielt sie mit einem wissenden Blick gefesselt. „Wie viel haben die Sachen des verstorbenen Mr. Phillips eingebracht?"

Ärger zuckte über ihr Gesicht und sie setzte sich steif auf. „Wieso wissen Sie so viel über meine Angelegenheiten?"

„Weil ich jeden Ansatzpunkt brauche, den ich finden kann."

„Und Ihre großen Summen Geldes können das nicht kaufen?"

„Ich weiß es nicht. Ich bin bereit, Ihnen eine

hübsche Summe Geld für die Information anzubieten, die ich von Mr. Twining nicht bekommen konnte."

„Die Identität des *Wohltäters* meines Ehemannes?"

Er nickte mit einem mürrischen Ausdruck auf seinem Gesicht.

„Die kann ich Ihnen nicht geben. Ich kenne die Identität des Mannes wirklich nicht."

* * *

Er warf ihr einen langen Blick zu. Ihre Frivolität war verschwunden. Und ihr Ärger. Sie sagte die Wahrheit.

Sein Gesicht war grimmig und seine Stimme leise, als er sprach. „Sie wissen es wirklich nicht, oder?"

Sie schüttelte den Kopf.

„Hat Ihr Mann nie über diesen Mann gesprochen?" Gott, wie er es hasste, den widerlichen Kerl als ihren Mann zu bezeichnen.

„Nur, um mir zu sagen, dass ich im Obergeschoss bleiben sollte, wenn ein einzelner Mann zwei oder drei Mal im Jahr kam. Ein Mann - ich glaube, er ist ein Lord - den mein Mann mit großem Respekt ansprach - und mit großer Heimlichkeit behandelte."

Das würde passen, dachte Harry. „Haben Sie je einen Blick auf den Mann werfen können?"

„Tatsächlich, ja, einmal, aus sehr großer Entfernung."

Bevor sie mehr sagen konnte, platzten Ellie und Mr. Coke ins Zimmer. „Ihr werdet es nicht glauben!", quietschte Ellie. „Obwohl die Sonne scheint, hat es zu regnen begonnen!"

Ellie und Edward waren nicht so nass, dass sie sich nicht hätten hinsetzen und der Unterhaltung anschließen können, die bald zu Jeremy Benthams bevorstehendem Besuch für eine Rede in London führte.

„Ich kann nicht glauben, dass ich den großen Mann tatsächlich in Fleisch und Blut kennenlernen werde", rief Ellie aus.

Edward warf seinem Cousin einen erheiterten Blick zu, während Harry sich jede Mühe gab, dem hochgeschätzten Idol der Damen den angemessenen Respekt zu erweisen. Dieser verflixte Edward sollte ihn besser nicht verraten. Die Witwe musste unbedingt glauben, dass er ihre politischen Ansichten mit Begeisterung teilte.

„Wann werden wir das Vergnügen haben, Mr. Benthams Rede zu hören?", fragte Harry.

„Er kommt nächste Woche."

Hoffentlich würde ihm die Langeweile, Bentham zuzuhören, erspart bleiben. Hoffentlich würde er bis zur nächsten Wochen die Information erhalten haben, die er brauchte.

Kapitel 6

Louisa war dankbar für die Gelegenheit, an diesem Abend zu Hause zu bleiben. Sie musste wirklich die Feder zur Hand nehmen, um einen weiteren Artikel zu schreiben. In der Vergangenheit waren ihre Artikel das Ergebnis starker Gefühle gewesen, die sie über die Rechte aller Menschen - auch der Frauen - ausdrücken wollte. Jetzt jedoch versuchte sie, nur wegen des Geldes zu schreiben. Sie fühlte sich schuldig, dass sie aus den falschen Gründen schrieb, nur wegen Geld.

Sie saß seit einer Stunde hier über dem Versuch, sich für ein Thema zu entscheiden. Da keine wütenden Gefühle aufkommen wollten, blieb ihre Feder müßig. Sie hätte über das Wahlrecht schreiben können, aber das hatte sie schon getan. Kinderarbeit, Gefängnisreform und Geburtenkontrolle waren Themen, die sie auch schon angesprochen hatte.

Sie sah zu ihrer Schwester, die ihr gegenüber saß und an ihrem neuen Kleid nähte. Ellie hob den Kopf und bemerkte Louisas Blick, den sie als Erlaubnis zum Sprechen auffasste. „Schreibst du einen deiner berühmten Artikel, Mr. Lewis?" Ein kecker Ausdruck erhellte ihr junges Gesicht und sie kicherte.

Louisa seufzte. „Wenn nur meine Muse wiederkommen wollte." Sie legte die Feder hin. „Was nähst du?"

Ellies Stimme wurde lebhaft. „Ein Ausgehkleid

für einen meiner wundervollen Spaziergänge mit Mr. Coke."

„Was findet ihr beide auf diesen Spaziergängen immer zu reden?"

Mit einem weit abwesenden Ausdruck in ihren Augen und zufriedenem Gesicht antwortete Ellie. „Mr. Coke und ich haben vieles gemeinsam. Zunächst liebt er seinen Cousin so wie ich meine ältere Schwester. Dazu kommt die Tatsache, dass wir beide zu Hause unterrichtet wurden. Wir wuchsen beide auf dem Lande auf. Und er ist einfach so amüsant.

„Und da ist noch viel mehr als das", plauderte Ellie weiter. „Er erlaubt mir, mich endlos über die Vorzüge von Mr. Bentham und über die in Mr. Lewis' Artikeln enthaltene Weisheiten auszulassen, und ich glaube, dass ich ihn zu unserer Denkweise bekehren kann - was eine ziemliche Leistung wäre, wenn man bedenkt, dass er aus einer adligen Familie stammt."

„Du darfst dich von den Umständen seiner Geburt nicht beeindrucken lassen. Denke daran, dass sein Stand nichts getan hat, um Respekt zu verdienen."

„Er erzählt mir, dass Lord Wycliff sein Vermögen durch seine eigene Gewitztheit wieder aufgebaut hat, nachdem sein Vater Land und Besitz verschleudert hatte. Findest du das nicht lobenswert?"

„Ich würde es weit lobenswerter finden, wenn Lord Wycliff sein Vermögen den Armen gäbe", sagte Louisa

„So sehr ich dir zustimmen möchte, finde ich diese Vorstellung höchst unrealistisch."

Louisa seufzte. „Du hast natürlich recht. Ich vermute, dass das Beste, worauf ich hoffen kann, ist, dass Lord Wycliff und andere wie er ihren Einfluss im Parlament benutzen, um Gesetze zu erlassen, die den weniger Glücklichen zugutekommen. „

Ellies Blick husche zu Feder und Papier, die vor ihrer Schwester lagen. „Du kannst nicht ahnen, wie schwer es mir fällt, Mr. Coke zu verschweigen, dass du diese Artikel schreibst. Ich bin so stolz auf dich und stehe ihm so nahe, dass es eine ziemliche Leistung für mich ist, mich ihm nicht anzuvertrauen."

Louisas Gesicht umwölkte sich. „Ich muss dich bitten, dass du nicht einmal daran denkst, diesem Gentleman - oder irgendjemandem sonst - mein Pseudonym aufzudecken. Es ist unerlässlich, dass niemand auch nur den Verdacht fasst, dass ich eine Frau bin - ich meine, dass Mr. Lewis eine Frau ist. Wenn sein Geschlecht bekannt würde, könnte mein Werk nie wieder die Gelegenheit bekommen, so weite Verbreitung zu finden."

„Keine Angst, Louisa. Ich werde nie verraten, dass du Philip Lewis bist."

„Arbeitervereinigungen!" Louisa lächelte, als sie ihre Feder aufnahm und wie wild zu schreiben begann.

* * *

Edward schaute auf das mit Eselsohren verzierte Buch, das im Schoße seines Cousins ihm gegenüber in der Kutsche lag. Das Sonnenlicht reflektiert sich auf dem abgegriffenen Goldschnitt der Seiten. „Sicher wirst du Mrs. Phillips nicht erzählen, dass du das Buch gestern Abend gelesen hast, wo du den ganzen Abend in deinem Club warst und nicht vor Morgengrauen nach Hause gekommen bist!"

Ein verschmitztes Lächeln glitt über Harrys

gebräuntes Gesicht. „Ich habe es so weit durchgeblättert, dass ich ihr gegenüber seine Vorzüge rühmen konnte."

„Du kannst doch den lächerlichen Quatsch in diesen albernen Aufsätzen nicht glauben."

„Oh, natürlich nicht, alter Junge, aber wenn ich hoffen will, meine Ziele zu erreichen, muss ich die Witwe auf meiner Seite haben, und der beste Weg, ihr Vertrauen zu gewinnen, ist es, Bewunderung für ihre verdammten wohlmeinenden Reformen vorzutäuschen."

„Aber du hast sogar bei Lord Seymour angedeutet, dass du mit den Reformern sympathisierst."

„Ich habe nichts dergleichen getan", protestierte Harry. „Ich habe ihm nur eine schöne, junge Frau vorgestellt, die dann ihre Überzeugungen darlegte, während ich schweigend danebenstand." Der Gedanke, daran, wie wunderschön Mrs. Phillips an dem Abend von Lord Seymours Ball gewesen war, ließ Harry sich innerlich schwach fühlen und darauf bedacht sein, sie heute wiederzusehen. Die Frau war wirklich ein Labsal für die Augen. Den Rest der Kutschfahrt zu seinem früheren Heim dachte er genüsslich über ihre seidige Haut und ihr goldenes Haar und das perfekte Oval ihres unglaublich schönen Gesichts nach.

Und wurde ungeduldig, sie wiederzusehen.

* * *

Das Quartett schien Gewohnheiten herauszubilden. Mr. Coke und Ellie pflegten in dem Park, der in der Mitte des Grosvenor Square lag, spazieren zu gehen, während Louisa und Lord Wycliff die letzte Lektüre diskutierten, die sie ihm gegeben hatte. Wie sie es am Vortag getan hatten, saßen Harry und Louisa nebeneinander auf einem Sofa in der Bibliothek.

Trotz ihres Misstrauens gegen den Hochadel hatte Louisa Lord Wycliff ihre Gunst geschenkt, weil seine Ernsthaftigkeit sie beeindruckte. Er hatte ihr sogar gesagt, dass er seinen Platz im Parlament einnehmen würde. Dies war offensichtlich ihr bisher größter Erfolg und sie war es ihm schuldig, ihm zu helfen, dass er sein Eigentum wiederbekam, damit er seine Pflichten erfüllen konnte.

„Als wir gestern unterbrochen wurden", begann er, „sagte sie, dass Sie den Mann, von dem Sie glauben, dass es der Wohltäter Ihres Ehemannes war, einmal gesehen hätten."

Sie lehnte sich auf dem Sofa zurück und kreuzte ihre Beine an den Fußknöcheln. „Ja, ich habe gestern Abend viel darüber nachgedacht und ich bin davon überzeugt, dass dieses geheimnisvolle Mann Godwins Wohltäter gewesen sein muss, obwohl nur der Herr weiß, wie ein Mann wie Godwin einen Wohltäter verdienen könnte."

„Ich habe eine Ahnung", sagte er bitter.

Sie warf ihm einen prüfenden Blick zu und fuhr dann fort. „Ich habe nur einmal einen flüchtigen Blick auf ihn erhascht und Godwin ..." Sie zögerte einen Moment. „Er wäre sehr wütend auf mich gewesen, wenn er erfahren hätte, dass ich oben vom Geländer herabgeschaut habe, um den Mann zu sehen."

Harrys Augen blitzten. „Wie sah der Wohltäter aus?"

„Er war ziemlich alt. Noch älter als Godwin. Er hatte silbernes Haar. Er war groß, ging jedoch vornüber gebeugt, und ich glaube, als junger

Mann muss er gut ausgesehen haben."

„Würden Sie ihn erkennen, wenn Sie ihn wiedersähen?", fragte Lord Wycliff.

Sie dachte einen Moment nach. „Ich denke, ja."

„Sagen Sie mir", sagte er, „wie lange war der Kammerdiener Ihres Mannes bei ihm?"

„Ich weiß es gar nicht. Viele Jahre. Er war schon hier, als ich kam."

„Wo ist er jetzt?"

„Er ist hier. Er lernt, mein Butler zu sein, aber ich weiß nicht, wie lange ich es mir werde leisten können, ihn zu behalten."

Aus dem Nichts heraus legte sich Lord Wycliffs große Hand um ihren Oberarm. „Ihr verdammter Mann hat Ihnen nichts hinterlassen?", fragte Lord Wycliff in zärtlichem, besorgten Ton.

Sie gab ein bitteres Lachen von sich. „Nichts."

„Der Tod war zu gut für ihn."

Dem stimmte sie zu, wollte es aber nicht laut zugeben.

Er nahm seine Hand weg. „Denken Sie, dass sein Kammerdiener die Identität des Wohltäters kennt?"

„Ich kann ihn fragen."

Seine Stimme wurde wieder weich. „Ich weiß all das zu schätzen, was Sie für mich tun, vor allem, da es vor nur ein paar Wochen noch so widerwärtig war, einem Lord zu vertrauen."

Sie warf ihren Kopf zurück und lachte. „Oh, es ist noch immer widerwärtig, aber in Ihrem Fall lerne ich, Ihnen zu vertrauen. Sie machen beeindruckende Anstrengungen, Ihre Lebensweise zu ändern." Sie erhob sich. „Ich gehe und rede jetzt mit Williams."

* * *

Er beobachtete, wie sie aus dem Raum ging, ihr

Rücken gerade und ihr Schritt leicht. Es war eine Freude, sie zu beobachten.

Während er auf ihre Rückkehr wartete, verfluchte Harry seinen eigenen Betrug. Er hatte viele Dinge getan, deren er sich schämte, aber diese Täuschung schmerzte ihn tiefer und löste größere Reue aus.

Sie war so ein leidenschaftliches, kleines Ding, voller Ideen und Pläne, um den Menschen zu helfen. Sie hatte genug eigene Probleme, ohne sich darum sorgen zu müssen, wie sie ohne Geld überleben würde. *Verdammter Godwin Phillips.* Harry wusste nicht, ob er den Mann mehr hasste, weil er seine schöne Frau so schäbig behandelt oder weil er sie aus dem Schulzimmer gezerrt und regelrecht gekauft hatte. Seine Hand ballte sich zur Faust und er erschreckte sich selbst, als er laut fluchte.

Er stand auf und ging zum Fenster, von wo aus er Ellie Sinclair und Edward in dem kleinen Park herumspazieren sah. Edward schien das Mädchen wirklich gern zu haben. Gott wusste, dass sie hübsch genug war. Sie war eine jüngere Ausgabe ihrer Schwester. Aber sie schien so viel jünger und, ehrlich gesagt, dumm. Er konnte sich nicht vorstellen, dass Louisa Phillips je so töricht und sorglos gewesen war.

Dann, mit einem Stich in der Nähe seines Herzens, wurde ihm klar, dass Louisa Phillips zu dem Zeitpunkt, als sie in Ellies Alter gewesen war, schon längst eine verheiratete Frau gewesen war. Und wieder verfluchte er Godwin Phillips.

Er wandte sich vom Fenster ab und stieß dabei absichtlich seinen Stiefel gegen den gemusterten Teppich. Das mindeste, was Harry für die arme Witwe tun konnte, war, ihr ein kleines Heim einzurichten. Vielleicht würde das sein Gewissen beruhigen.

Verdammt, sie vertraut mir, dachte er voll Scham.

Als sie ins Zimmer zurückkam, las er Enttäuschung auf ihrem Gesicht. „Kein Glück?"

Sie schüttelte den Kopf und kehrte dann zu dem Sofa zurück. „Wie ich wusste er von der Wichtigkeit des Mannes für Godwin, aber Godwin achtete sorgfältig darauf, die Identität des Mannes zu schützen. Williams weiß jedoch, woher der Mann kommt."

Mit einem Lächeln auf dem Gesicht setzte Harry sich wieder. „Und von wo mag das bitte sein?" Er kam der Lösung näher.

„Irgendwo in Cornwall. Und ich hatte recht damit, dass er ein Lord ist. Williams hat mir das bestätigt. Anscheinend ist der Mann so etwas wie ein Einsiedler."

Harrys Verstand raste. Er versuchte, sich an einen Lord aus Cornwall zu erinnern, aber der einzige, den er kannte - Lord Robartes - war ein ehrbarer Mann, der seinen Sitz im Oberhaus beanspruchte und alles andere als ein Einsiedler war. Es musste jede Menge Lords geben, die in Cornwall wohnten. Das Problem war, einen bestimmten zu finden. Den richtigen.

„Sagen Sie!", sagte Harry. „Haben sie einen *Debrett*?"

Sie stand auf und ging direkt zu dem Buch. „Wie klug von Ihnen!" Sie begann, in den Seiten zu blättern. „Obwohl ich sagen muss, dass es Stunden dauern wird, alle diese Namen und Titel durchzusehen und herauszufinden, wer von ihnen in Cornwall lebt."

Er nahm ihr das Buch ab. „Wir brauchen

Papier und Feder."

„Natürlich. Wir werden eine Liste machen müssen." Sie ging zur Schreibtischschublade, der sie mehrere Blatt Papier entnahm und legte sie obenauf. Dann schob sie einen zweiten Armsessel an den Schreibtisch. „Kommen Sie, Lord Wycliff, wir können beide hier sitzen."

„Würden Sie die Namen notieren?", fragte er. „Ich wage zu behaupten, dass niemand, nicht einmal ich selbst, meine Handschrift lesen kann."

Sie nickte.

Er saß neben ihr und legte das geöffnete Buch auf den Schreibtisch. „Sie haben recht. Das wird sehr viel Zeit in Anspruch nehmen."

Sie saß da und schaute zu, wie er schweigend eine Seite nach der anderen überflog.

„Ist Tyndrum in Cornwall?", fragte er.

„Nein. Das ist in Schottland. Cornwall und Schottland haben viele keltische Namen behalten." Sie stand auf. „Was wir brauchen, ist eine Karte. Ich werde eine Liste der Städte und Dörfer von Cornwall machen. Würde das hilfreich sein?"

„Ja, in der Tat."

Sie holte die Karte und breitete sie auf dem Schreibtisch aus, nahm dann Feder und Papier und begann, die Namen der kornischen Städte aufzulisten. „Ich werde versuchen, sie in alphabetischer Reihenfolge aufzuschreiben", sagte sie. „Bodmin. Boscastle. Cambourne. . . "

Ihre Liste war in weniger als zehn Minuten erstellt. Und er hatte noch keinen einzigen Lord gefunden, der in einer dieser Städte lebte. Sie rutschte mit ihrem Stuhl näher zu ihm und begann, die Angaben in dem Buch durchzulesen. „Warum nehmen Sie nicht die Seiten mit den geraden Zahlen und ich die ungeraden?"

Ohne seinen Blick von der Seite zu heben, nickte er und schob das offene Buch näher zu ihr.

Sie hatten eine halbe Stunde lang gelesen, bis sie einen Lord fanden, der aus Cornwall stammte. „Lord Arundel!", rief Harry aus.

Louisa nahm ihre Feder und schrieb seinen Namen und Sitz auf.

Dann begannen sie weiterzulesen.

Als sie fertig waren, hatten sie festgestellt, dass es sechs Lords gab, die in Cornwall ansässig waren.

Als nächstes nahm Harry die Karte und studierte sie, um nachzusehen, wo jeder dieser Lords lebte.

„Warum brauchen Sie die Karte jetzt?", fragte sie.

„Weil wir noch herausfinden müssen, wer der mysteriöse Wohltäter ist."

„Wir?"

„Gestern", sagte er, „sagte ich zu Ihnen, dass ich Ihnen finanziell helfen würde, wenn Sie mir helfen könnten, dieses Haus wiederzubekommen. Ich bin jetzt bereit, Ihnen einen konkreten Vorschlag zu machen, Madam."

Sie hob eine schmale Braue.

„Ich bin bereit, Ihnen ein kleines Haus zu kaufen und eine Leibrente auszusetzen. Ich möchte, dass Sie mit mir nach Cornwall reisen und mir helfen, diesen Wohltäter zu finden."

„Aber das kann ich unmöglich tun", widersprach sie.

„Sie haben Angst, dass es unpassend sein könnte, mit einem Mann zu reisen?"

„Natürlich nicht", entgegnete sie. „Aber ich muss an Ellie denken und ..." Sie wandte ihren

Blick von ihm ab und blickte in ihren Schoß hinab. „Könnten wir Ellie mitnehmen?"

„Ich sehe keinen Grund, der dagegen spricht."

„Wann würden Sie fahren wollen?", fragte sie.

„Sobald sie packen können."

„Aber Jeremy Benthams Besuch ist in nur ein paar Tagen."

„Ist das wichtiger, als ein Leben frei von finanziellen Sorgen?"

Sie zögerte.

„Haben Sie vor, auf Dauer für ihre Schwester zu sorgen oder wird sie in das Haus Ihres Vaters zurückkehren?"

„Sie wird nie dorthin zurückgehen", fauchte Louisa, Zorn in ihrer Stimme.

Warum hatte sie das so dringende Bedürfnis, ihre Schwester bei sich zu behalten? „Darf ich dann vorschlagen, dass Sie an das Wohl Ihrer Schwester denken? Sie könnten ihr sicherlich kein Heim bieten, wenn Sie kein Geld hätten."

Gott, er konnte ihr kaum in die Augen sehen. Ihre Augen waren so voller Gefühl. Aber ganz tief in diesen unglaublichen Augen war noch etwas anderes. War es unterdrückter Ärger? Warum sollte sie auf ihn böse sein? Er wollte ihr doch nur helfen.

Sie hob trotzig ihren Kopf.

Er stand auf. „Denken Sie heute Abend darüber nach. Ich werde am Morgen mit meiner Reisekutsche hier sein."

Minuten später kam Ellie durch die Tür geflogen. Sie war ohne ihre Haube ausgegangen und ihr Gesicht war von der Sonne gerötet. „Mr. Coke hat zugestimmt mitzukommen und Mr. Bentham sprechen zu hören! Sind das nicht wunderbare Neuigkeiten?"

Louisa schaute Ellie mitfühlend an. Wie konnte sie ihre arme Schwester von Jeremy Benthams Rede fernhalten? Er wurde alt, und dies mochte Ellies einzige Gelegenheit sein, den großen Mann je zu sehen.

In dieser Nacht fand Louisa keinen Schlaf. Sie wollte das, was Lord Wycliff ihr anbot, aber konnte sie ihm wirklich vertrauen? Es war auch nicht recht, Ellie zu einer Reise zu zwingen, die mindestens zwei Wochen dauern und verhindern würde, dass sie Jeremy Bentham sehen könnte.

Sie dachte darüber nach, Ellie zurückzulassen und mit Lord Wycliff allein nach Cornwall zu reisen, aber sie fand nicht, dass es gut wäre, tagelang ununterbrochen mit dem Mann allein zu sein, zumal er eine höchst beunruhigende Wirkung auf sie ausübte. Nicht zu vergessen, dass er ein Mann war, und Männern war nicht zu trauen.

Der Morgen graute schon fast, als sie ihren Entschluss gefasst hatte.

Kapitel 7

„Woher weißt du, dass Sinjin nicht bei White's oder Almack's ist? Was lässt dich annehmen, dass ein so geschätztes Mitglied des Unterhauses zu Hause ist?", frage Edward.

Harry spähte aus dem Fenster der Kutsche, als sie bei White's vorbeifuhren, wo Licht aus den Bogenfenstern schien. „Weil ich Sinjin kenne. Er ist viel zu verdammt gewissenhaft, um seine Zeit mit solch vergnüglichen Beschäftigungen zu vergeuden."

„Dann könnte er im Haus der Featherstones sein. Ist das nicht der Ort, wo die ernsthaften Whigs sich versammeln, um über politische Themen zu diskutieren?"

„Dort könnte er sein, und wenn dem so ist, werde ich ihn dort finden."

Harrys Kutsche rollte vor dem Haus seines alten Freundes in Mayfair aus und kam zum Stehen. Der gute alte Sinjin war zu Hause. Einen Moment später ließen sich die drei Männer vor dem Feuer der mit Büchern gefüllten Bibliothek nieder, jeder ein Glas Madeira in der Hand schwenkend. Diese Bibliothek war nicht wie die meisten Bibliotheken der Aristokratie. Keine Reihen passend ledergebundener Bücher waren zu sehen. Stattdessen säumte eine bunte Auswahl vielgelesener Bücher jedes Regal vom Boden bis zur Decke an jeder verfügbaren Wand.

„Ich muss zugeben", sagte Sinjin, „dass ich überrascht bin, dich heute Abend hier zu sehen."

Obwohl Harry ein großer Mann war, übertraf Sinjin ihn noch. Er musste einen halben Kopf gewachsen sein, seit sie Eton verlassen hatten.

„Du meinst, ich interessiere mich nur für Frauen und das Spiel?", fragte Harry und grinste seinen Freund schräg an.

Sinjin zuckte mit den Schultern. „Ich würde nicht das Wort *nur* gebrauchen. Ich weiß, dass unter diesen Aktivitäten ein Mann verborgen ist, der alles für seine Familie tun würde ..." Er musterte Edward. „Und für seine Freunde, und ich habe die Hoffnung, dass deine reichlich vorhandene Energie eines Tages in eine hervorragende parlamentarische Karriere investiert wird. Ich weiß, dass du es in dir hast."

Himmel, er klang genauso wie Mrs. Phillips. „Vielleicht. Aber wie du weißt, richtet sich mein gesamtes Bestreben derzeit darauf, alles wiederzubeschaffen, was meine Eltern verloren haben. Deshalb bin ich heute Abend hier."

Sinjin hob eine Braue.

„Ich reise morgen nach Cornwall."

Edwards Mund blieb offen stehen. „Sieh mal, ich kann nicht einfach alles stehen und liegen lassen und nach Cornwall fahren. Versprach Miss Sinclair, dass ich sie begleiten würde, um diesen Kerl, diesen Bentham, zu sehen."

„Das sollst du auch. Es ist unabdingbar, dass du dich um Miss Sinclair kümmerst, während ihre Schwester und ich nach Westen reisen."

Edward sah nur noch schockierter aus. „Ich kann nicht glauben, dass Mrs. Phillips das tun würde."

„Ist Mrs. Phillips die schöne Frau, die mit Miss Featherstone befreundet ist?", fragte Sinjin.

Harry nickte. „Die Dame mag mir einen Korb

geben, aber ich bezweifle es. Ich sorge dafür, dass es für sie der Mühe wert ist." Er betrachtete seinen Cousin. „Nichts Unpassendes wird geschehen, und ihr beide schwört mir Stillschweigen. Ich will ihren guten Ruf schützen."

Die beiden Männer nickten.

Sinjin zog die Brauen zusammen. „Ich sehe aber nicht, wie mich dies betrifft."

Harry holte tief Atem. „Ich nehme an, dass es in Cornwall einen Lord gibt, der meine Familie absichtlich ruiniert hat. Ich habe vor, ihn zu finden." Er erinnerte sich an das ängstliche Benehmen des Anwalts. „Ich glaube auch, dass der Mann seine Macht für üble Dinge verwendet. Ich habe keine Sicherheit, dass er nicht versuchen wird, mir - und vielleicht sogar Mrs. Phillips - das Leben zu nehmen."

Edward schnappte nach Luft. „Aber sieh mal, Harry! Du kannst nicht einfach so ohne mich - und andere - losfahren."

Harry ignorierte ihn und richtete seine Aufmerksamkeit auf Sinjin. „Wenn ich bis April nicht nach London zurückgekehrt bin, möchte ich, dass du ... feststellst, ob ich noch am Leben bin ... oder ob ich gerettet werden muss. Ich bin nicht meinetwegen besorgt, sondern wegen Mrs. Phillips. Ich werde alles in meiner Macht Stehende tun, um ihre Existenz vor dem Teufel zu verbergen."

Sinjin zog die Brauen zusammen. „Wer ist der Mann?"

Harry zuckte mit den Schultern. „Ich wünschte, ich wüsste es. Mrs. Phillips hat ihn einmal gesehen. Sie kennt seinen Namen nicht, aber weiß, dass er in Cornwall lebt, dass er groß ist, wohl schon älter, und mit *Mylord* angesprochen wird." Harry zog die Liste der kornischen Lords aus seiner Tasche und reichte sie seinem ältesten Freund.

„Himmel, ich wünschte, Alex wäre hier", sagte Sinjin.

Das wünschte Harry auch.

* * *

Als die Sonne hell durch das Fenster ihres Schlafzimmers strömte, war Louisa vollständig in ein Reisekostüm gekleidet und saß an ihrem Schreibtisch, um eine Nachricht an Ellie zu schreiben.

Mein Schatz,

es tut mir leid, Dir sagen zu müssen, dass ich aus der Stadt abgerufen wurde, um mich um Angelegenheiten im Zusammenhang mit Godwins Nachlass zu kümmern. Ich bezweifle, dass ich rechtzeitig wieder hier sein werde, um Mr. Bentham seine Rede halten zu hören. Mr. Coke wird so freundlich sein, Dich zu begleiten, damit du Mr. Bentham hören kannst, und du musst die Köchin Dich als Deine Anstandsdame begleiten lassen. Es wäre nicht gut, Deinen Ruf aufs Spiel zu setzen. Besonders Mr. Coke würde das gar nicht recht sein. Alles Liebe

Louisa

Sie trocknete die Feder und wickelte sie dann in einen alten Lappen, um sie mit dem Rest ihrer Sachen in eine Reisetasche zu packen. Vielleicht würde sie ihren unbeendeten Artikel über Arbeitervereinigungen während der vor ihr liegenden Reise fertigstellen können.

Sie hörte die Räder einer Kutsche auf der Straße rasseln, hob die große Tasche auf und trug sie nach unten.

Als sie die Vordertür aufgestoßen hatte, sprang Lord Wycliff die beiden Stufen herauf und nahm ihr die Tasche ab. Sie bemerkte, dass auch er für die Reise gekleidet war. Kein seidener Putz heute, auch nicht sein ewiges Schwarz. Heute trug er rehfarbene Hosen mit Stiefeln und einen warmen Umhang.

Er übergab ihre Tasche dem Kutscher, der sie oben auf die Kutsche packte, bevor er die Tür für Louisa und seinen Herrn aufhielt.

„Bevor wir London verlassen", sagte Louisa, „möchte ich darum bitten, dass Sie Mr. Coke über die Notwendigkeit informieren, meine Schwester zu Mr. Benthams Rede zu begleiten."

„Das habe ich bereits getan."

Ihre Brauen bildeten eine einzige, geschwungene Linie. „Woher wussten Sie, dass ich sie nicht mit mir nehmen wollen würde?"

„Weil ich wusste, dass Sie ihr nicht das Vergnügen versagen würden, Mr. Bentham zu sehen."

Lord Wycliff half ihr in die Kutsche, wo eine Decke wartete. Sie hob den Vorhang, um durch das Fenster zu sehen. Louisa gefiel das Aussehen des Himmels gar nicht. Wolken zogen sich zusammen und Regen schien bevorzustehen. Was ihr Vorankommen erheblich verzögern würde. Es war auch kühl. Viel kälter, als es seit Wochen gewesen war.

Als er sich neben sie setzen wollte, protestierte sie. „Ich denke nicht, Mylord. Wir sind nur zu zweit. Während der Fahrt kann jeder von uns seine eigene Bank haben."

„Ah", sagte er und ließ sich ihr gegenüber nieder. „Anders als ich denken Sie heute Morgen schon klar. Ich fürchte, ich bin ein Gewohnheitsmensch."

„Ich nehme an, dass Sie gestern Abend lange wach geblieben sind, um eines der Bücher zu lesen, die ich ihnen zur Verfügung gestellt habe", sagte sie mutwillig.

Seine schwarzen Augen funkelten. „Aber sicher doch." Dann legte er seinen Hut ab und ließ sich auf dem Sitz herunterrutschen, mit allen Anzeichen eines Mannes, der ein Nickerchen machen möchte.

Sie wusste so wenig über ihn. War er wirklich spät aufgeblieben, um ihr Buch zu lesen, oder hatte er die Nacht beim Spiel oder mit Frauengeschichten verbracht, so, wie es andere Männer seines Standes taten? Von ihren Ausfahrten im Hyde Park und dem Ball bei Lord Seymour war offenkundig, dass Lord Wycliff in der feinen Gesellschaft wohlbekannt war, vor allem bei den Frauen. Deren ungenierten Flirtversuche mit ihm hatten Louisa ein eigenartiges Aufwallen von Freude verursacht, das Besitzerstolz nicht unähnlich war.

Obwohl sie an diesem Morgen müde war, schaute sie weiter aus dem Fenster. Es hatte jetzt zu regnen begonnen. Die Straßen füllten sich schnell mit Schlamm und Wasser und scheußlichen Gerüchen. Sie konnte nicht behaupten, dass sie es bedauern würde, diese Stadt mit ihrem rußigen Himmel, der stinkenden Luft und den bedauernswerten Wesen an jeder Ecke zu verlassen.

Sie wich dem Anblick eines kleinen Jungen aus, der nicht mehr als fünf Jahre alt sein konnte, aber alleine auf dem Bürgersteig lief, in Schuhen, die mehrere Nummern zu groß für seine

Füße waren. Der arme kleine Kerl hatte nicht einmal einen Mantel, um ihn vor der Kälte des Tages zu schützen.

Sie wickelte sich in die Decke und wurde verdrießlich. Ihre Gedanken wurden so melancholisch wie der Himmel. Sie wusste, dass sie ihre Energie nur noch stärker für die Hilfe für Kinder wie den Jungen, den sie gerade gesehen hatte, einsetzen müsste.

Vielleicht sollte sie doch in London bleiben. Würde Lord Wycliff, wenn er erst die Informationen hatte, die er begehrte, sie weiter zu Veranstaltungen mitnehmen, wo sie mächtige Männer treffen konnte? Würde er sein Wort halten und seinen Sitz im Parlament einnehmen, um die Ansichten zu vertreten, die sie ihm vermittelt hatte? Oder war sein Interesse nur vorgetäuscht, um zu bekommen, was er wollte?

Wieder erkannte Louisa, dass sie sehr wenig von dem Mann wusste, der ihr gegenüber schlummerte, während seine langen, muskulösen Beine einen großen Teil des Innenraums der Kutsche beanspruchten. Sie starrte seine kräftigen Oberschenkel an und bemerkte, dass sie fast so dick waren wie ihre Taille.

Sie nahm die Qualität seiner gut geschnittenen Hosen und die feine Arbeit seiner Stiefel zur Kenntnis. Sie waren offensichtlich sehr teuer, aber nicht auffällig wie etwas, das Godwin getragen haben würde. Den Unterschied zwischen Lord Wycliffs und Godwins Interessen hätte sich am besten wie Tag und Nacht beschreiben lassen.

Jedoch sollte das nicht heißen, dass sie seine Lordschaft mochte. Er musste sich erst noch als würdig erweisen. Vorläufig behielt sie sich ihre Zustimmung noch vor. Schließlich war er ein

Mann, und Gott wusste, dass keiner von ihnen vertrauenswürdig war.

Als Lord Wycliffs Kutscher an der letzten Zollschranke Londons gezahlt hatte, fiel der Regen wie aus Eimern auf die Kutsche. Der arme Kutscher tat ihr schrecklich leid, denn zu dem strömenden Regen war es noch bitterkalt geworden.

Und Lord Wycliff schlief während alldem.

Louisa begann zu bemerken, dass die Decke, obwohl aus Wolle und dick und fest gewebt, ihr wenig Schutz vor der Kälte bot, die ihr bis in die Knochen kroch. *Wie konnte Lord Wycliff in dieser ungemütlichen Lage schlafen?* Dann erinnerte sie sich an ihren älteren Bruder, der leider ein Problem mit dem Trinken hatte. Nach einer ausschweifenden Nacht schlief auch Frederick in völliger Selbstvergessenheit. Sie erinnerte sich, wie Ellie einmal Eiswasser über ihn gegossen hatte, im vergeblichen Versuch, ihn für den sonntäglichen Gottesdienst zu wecken. Er hatte sich lediglich umgedreht und weitergeschnarcht.

Hatte Lord Wycliff am Abend zuvor zu viel getrunken? Mit solchen Gedanken, die ihr durch den Kopf gingen und ihre Arme unter die schwere Decke gesteckt tat sie es Lord Wycliff schließlich nach. Sie schlief ein.

* * *

Als Harry erwachte, schlief Louisa. Er war unfähig, seinen Blick von ihr abzuwenden. Er hatte viele schöne Frauen neben sich schlafen sehen, aber keine hätte sich mit Louisa Phillips vergleichen können. Um sie schwebte ein Hauch von Unschuld, nicht nur, weil sie blond und zierlich war und so jung aussah, sondern auch wegen der Naivität ihrer Hoffnungen auf Reformen und ihres echten Mitgefühls.

Was ihn sich seiner Täuschung noch mehr schämen ließ. Jetzt fing sie gerade an, einem Mann zu vertrauen, und er stand davor, eine Kehrtwendung zu machen und das bisschen Boden, das er für sein Geschlecht gewonnen hatte, wieder in die Luft zu sprengen.

Obwohl Louisa Phillips behauptete, die Regeln der Gesellschaft nicht anzuerkennen, war Harry entschlossen, ihren Ruf nicht zu beschmutzen.

Er wandte seine Aufmerksamkeit dem Problem der Beschaffung eines Zimmers im Gasthof zu. Da der Regen ihr Vorankommen ernstlich behindert hatte, würden sie vermutlich dazu gezwungen sein, einige Nächte in Postgasthöfen zu verbringen. Wie sollten sie das tun und dabei ihren Ruf reinhalten?

Ihm kam ein Einfall, aber er wusste, dass er der Witwe nicht gefallen würde.

Er unterrichtete sie davon, als sie aufwachte. Er hatte zugschaut, wie sie erwachte, die Decke fest um sich zog, als sie sich in eine sitzende Haltung aufrichtete. Als sie zu ihm herüberschaute, errötete sie. Brachte die Vorstellung, wie ein Mann sie im Schlaf beobachtete, sie in Verlegenheit?

„Ziemlich kalt, nicht wahr?", sagte er beiläufig.

„Ich wünschte, wir hätten einen heißen Backstein", klagte sie. „Aber ich sollte nicht so egoistisch sein, wenn der arme Kutscher nichts von dem Luxus hat, den wir genießen."

„Denken Sie immer an die Nöte derer, die weniger glücklich sind als Sie selbst?"

Sie schaute ihn sehr direkt an. „Jemand muss es tun, Mylord."

„Und Sie ziehen es vor, dass dieser jemand eine

Person in einer Stellung ist, wo er etwas tun kann, um Veränderungen zu bewirken?"

„Natürlich. Darauf habe ich schon lange Zeit hingearbeitet."

„Und ich soll Ihr Mittel zum Zweck sein."

Sie nickte. Er mochte die Art, wie ihre blauen Augen tanzten, wie bei einem Kind, das ungeduldig darauf wartet, ein Geschenk zu öffnen.

„Ist Ihnen ohne Decke nicht furchtbar kalt, Mylord?"

Sein Puls ging schneller bei dem Gedanken, neben ihr zu sitzen und die Decke zu teilen. „Es ist ziemlich unangenehm."

„Dann hatten sie gedacht, wir würden die Decke teilen?"

Ein scheues Lächeln legte sich auf sein Gesicht. „Ja."

Er genoss zu beobachten, wie das Schuldgefühl sie übermannte.

„Nun gut", sagte sie widerwillig. „Sie können auf diese Seite kommen, aber ich möchte nicht, dass ein Teil von Ihnen mich berührt. Ist das klar?"

„Glasklar, Madam", sagte er als er sich zu einer gebeugten Haltung erhob und auf ihre Seite wechselte.

„Ich glaube, wir sollten die Frage der Unterbringung im Gasthof besprechen", sagte er. „Ich weiß, dass Ihnen die Meinung der *feinen Gesellschaft* völlig gleichgültig ist, aber Sie sollten sich im Klaren sein, dass Sie ihren Respekt erwerben müssen, um mit ihr zu arbeiten."

„Was hat das mit Zimmern im Gasthof zu tun?"

„Wenn entdeckt würde, dass wir zusammen gereist sind, fürchte ich, dass Ihr guter Ruf ruiniert wäre."

Sie schaute ihn durch zu schmalen Schlitzen zusammengekniffene Augen an. „Was schlagen Sie dann vor, Mylord?"

„Dass wir andere Namen verwenden. Uns, sagen wir, als Mr. und Mrs. Smith einzutragen würde weder Aufmerksamkeit erregen noch zu weiteren Fragen Anlass geben. Andererseits, wenn wir getrennte Zimmer unter anderen Namen nehmen würden, könnte unser Verhalten einander gegenüber mit Sicherheit Misstrauen erzeugen.

Sie riss ihre Augen auf. „Sie schlagen vor, dass wir zusammen schlafen?" In ihrer Stimme lagen Misstrauen und Ärger.

„Ich verspreche, Sie nicht anzurühren."

„Und sie verlangen, dass ich Ihnen vertraue?", fragte sie. „Mein lieber Lord Wycliff, Sie sind ein Mann und ich muss erst noch einen finden, der meines Vertrauens würdig ist."

„Ich weiß nicht, was sonst ich sagen oder tun kann, damit Sie mich akzeptieren."

„Das liegt nicht in Ihrer Hand."

Er lehnte sich gegen das Fenster und erlaubte der kalten Luft, in die Lücke zwischen ihnen unter die Decke zu strömen.

Sie zog hochmütig die Decke von ihm weg und drückte sie an sich.

* * *

Die Nacht brach früh herein. Knapp vor fünf Uhr nachmittags fuhr die Kutsche in den Hof eines Gasthauses in Reading ein. Es hatte sie den ganzen Tag gekostet, vierzig Meilen zurückzulegen. Obwohl der Regen noch immer vom Himmel strömte, freute Louisa sich darauf, sich die Beine vertreten zu können.

Und von Lord Wycliff wegzukommen. Die Unverschämtheit! Er hatte wirklich erwartet, dass sie ihm erlauben würde, in ihrem Zimmer zu schlafen! Der Mann war absolut unerträglich.

Er hielt einen Schirm über sie, als sie zum Gasthaus liefen.

Als sie drinnen waren, bestellte er ein Privatzimmer „für meine Frau und mich."

Louisa wollte schon widersprechen, als sie sehr starke Hände ihren Oberarm drücken spürte. Da wurde ihr klar, dass eine Szene große Aufmerksamkeit erregen würde. Für jetzt würde sie es einfach dabei belassen und später darauf bestehen, dass der starrköpfige Mann getrennte Schlafzimmer beschaffte. In diesem Moment war das einzige, woran sie denken konnte, ihr Verlangen, sich vor ein warmes Feuer zu kuscheln und eine Tasse heißer Milch zu trinken.

Sie und Lord Wycliff konnten gleich vor dem Kamin Platz nehmen. Bald verschwand die Kälte aus ihren Knochen und sie spürte, wie ihre Wangen heiß wurden. Sie spürte auch Lord Wycliffs Blick auf ihr ruhen und schaute auf, um ihm endlich in die Augen zu sehen.

„Wirklich, Mrs. Phillips", sagte er, „Sie müssen sich keine Sorgen um Ihre Tugend machen. Ich versichere Ihnen, dass es das letzte ist, wonach mir der Sinn steht, das Bett mit einer männerhassenden Reformerin zu teilen."

Obwohl es das letzte war, was sie wünschte, das Bett mit einem Mann zu teilen, war sie durch seine Bemerkung doch seltsam gekränkt. „Wie stellen Sie sich dann vor, dass wir ein Zimmer teilen, ohne das Bett zu teilen?"

„Woher wissen Sie, dass ich nicht neben Ihnen liegen könnte, ohne mit Ihnen schlafen zu wollen?", fragte er.

Sie hoffte, dass er denken würde, die Röte in ihrem Gesicht käme vom Feuer. „Ich weiß, dass Sie ein Mann sind und alle Männer wollen dasselbe."

„Ich versichere Ihnen, Mrs. Phillips, das, worauf Sie anspielen, kann ich haben, wann immer ich will. Es ist nicht so lange her, dass ich mit einer Frau zusammen war, dass ich entweder meine Vorlieben ändern oder meine Erwartungen senken müsste."

Jetzt war sie wirklich böse. *Seine Erwartungen senken, also wirklich!* Sie nahm einen langen Zug aus ihrem Milchbecher und vermied den Blickkontakt mit dem eingebildeten, arroganten, unausstehlichen britischen Lord.

Es dauerte nicht lange, bis die Frau des Gastwirts jedem von ihnen einen Teller mit Lammfleisch, heißem Brot und frischer Butter brachte.

Lord Wycliff zerschnitt sein Fleisch, aß aber nicht. „Ich sehe, dass ich Sie gekränkt habe", sagte er. „Ich dachte, Sie würden erfreut sein, wenn ich Sie nicht begehrenswert fände."

Sie hob hochmütig ihr Kinn. „Das bin ich auch."

„Dann können wir zusammen schlafen?"

Sie biss in eine dicke Scheibe knusprigen Brotes und kaute es langsam, bevor sie antwortete. „Ich kann ziemlich laut schreien, wissen Sie."

Er lächelte, bevor er eine Gabel voll Fleisch verschlang.

Kapitel 8

In Louisas Magen tanzten Schmetterlinge, als sie und Lord Wycliff die steile, schlecht beleuchtete Treppe zu dem Schlafzimmer hinaufstiegen, das sie teilen würden.

Er steckte den Schlüssel in das eiserne Schloss und drückte die Tür auf. Neben dem Bett brannte bereits eine Kerze und ein Feuer loderte. Die Holzdecke des Raums war niedrig, was dem Raum zusammen mit der Wärme eine gemütliche Atmosphäre verlieh.

Sie trat in das Zimmer, trotz der Wärme drinnen lief es ihr kalt den Rücken hinunter. Ihre Reisetasche war neben dem Bett abgestellt worden.

Lord Wycliff stand in der offenen Tür. „Ich werde jetzt in die Gaststube hinuntergehen. Ich habe den Schlüssel und werde mich später hereinlassen." Seine Stimme senkte sich zu einem heiseren Flüstern, als er hinzufügte: „Ich nehme an, Sie werden bereits schlafen, wenn ich zurückkomme."

Louisa schaute ihn überrascht an, aber er drehte sich schon um und ging die Stufen wieder hinab. Sie ging durchs Zimmer und verschloss die Tür, um dann ihre zerknitterte Reisekleidung abzulegen. Zuerst die Pelisse, dann das Kleid. Und doch war ihr noch nicht kalt. Sie schloss daraus, dass die Wirtsleute hier ein Feuer brennen lassen mussten, auch wenn keine Gäste da waren. Sie würde Lord Wycliff bitten müssen, den

Wirtsleuten eine zusätzliche Summe als Anerkennung für diese Bequemlichkeit zu geben. Lord Wycliff konnte sich eine so unbedeutende Ausgabe offensichtlich leisten. Schließlich würde er sie für den Rest ihres Lebens finanziell absichern, nur, damit sie ihn auf dieser Reise begleitete.

Plötzlich stockte ihr Atem. Was, wenn er nicht zu seinem Wort stand? Hatte er wirklich die Absicht, sie für ein paar Tage ihrer Zeit so üppig zu belohnen? Und wie sie sich den ganzen Tag ermahnt hatte, sie wusste nicht, was für eine Art Mann er war. Trotz der vielen Stunden, die sie in den letzten paar Wochen miteinander verbracht hatten, hatte er nichts über sich selbst verraten.

Sie hielt auf halbem Weg beim Anziehen ihres wollenen Nachthemds inne und fragte sich, was sie wirklich von ihm wusste. Dass er eine Menge Geld besaß, war sicher. Sein Cousin prahlte mit Lord Wycliffs Fähigkeit, ein beträchtliches Vermögen beschafft zu haben, nachdem er von seinem verschwenderischen Vater praktisch mittellos zurückgelassen worden war. Louisa wusste auch ohne jeden Zweifel, dass der Lord, der ihr Zimmer teilen würde, seine Mutter leidenschaftlich verehrte. Ein bewundernswerter Zug bei einem Mann, dachte sie.

Aber was wusste sie sonst wirklich über ihn? Sie rief sich die vielen Besuche wieder in Erinnerung und erkannte, dass sie nur das Wenige wusste, das er ihr zu sehen erlaubt hatte, und nur wenig davon war persönlich. Sie hatte keine Ahnung, wie er dieses Vermögen angehäuft hatte. Auch wusste sie nicht, ob er je eine Ehe in Betracht gezogen hatte. Sie rang ihre Hände, als sie jetzt, wo sie mit ihm das Bett teilen würde, erkannte, dass der gutaussehende Edelmann nahezu ein Fremder für sie war.

Sie schloss ihr Nachthemd, schlüpfte unter die warmen Decken und blies die Kerze aus. Müde von der Reise schlief sie fast sofort ein, sorgfältig darauf bedacht, weniger als die Hälfte des Bettes einzunehmen.

* * *

Als Harry einige Stunden später unter der warmen Decke lag und dem regelmäßigen Atem des weiblichen Wesens neben ihm lauschte, konnte Harry das Verlangen zu lachen kaum unterdrückten. Das dumme Frauenzimmer hatte ihm tatsächlich geglaubt, als er ihr sagte, er begehrte sie nicht. Mit jedem Heben und Senken ihrer Brust wollte er sie. Sein Verlangen nach ihr war noch stärker als selbst das, sein erstes Schiff zu befehligen. Oder das Verlangen, Wycliff House zurückzufordern. Oder, das Porträt seiner Mutter wiederzufinden.

Doch er hatte instinktiv gewusst, dass Louisa Phillips keine Frau war, die man leicht erobern konnte. Sie würde sich keinem Mann hingeben, der nicht beabsichtigte, sie zum Mittelpunkt seines Lebens zu machen und Harry wusste, dass die schwierige Reformerin nicht die Frau für ihn war. Sie mochte Männer ja nicht einmal!

Er versuchte, das Rätsel, das Louisa Phillips für ihn darstellte, zu lösen. Warum hasste sie Männer so sehr? Der Grund dafür dürfte natürlich bei dem gemeinen Kerl liegen, der ihr Ehemann gewesen war. Was für ein Mann würde ein junges Ding wie sie ohne die Sicherheit eines Dachs über ihrem Kopf zurück lassen?

Aus etwas, das sie zu sagen begonnen hatte, bevor sie sich selbst unterbrach, schloss Harry, dass Godwin Phillips seine Hand gegen seine junge Braut erhoben hatte. Harry konnte einen Fluch kaum unterdrücken. Wenn Godwin Phillips noch am Leben gewesen wäre, hätte es Harry größtes Vergnügen bereitet, ihn zu verprügeln, bis sein hässliches Gesicht aussähe wie eine Dose Würmer.

Als er so neben ihr lag, schwor Harry, dass er dafür sorgen würde, dass Louisa Phillips sich den Rest ihres Lebens keine Sorgen mehr würde machen müssen. Ob sie ihm bei seiner Suche helfen würde oder nicht.

* * *

Am nächsten Morgen verzehrten sie ein herzhaftes Frühstück, bevor sie weiterreisten. Er war vor ihr aufgewacht, hatte seine Hosen übergezogen - denn er hatte nur in seinem seidenen Hemd geschlafen - und war nach unten gegangen, ohne sie zu stören.

Dass sie die Nacht mit unbeschädigter Tugend überlebt hatte, löste an diesem Morgen zweifellos ihre Zunge, als sie ihn im Wohnzimmer zum Frühstück traf. Die bösen Blicke vom Vorabend waren verschwunden.

Durch seine Zurückhaltung hatte er ihr Vertrauen gewonnen.

„Ich glaube, der Gastwirt lässt das Feuer in den Zimmern brennen, damit sie warm sind, wenn Gäste kommen", erklärte Louisa ihm zwischen zwei Löffeln Haferbrei. „Sie sollten sich dem Mann gegenüber großzügig zeigen, Mylord."

Ein erheitertes Grinsen erhellte sein gebräuntes Gesicht. „Wie Sie wünschen, Madam."

„Aus der Delle im Bett entnehme ich, dass Sie in unserem Zimmer geschlafen haben", sagte sie, „aber ich habe wirklich nicht bemerkt, wann Sie gekommen sind."

Er beobachtete, wie ihre Wangen sich röteten. Er hatte gelernt, ihre Neigung zum Erröten wahrzunehmen, wenn etwas sie in Verlegenheit brachte. „Habe ich Ihr Vertrauen erworben, Madam?"

Sie nickte scheu. „Ich wage zu behaupten, dass es daran liegt, dass ich für Sie nicht anziehend bin."

Er würde die Farce mitspielen. „Bitte glauben Sie nicht, dass Sie nicht attraktiv wären, Madam. Ich schwöre, eine Menge anderer Männer würden Sie begehrenswert finden."

Ihr finsterer Gesichtsausdruck kehrte zurück. „Dann haben Sie gelogen, als Sie sagten, dass ich die hübscheste Frau auf Lord Seymours Ball wäre?"

Er hätte fast seinen Tee ausgespuckt. „Aber überhaupt nicht, Madam. Sie waren die hübscheste Frau dort. Es ist nur so, dass ich Frauen mag, die ein wenig ..."

„... ein wenig großzügiger mit ihrer Gunst sind?"

„Ich muss zugeben, dass ich einige Erfahrung mit Frauen habe, auf die diese Beschreibung zutrifft."

„Frauen wie Lady Davenwood?"

Woher zum Teufel wusste sie von seiner Affäre mit Fanny? „Ein Gentleman spricht nicht über solche Dinge, Mrs. Phillips."

Ihr Erröten verstärkte sich wieder.

„Ich finde, dass Ihre liberalen Ansichten im Gegensatz zu ihrer Lebensweise stehen", sagte er.

„Wie das?", fragte sie.

„Sind Sie nicht für das Konzept der freien Liebe?"

„Ja", sagte sie. „Heirat, so wie wir sie kennen, ist nichts als eine Farce."

Er hob eine Braue. „Ich fürchte, ich kann Ihnen nicht folgen."

„Sicher wissen Sie, wie freizügig die Damen der *feinen Gesellschaft* ihr Bett mit Männern teilen, die nicht ihre Ehemänner sind."

Sie weiß wirklich über Fanny Bescheid. Er nickte verlegen.

„Was völlig in Ordnung zu sein scheint, weil sie verheiratete Frauen sind. Dazu kommt die Tatsache, dass nur wenige Frauen die Gelegenheit haben, sich ihren eigenen Ehemann auszusuchen. Die Umstände der Geburt entscheiden, wer wen heiratet. Sie müssen zugeben, dass ein Mann von Ihrer Geburt nie ein Blumenmädchen von Covent Garden heiraten würde."

„Noch würde ein hübsches junges Mädchen aus Kerseymeade freiwillig einen alternden Kartenhai heiraten."

Sie riss ihre Augen auf. Einen Moment lang schwieg sie, dann wurde ihre Stimme leise und sie sprach ohne zu zögern. „Mein Vater hat mich für tausend Pfund verkauft. Meine völlige Abscheu vor dieser Ehe war unwichtig."

Er spürte den Schmerz in ihren Worten und streckte seine Hand über den groben Holztisch, um ihre zu ergreifen. „Also deshalb hassen sie die Männer", flüsterte er. „Sie haben nichts getan, als sie zu verletzen. Nicht nur Ihr Ehemann, sondern auch Ihr Vater."

Sie zog ihre Hand zurück und erstarrte. „Sie sind egoistische Wesen, Sie alle."

„Ich kann verstehen, warum Sie so denken", sagte er ernst, seine Stimme war leise. Jetzt wusste er, warum sie nie wieder nach Hause zurückkehren wollte, warum sie Ellie von ihrem Vater trennen wollte. Harry trank den Rest seines Tees aus, legte seinen Umhang um und half ihr in ihren. „Hoffen wir, dass das Wetter heute besser wird."

Es regnete noch, als sie um die Pfützen im Innenhof herum gingen und ihre Kutsche um eine andere herum nach vorn fuhr, um ihnen ein paar Schritte auf dem nassen Boden zu ersparen. Harry half ihr in das Gefährt, nahm dann seinen Platz ihr gegenüber ein und beobachtete erheitert, wie sie sich unter der dicken Decke zusammenkuschelte.

Ihm war noch nicht kalt. Er fühlte sich noch vom Wohnzimmer her erwärmt - und von der Vertraulichkeit ihres Gesprächs. Es war, als wäre eine Schranke zwischen ihnen entfernt worden.

Sie schaute aus dem Fenster. „Ich glaube, die Wolken lösen sich auf", sagte sie fröhlich.

Er beobachtete sie mit einem Kloß im Hals. Sie hatte etwas so Kindliches an sich, trotz der harten Fassade, die sie aufgebaut hatte. In den Wochen, seit er sie kennengelernt hatte, war ihr Verhalten wesentlich sanfter geworden. Sie zog sich viel weniger düster an und benahm sich auch viel weiblicher. Wenn er nur mehr Zeit mit der schönen Dame verbringen könnte.

Fast bedauerte er es, dass er sie nicht länger sehen würde, nachdem er Godwin Phillips' Wohltäter gefunden haben würde, aber da Harry keinerlei Absicht hegte, ein Mitglied des Oberhauses zu werden, noch, Mrs. Phillips' liberale Einstellungen zu übernehmen, wusste er, dass er sich von ihr würde fernhalten müssen, wenn er Wycliff House erst wieder zurückerobert hatte.

Warum sollte er sich wünschen, das Wahlrecht auszudehnen und seinen Häuslern zu erlauben, seine Rechte an sich zu reißen, Rechte, die die Earls von Wycliff seit zweihundert Jahren genossen? Die Vorstellung war absolut lächerlich. Es würde es bedauern, sie zu enttäuschen, aber sein Geld sollte ihren Ärger und gekränkten Stolz lindern.

„Es ist schade, dass die Zukunft eines Mannes von seiner Geburt bestimmt wird", sagte sie. „Sehen Sie John, den Kutscher, an. Es ist sein Schicksal im Leben, den Elementen zu trotzen, während die Kälte ihm in die Knochen dringt und der Wind schneidend bläst, während es Ihr Los ist, in der Kutsche zu sitzen, warm und trocken."

„Würde es Ihnen gefallen, wenn ich ihn zu Ihnen hereinholen und seinen Platz auf dem Kutschbock einnehmen würde?", fragte Harry mit Amüsement in seiner Stimme.

„Das ist nicht, was ich meine", protestierte sie. „Es ist eine traurige Tatsache des Lebens, dass, während einige Kinder von Kindermädchen und Hauslehrern verwöhnt und in ihren Kinderzimmern beschützt werden, andere als Waisen sich selbst überlassen werden und auf der Straße Fremde um ihre nächste Mahlzeit anbetteln müssen."

„Ich bedaure, nicht in der Lage zu sein, alle Waisen der Welt füttern und kleiden zu können, Mrs. Phillips. Meine Taschen sind nicht ganz so tief."

Ein Seufzer entrang sich ihr. „Darum geht es auch nicht. Sehen Sie nicht, dass es das Recht jedes Kindes ist, spielen und lernen zu dürfen, nicht für seinen Lebensunterhalt arbeiten zu müssen? Es liegt in der Verantwortung von denkenden Menschen wie Ihnen und mir, uns für die Gleichberechtigung der Menschen einzusetzen."

„Und davon würden wir alle profitieren."

Sie warf ihre Decke beiseite. Er liebte es, wenn diese blassen Augen blitzten. „Ja!", sagte sie. „Eine gut ernährte und wohlgebildete Bürgerschaft würde automatisch zu weniger Verbrechen führen und sogar Krankheiten verringern, von denen ich überzeugt bin, dass sie sich nur durch schiere Unwissenheit so ausbreiten."

„Ich hatte keine Ahnung, dass Ihre Bildung sich auch auf das Gebiet der Medizin erstreckt, Mrs. Phillips."

Sie funkelte ihn an. „Sie machen sich über mich lustig."

„Überhaupt nicht", protestierte er. „Ich finde Sie überaus intelligent und habe großen Respekt vor Ihrem Verstand."

Ihr wurde kalt und sie zog die Decke wieder hoch. „Was ist mit Ihrem Verstand, Mylord? Es scheint, Sie haben Ihre eigenen Gedanken sorgfältig vor mir geheim gehalten."

Gewissensbisse quälten ihn. „Ich muss zugeben, dass ich einen großen Teil meines Lebens als Erwachsener damit verbracht habe, ein Vermögen anzuhäufen und wenig an die Weisheit der großen Denker unserer Zeit gedacht habe. Ich versuche jetzt, diese Lücke zu füllen - mit Ihrer Hilfe." Er klang überzeugend, sogar in seinen eigenen Ohren.

Sie begegnete offen seinem Blick. „Sagen Sie mir, Lord Wycliff, wie haben Sie Ihr Vermögen erworben?"

Noch mehr Schuldgefühle stiegen zitternd in ihm auf. „Ich war in der Schifffahrt."

Sie nickte. „Wenn ich in dieses Geschäft einsteigen würde, könnte ich große Summen Geld verdienen?"

„Sie sind eine Frau."

„Genau. Frauen werden die Türen vor der Nase zugeschlagen."

„Das nächste wäre dann, dass Sie das Wahlrecht auch für Frauen fordern."

„Und warum nicht? Wir bilden die Hälfte der Bevölkerung."

„Ich bestreite nicht, dass wir die Frauen brauchen, aber ihr wesentlicher Zweck im Leben ist es doch, Kinder zu bekommen."

Ihr Gesichtsausdruck wirkte verletzt. „Wollen Sie sagen, dass ich, weil ich keine Kinder habe, keinen Wert besitze?"

„Verdammt, Frau, das habe ich nicht gemeint!" Gegen seinen Willen versuchte er, sie sich mit einem Kind vorzustellen. Es gefiel ihm gar nicht, daran zu denken, dass sie Godwin Phillips' Kind tragen könnte. Was nicht bedeutete, dass sie keine gute Mutter gewesen wäre. Und Ehefrau auch, wenn sie die Chance gehabt hätte, einen Mann zu heiraten, dem ihr Herz gehörte. Sie mochte es selbst nicht erkennen, aber mit ihrer Fähigkeit zu innerer Wärme hätte sie eine großartige Ehefrau und Mutter werden können. *Wenn die Umstände ihrer Geburt günstiger gewesen wären.* Wäre sie nicht als Tochter eines abscheulichen Vaters geboren worden, der seine eigenen Kinder für Geld verkaufte. Die Muskeln in Harrys Gesicht spannten sich an. Wie er diesen Mann für das, was er seiner eigenen Tochter angetan hatte, hasste.

Harrys Gedanken flogen zu seinem eigenen Vater. So böse Harry auf ihn war, er wusste, dass sein Vater ihn und seine Mutter immer mehr als jeden materiellen Besitz geliebt hatte. Ein Jammer, dass die Schwäche seines Vaters zum Tod seiner Mutter geführt hatte. Harry erinnerte sich, wie gebrochen seine Mutter gewesen war, als sie zuerst ihr Heim, dann ihren Mann verloren hatte.

Louisas Voraussage, dass die Wolken sich auflösen würden, erwies sich als richtig. Als es Zeit wurde, ein Mittagsmahl einzunehmen, hatte der Himmel aufgeklart und sie konnten die Kutsche verlassen und sich die Beine vertreten. Dann breitete Harry eine Decke auf dem feuchten Gras neben der Straße aus und alle drei setzten sich, um die großzügig bemessene Mahlzeit zu verzehren, die die Frau des Gastwirts eingepackt hatte.

Kapitel 9

Das Gras war nass, aber ihre Decke schien den größten Teil der Feuchtigkeit aufzusaugen. Nachdem sie gegessen hatten, ging der Kutscher, um die Pferde zu versorgen und Lord Wycliff lehnte sich zurück, sein Gewicht auf die Ellenbogen gestützt und die Beine auf der Decke ausgestreckt, während er in den jetzt blauen Himmel aufschaute. Es war warm genug, dass er seinen dicken Umhang abgelegt hatte und Louisa - mit Lord Wycliffs Hilfe - ihren schwarzen ebenfalls.

Sie versuchte, ihren Blick von Lord Wycliffs Gliedern abzuwenden. Er erinnerte sie an eine der griechischen Statuen, die sie im Britischen Museum besichtigt hatte. Wie diese bestand er aus festen Flächen und weich gerundeten Muskeln, die so hart wie der Marmor sein mussten, aus denen die griechischen Männer gehauen waren. Ihre Augen wanderten von seinen schlammigen Stiefeln an seinen Oberschenkeln hinauf und blieben an seiner Taille hängen, wo über seinen wohlgebauten Knochen keine Spur von Fett zu sehen war.

Sie wurde wieder an ihren ersten Eindruck von ihm erinnert, als sie gedacht hatte, dass er zu männlich wäre, um in den Putz gekleidet zu sein, den die Gecken der *feinen Gesellschaft* trugen. Nicht, dass er die albernen Rüschen trug, die die Dandys bevorzugten. Sie konnte sich vorstellen, wie er mit jemandem wie Jackson Übungskämpfe austrug oder sein Gleichgewicht am Steuer eines Schiffs hielt, sein Schwert zur Verteidigung seines Schoners gezogen.

„Was macht Sie so nachdenklich?", fragte er und machte keine Anstalten, sich aufzusetzen.

Sie beobachtete ihn eindringlich. Das endlose Weizenfeld hinter ihm umrahmte seinen Kopf wie ein goldener Heiligenschein auf einem Renaissancebild.

Vor einer Woche hätte sie ihn noch wütend angefaucht, wenn er so unverschämt gewesen wäre, eine so persönliche Frage zu stellen. Aber dies war jetzt, und ihr enges Zusammensein hatte langsam die Rüstung abgenutzt, die sie beide seit beträchtlicher Zeit getragen hatten.

„Ich habe mich gefragt, warum Sie Ihren Vater hassen."

Er setzte sich auf und durchbohrte sie mit seinen dunklen Augen. „Woher wissen Sie, dass ich meinen Vater hasse? Das habe ich Ihnen nie erzählt."

„Das mussten Sie nicht in Worte fassen. Halten Sie mich für eine solche Närrin, dass ich nicht bemerken würde, wie Sie ihre Mutter verehren, aber nichts über Ihren Vater sagten?"

Er entspannte sich und trank einen Schluck des Weins, der in ihrem Korb gewesen war. „Sie wissen, dass mein Vater alles verloren hat."

„Ich weiß, dass er Wycliff House in einer Nacht beim Kartenspielen bei Waiters an Godwin verloren hat."

Er sah aus, als wäre ein ganzer Kerzenleuchter vor seinen Augen entzündet worden. „Wie konnte ein Mann, der seiner Frau nichts hinterließ, ein Vermögen zusammenbringen, das groß genug war, um um Einsätze zu spielen, zu denen eines von Londons schönsten Stadthäusern gehört?"

Jetzt wurden ihre Augen ebenso hell wie seine. „Der Wohltäter!", sagte sie. Godwin war mit Sicherheit nie in der Lage gewesen, Geld zu behalten. Nicht bei seiner Besessenheit mit dem Spiel. Und für eine verschwenderische Lebensweise.

„Das muss es sein", sagte er.

Beide schwiegen einen Augenblick, in ihre eigenen Gedanken verloren. Schließlich sprach sie. „Vermuten Sie, dass der Wohltäter sein Opfer auswählte?"

Er schlug sich aufs Knie. „Sie sind einfach brillant!"

„Das merken Sie erst jetzt, Mylord?" Sie lachte.

„Ich habe an dem Tag, an dem ich Sie kennenlernte, festgestellt, dass Sie beträchtlich klüger sind als die meisten Frauen meiner Bekanntschaft."

Ihre Mundwinkel hoben sich zu einem Lächeln. „Gut für mich und mein Bedürfnis nach einer Nacht guten Schlafes, dass Sie sich nichts aus intelligenten Frauen machen."

Ein mutwilliges Funkeln blitzte in seinen Augen auf. „In der Tat."

Irgendwie schien es seiner Antwort an Aufrichtigkeit zu mangeln.

Er begann, die Reste ihrer Mahlzeit einzusammeln und sie stand auf und reckte sich, hob ihre Arme direkt zum Himmel. Die Steifheit von Stunden der Kutschfahrt hatte sich erheblich verringert, aber sie wusste, dass sie wiederkommen würde, wenn sie die Reise fortsetzten.

Zu ihrer Überraschung kam er zu ihr und bedeckte sanft ihre Schultern mit ihrem Umhang.

Unerwartete Wärme durchströmte sie.

* * *

In dieser Nacht wiederholte er sein Verhalten, sie zum Umziehen allein zu lassen, während er in die Gaststube ging. Nur war sie an diesem Abend noch wach, als er ins Bett kam.

Sie lag dort im Dunklen und täuschte vor, dass sie schliefe, als er vor dem Fenster stand und seine Hosen auszog. Ihr Herz schlug schneller, als sie ihn erblickte, sein wunderbarer Körper war wie im Mondlicht gebadet. Dann warf er seinen Rock beiseite. Sie konnte ebenso wenig ihre Augen von dem prachtvolleren Anblick abwenden, wie sie hätte aufhören können zu atmen.

Hätte Godwin so ausgesehen, hätte sie seine Anwesenheit in ihrem Bett vielleicht nicht so abstoßend gefunden. Sie fragte sich, wie es wäre, unter einem Mann wie Lord Wycliff zu liegen. Sie beobachtete, wie er auf das Bett zu kam, geschmeidig und kraftvoll und dunkel wie ein Panther, und sie fragte sich, mit wie vielen Frauen er schon zusammen gewesen war.

Er kroch unter die Decken, vorsichtig darauf bedacht, sie nicht zu berühren. Nach einem kurzen Stoß kalter Luft von den gehobenen Decken spürte sie sein Herz.

Sie lag sehr lange Zeit dort mit dem Rücken zu ihm. Sie wartete darauf, dass sein Atem sich ändern würde, wie der eines Mannes es tut, wenn er einschläft, aber sie hörte keine solche Veränderung.

Überlegte auch er, wie es wohl wäre, wenn er sie in seine Arme zöge?

Sehr lange Zeit verging, bevor sie schließlich hörte, wie seine Atemzüge sich veränderten. Er war endlich eingeschlafen.

Erst da tat sie es ihm nach.

* * *

Am nächsten Tag schaute Harry auf die Karte.

„Wie lange wird es dauern, bis wir Cornwall erreichen?", fragte sie.

Er warf ihr einen kurzen Blick zu. „Morgen Abend sollten wir in Cornwall schlafen."

„Fahren wir zuerst an die Nordküste?"

Er lächelte. „Ich sehe, dass *Sie* wissen, wie man eine Karte liest." Sein Blick wanderte wieder zur Karte zurück. „Wir sollten morgen vor Abend den Tamar erreichen - wenn das Wetter hält."

„Dann ist Lord Arundel unser erster Verdächtiger?"

Er musterte sie mit Belustigung in seinen Augen. „Sie haben auch ein gutes Gedächtnis."

Sie hob stolz den Kopf. „Ich glaube, ich kann sogar die Strecke vorhersagen, die Sie benutzen möchten, Mylord."

„Tatsächlich?"

Sie nickte. „Tintagel zuerst, dann nach Süden Richtung Bodmin, von Bodmin nach Polperro an der Südküste. Von Polperro fahren wir weiter an der Südküste nach Penryn. Von Penryn geht es weiter direkt wieder nach Norden Richtung Cuthbert. Und Falwell - was nahe bei Land's End ist."

Er warf ihr einen verschmitzten Blick zu. „Ich sehe, ihre Fähigkeiten beim Kartenlesen - und in Logik - sind ausgezeichnet." Er runzelte die Stirn. Wie schade, dass sie eine solche Weltverbesserin war. Er genoss es eigentlich, eine Frau mit überlegenem Verstand als Begleiterin zu haben.

Das Wetter hielt und sie schliefen an diesem Abend in einem Gasthof in Minehead. Harry war enttäuscht, dass Minehead ein paar Meilen von der Grenze Devons entfernt war. Er hatte ihr versprochen, dass sie am folgenden Abend in Cornwall schlafen würden.

Dann wurde sie niedergeschlagen. „Ich muss sagen, mir war nicht klar, als wir diese Reise antraten, dass es vier Tage dauern würde, bevor wir auch nur den Boden Cornwalls erreichen. Was bedeutet, dass es vermutlich mehr als zwei Wochen dauern wird, bevor wir nach London zurückkehren. Ich bedauere es, die arme Ellie so lange allein zu lassen."

„Sie wird so begeistert von diesem Bentham sein, dass sie Sie kaum vermissen wird."

Louisa schaute noch immer trübe.

„Was wissen Sie von Tintagel?", fragte er.

„Es gibt dort eine Burgruine, von der es heißt, dort hätte König Artur regiert."

„Vielleicht ist unser Lord Arundel ein Abkömmling König Arturs."

„Wenn man an Camelot glaubt", sagte sie ernst.

Harry warf ihr einen nachdenklichen Blick zu. Ein Jammer, dass sie nicht an Camelot oder an „so lebten sie glücklich bis an ihr Ende" glauben konnte.

Am nächsten Tag, als die Nachmittagssonne hell schien, schaute Louisa aus dem Fenster der Kutsche und schien bei seiner Stimme fast zu erschrecken. „Ich denke, es wird Zeit, dass wir den Kutscher zum nächsten Gasthof voranschicken, während Sie und ich die Küste zu Fuß zu erkunden beginnen."

Da das Wetter schön geworden war, hatten sie gute Fortschritte gemacht und fuhren jetzt am ersten Teil der Küste Cornwalls entlang.

„Ein ausgezeichneter Plan", stimmte sie zu. „Ich werde froh sein, mir die Beine vertreten zu können."

Harry und Louisa stiegen aus und der Kutscher bekam Anweisung, für sie Zimmer im Gasthaus in Boscastle zu bestellen. „Jawoll, Mr. Smith", sagte der Kutscher und zwinkerte sehr betont. „Passen Sie gut auf die Missus auf."

„Fort mit dir!", befahl Harry mit einem leisen Lachen in seiner dunklen Stimme.

Louisa legte ihre zierliche Hand um den Arm, den er ihr anbot, als sie begannen, der einzigen gepflasterten Straße des Dorfes zu folgen, das auf ihrer Karte nicht zu finden gewesen war. „Ich verlasse mich darauf, dass Sie nach unserem Freund, dem Lord, Ausschau halten", sagte Harry scherzhaft.

„Sicher doch, Mylord."

Nach wenigen Augenblicken lag das Dorf hinter ihnen und sie folgten dem Nebel, der sie mit Sicherheit zum Meer führen würde.

Ihr Instinkt war richtig. Nachdem sie ein zerklüftetes Stück Land überquert hatten, hörten sie das Rauschen ferner Wellen und schmeckten die salzige Luft, die an ihnen zu hängen schien wie die Wolle an Schafen. Bald begannen sie, den Küstenpfad entlang zu laufen, wo sie das dunkle Wasser des Meeres mit seinen weißen Kronen weit unter ihnen sehen konnten. „Ich nehme an, dass Lord Arundel ein vermögender Mann ist und ich wette darauf, dass er dicht an der Küste lebt", sagte Harry.

Da jetzt niemand sie beobachtete, löste Louisa ihre Hand von Harrys Arm und hüpfte vor ihm her, bückte sich, um einen Krokus zu pflücken, der mitten in den felsigen Klippen wuchs.

Wäre er ein Maler gewesen, hätte Harry sie malen wollen, wie sie sich vorbeugte, um an der

Blume zu schnuppern, die wild auf den grauen Steinen wuchs. Mit dem Wind, der in ihren hellen Haaren spielte, war Louisa Phillips zweifellos das schönste Wesen, das er je gesehen hatte. Fast so erfrischend wie das völlige Fehlen von Künstlichkeit in ihrer Schönheit war ihr völliger Mangel an Einbildung. Hatte sie keine Ahnung, *wie* schön sie war?

Harry kniff seine Augen gegen die Sonne zusammen und beobachtete sie, als ob er ebenso im Boden verwurzelt wäre wie die in der Nähe stehende Ulme. Sie schaute zu ihm auf, Verwirrung auf ihrem Gesicht. „Fühlen Sie sich nicht wohl, Mylord?"

Er trat vor. „Es ging mir noch nie besser. Es ist ein schöner Tag, nicht wahr?"

Sie stand auf. „Wundervoll, finde ich. Ich bin noch nie zuvor in Cornwall gewesen. Und Sie?"

Sie sah aus wie ein neugieriges Kind. „Nein, und ich muss Ihnen zustimmen. Das Land hier ist irgendwie einsam, aber auch friedlich."

Sie wartete darauf, dass er sie einholte und beobachtete ihn mit einem erstaunten Ausdruck auf ihrem Gesicht. „Das ist eine sehr poetische Aussage für Sie, Mylord. Ich hatte keine Ahnung, dass Sie so empfindsam sind."

„Bitte", flehte er, „schreiben Sie mir keine Eigenschaften zu, die ich nicht besitze."

Sie nahm wieder seinen Arm, obwohl er ihn ihr nicht angeboten hatte. Er freute sich darüber.

„Es gibt absolut nichts, wessen man sich schämen müsste, wenn man die Fähigkeit besitzt, seine Gefühle auszudrücken. Lord Byron tat es, und soweit ich weiß, fehlte es ihm nie an Anhängern."

Harry lachte. „Dann sollte ich vielleicht Dichter

werden."

„Kommen Sie, Mylord, ich glaube kaum, dass Sie anfangen müssten, Gedichte zu schreiben, um Frauen zu umwerben."

„Aber Ihrer Meinung nach sind all meine Verehrerinnen Frauen leichter Tugend. Wo ist da der Spaß an der Eroberung?"

Sie nahm ihre Hand von seinem Arm. Obwohl sie weiter neben ihm herging, bemerkte er eine Steifheit in ihrem Verhalten. War sie über seine Bemerkung erzürnt? Hatte sie sie persönlich genommen? Mit Sicherheit dürfte seine Beherrschung letzte Nacht, als er pochend vor Verlangen neben ihr gelegen hatte, sie von der Ehrenhaftigkeit seiner Absichten überzeugt haben. Er sollte besser das Thema wechseln, bevor er sie noch mehr verärgerte, indem er sein Verlangen nach ihr gestand.

„Sagen Sie mir, Mrs. Phillips, wo möchten Sie gerne ihr nächstes Heim wählen?"

Seine Frage ließ sie sich entspannen. „Ich hatte daran gedacht, ein kleines Cottage in einem Dorf auf dem Lande zu kaufen, aber als wir gestern London verließen, wurde mir klar, dass ich dort gebraucht werde."

„Gebraucht?"

„Ich muss die Armut aus erster Hand sehen, wenn ich etwas tun soll, um sie zu lindern."

„Und Sie glauben, dass Sie ganz allein etwas daran ändern können?"

„Ich bin nicht naiv, Mylord. Aber mit Ihrer Hilfe im Parlament können wir Fortschritte erzielen."

Himmel, jetzt fühlte er sich ebenso schmierig wie ein Godwin Phillips. Wie alle anderen Männer in ihrem Leben benutzte er sie nur.

Sie bückte sich, um mehr von den wilden

Krokussen zu pflücken, dann lehnte sie sich über den Rand der Klippe, um an einer großen Blume zu zerren, die dort blühte. Als sie an der Blume zog, löste sich das Erdreich ringsum und der Boden unter ihr gab nach.

Harry sah voll Entsetzen zu, wie sie über die Felskante stürzte.

Kapitel 10

Harrys Herz hörte fast auf zu schlagen. In einer blitzschnellen Sekunde war Louisa noch über den Abgrund gebeugt, der Wind ließ ihre flachsblonden Locken wehen, sie hielt eine Blume mit ihrer Hand umklammert. Im nächsten Augenblick war sie fort, ein Wirbel wehender Röcke, dann nichts mehr.

Er rannte an die Felskante, wollte gar nicht wirklich nach unten schauen, wusste aber, dass er das tun musste. Er war darauf gefasst, keine Spur von der lieblichen Louisa zu sehen, die mit Sicherheit von der tobenden See hundert Fuß weit dort unten verschlungen worden war.

Zuerst sah er sie nicht. Dann drang das ferne Echo ihres Jammerns zwischen dem Geräusch der tobenden See und des allgegenwärtigen Winds vom Atlantik an seine Ohren.

Und er sah ihre Hand an einem Vorsprung keine zehn Fuß unter ihm. Sie hielt die Kante um ihr liebes Leben willen umklammert, was sie aber nicht lange durchhalten würde. Obwohl er den Rest ihres Körpers nicht sehen konnte, wusste er, dass ihr Körper unter dieser Kante baumelte, der Halt ihrer schmalen Hand war die einzige Brücke zwischen Leben und Tod.

Er hatte keine Zeit zu denken, nur zu reagieren. Er warf seinen Rock ab, um sich besser bewegen zu können, hockte sich dann an die Kante des Bodens und ließ erst das eine, dann das andere Bein hinab. Er wusste, dass er nicht auf das Sims unter ihm springen durfte. Nicht wegen der Entfernung von zehn Fuß, sondern weil der Aufprall seines beträchtlichen Gewichts ihren dürftigen Halt stören könnte.

So schnell er konnte, rutschte er die raue Wand des Felsens hinab, ohne Rücksicht darauf, dass die zerklüftete Oberfläche ihm die Haut von den Armen kratzte. Sein einziger Gedanke war, Louisa zu erreichen, bevor sie in den Tod stürzte.

Er war erleichtert, als seine Stiefel auf festem Boden auftrafen und er drehte sich schnell um, um zu sehen, wo Louisa war. Er stürzte auf die Felskante zu und warf sich hin, um ihr Handgelenk zu packen, mit einem Griff, der so fest war wie eine geschmiedete Kette.

Von oben herab schaute er zu ihr nach unten und wurde vom Anblick ihres lächelnden Gesichts belohnt, das zu ihm aufschaute; Hoffnung schimmerte in ihren Augen.

Von da an war der Rest einfach und sein unregelmäßiger Atem wurde wieder normal. In einem Moment hatte er sie heraufgezogen und sie saß neben ihm auf dem Felsband, das nicht mehr Raum bot als seine Kutsche.

Sie schaute ihn aus Augen voller Dankbarkeit an. Dann sah sie seine blutigen Arme und schnappte nach Luft. „Sie haben sich verletzt!"

Er sah zu dem Gewirr blutiger Schrammen auf seinen Armen hinab. „Ich versichere Ihnen, ich spüre nichts - außer Erleichterung darüber, dass Sie leben."

Zu seiner Überraschung hob sie ihre Hand und streichelte liebevoll sein Gesicht. Kein Wort der Dankbarkeit hätte beredter oder willkommener sein können.

„Vielen Dank", sagte sie leise und sah dann zur

Seite.

„Was ist los?", fragte er und hob mit seinen Fingerknöcheln ihr Kinn, um ihre Gesicht zu sich zu drehen.

„Mir wurde gerade klar, wie gerne ich leben wollte", sagte sie und lachte bitter.

Eine heftige Welle von Emotionen überflutete ihn. Er wollte nichts so sehr, wie sie in seine Arme zu reißen, aber seine Beherrschung siegte am Ende doch. Nach dem verdammten Godwin Phillips würde sie vermutlich eine Abneigung gegen physischen Kontakt mit Männern haben. Was sie jetzt brauchte, waren freundliche Worte, die sie ihres Wertes versicherten. „Meine liebe Mrs. Phillips, denken Sie daran, wie viel Arbeit Sie noch für die Menschheit vor sich haben, wie vielen Leuten Sie noch helfen können."

Sie schaute ihn nur mit einem benommenen Gesichtsausdruck an.

Dann dachte er an einen letzten Grund für sie, leben zu wollen. „Was würde mit Ellie passieren, wenn Ihnen etwas zustieße?"

Ein leises Lächeln legte sich über ihr verschmiertes Gesicht. „Ich habe viel, wofür ich leben muss, nicht wahr?"

Er hob seine Hand, um ihr den Schmutz von der Stirn zu wischen. „Allerdings."

Sie schaute sich prüfend auf dem kleinen Stück festen Bodens um. „Darf ich fragen, wie wir hier wieder wegkommen wollen, Mylord?"

Er lachte leise, obwohl er sich alles andere als ungezwungen fühlte. „Eine gute Frage, Mrs. Phillips." Ohne Seil und ohne Hilfe von oben kam es nicht in Frage, nach oben zu steigen. Dann blickte er auf die Küste unter ihnen. Dort hinunter zu gehen, würde den sicheren Tod bedeuten. „Es steht zu hoffen, dass mein Kutscher kommen wird, um nach uns zu suchen, wenn wir ihn bis zur Dunkelheit nicht einholen."

„Aber es ist viel zu gefährlich, mit einem Pferd im Dunkeln so dicht an die Klippen zu reiten", sagte sie.

Er runzelte die Stirn. „Das stimmt freilich."

„Was sollen wir tun?"

„Ich muss darüber nachdenken", sagte er mit optimistischer Stimme und einem Lächeln auf seinem Gesicht.

Der Wind wurde jetzt stärker und peitschte Louisas Haare wie eine Wand zur Seite. Es war sehr unangenehm hier ohne seinen Rock. Und verdammt, seine Arme hatten begonnen, teuflisch zu schmerzen. Das würde er ihr natürlich nie verraten. Als sie dort auf dem kalten Kalkstein saßen, grübelte er vor sich hin. Es musste einen Weg geben, wie sie von dem verdammten Felsvorsprung wegkommen konnten. Es war sicher, dass sonst niemand sie hier finden würde. Dieses Felsstück war schließlich von niemandem zu sehen, der oben auf der Straße vorbeikam.

Er stand auf und näherte sich vorsichtig dem Rand. Eine Reihe von Felsvorsprüngen gingen zu ihrem Felsvorsprung herauf. Er nahm an, dass er von einem zum anderen springen könnte. Das wäre nicht schwieriger, als von einem Deck zum anderen zu springen, mit gezücktem Schwert. Das hatte er unzählige Male getan. Natürlich konnte von Mrs. Phillips nicht erwartet werden, dass sie ihm folgte.

Er sah sie an. „Erinnern Sie sich an diese Stufen, die wir vor ein paar Meilen gesehen haben?"

„Die nach unten ans Meer führten?"

„Genau die", sagte er. „Ich denke, ich werde diese Felsen hinabklettern." Er zeigte nach links. „Und wenn ich den Strand erreiche, gehe ich zu dieser Treppe zurück und komme Sie in kürzester Zeit holen.

„Sie werden sich umbringen", widersprach sie.

„Unsinn. Man sagt, ich wäre sehr sportlich."

„Hier durch die Elemente und an Hunger zu sterben wäre besser, als zuzusehen, wie Sie in den Tod stürzen."

„Ich fühle mich geschmeichelt, Madam." Er stand auf. „Trotzdem denke ich, ich sollte unsere Rettung in Angriff nehmen."

Mit diesen Worten kauerte er sich an den Abgrund und verschwand im nächsten Augenblick aus ihren Augen.

* * *

Zusammen mit seiner Anwesenheit schien ihr Atem verschwunden zu sein. Sie versuchte zu schreien, aber es kam kein Ton heraus. Ihr Herz flatterte wie verrückt, dann nahm sie ihren Mut zusammen, um sich zum Abgrund zu bewegen und Lord Wycliff zu beobachten, wie er tapfer von einem Felsvorsprung zum nächsten sprang. Er war wie der Held aus einem der Romane, die sie gelesen hatte, als sie jung war. Bevor sie Godwin geheiratet und alle Träume von Liebe und glücklichem Ende aufgegeben hatte.

Schließlich konnte sie ihn nicht länger deutlich sehen. Alles, was sie sah, war das Weiß seines Hemdes. Dann erreichte er den Strand. Und sie konnte wieder atmen.

Die Furcht, die sie während der letzten Stunde in den Klauen gehalten hatte, verschwand wie ihr Gefühl für die Kälte. Sie wusste, dass sie gerettet werden würde. Und das nur, weil ein edler Mann sein eigenes Lebens riskiert hatte, um sie zu retten. Sie vergaß, dass der Wind durch ihre Kleider pfiff. Sie vergaß, dass sie buchstäblich nur zollbreit dem Tode entgangen war. Alles, woran sie denken konnte, war die Wärme, die sich in ihr ausbreitete.

Seinetwegen.

Sie hätte nicht sagen können, wie lange sie auf dem schmalen Felsband gesessen und auf Lord Wycliff gewartet hatte, damit er sie dort wegholte. Alles, was sie wusste, war, dass die Sonne tief am Himmel stand, als sie das Knirschen von Steinen über sich hörte und aufschaute, um zu sehen, wie er zu ihr herablächelte.

„Haben Sie Hilfe gefunden?", schrie sie zu ihm nach oben.

„Wir brauchen keine Hilfe", rief er, nahm seinen Umhang und band ihn an den Ärmel seines Rocks, sorgfältig zuverlässige Seemannsknoten benutzend. Dann legte er sich auf den Bauch, ließ seine Arme über die Felskante hängen, sodass der Rock gerade über Louisas blondem Kopf baumelte.

Sie wäre fast hingefallen, als sie aufstand. Sie musste sich im Fallen das Knie verletzt haben. Sie konnte es kaum belasten. Sie griff nach oben und packte vorsichtig den Ärmel, der ihr am nächsten hing. Überrascht, dass er ihr Gewicht hielt, klammerte sie sich daran fest, als sie aufzusteigen begann. Sie schaute in Lord Wycliffs Gesicht auf, das die Anstrengung zeigte, die es ihn kostete, sie auf das obere Felsband zu ziehen.

Als sie seine Hände erreichte, packte er fest ihre Handgelenke und hob sie dorthin, wo sie auf gleicher Ebene mit ihm stand. Der Mann besaß unglaubliche Kräfte.

„Seien Sie vorsichtig", warnte er, als er zurückkkroch, wobei ihre Oberarme von den zackigen Felsen geprellt wurden.

Dann waren sie auf festem Boden, drei Fuß vom Abgrund entfernt.

„Versprechen Sie mir, dass Sie keine Blumen mehr pflücken werden", sagte er leichthin, als er sie hochzog und neben sich stellte.

Als er sah, dass sie ihr Knie nicht belasten konnte, huschte ein Ausdruck von Sorge über sein Gesicht. „Sie sind verletzt."

Sie schaute ihn an und nickte ernst.

„Hölle und Teufel!", sagte er und gab vor, sie böse anzuschauen. „Jetzt muss ich Sie vier Meilen nach Boscastle tragen."

„Ich kann sicher dorthin humpeln."

„Den Teufel werden Sie!" Er hob sie auf seine Arme.

„Lassen Sie mich sofort runter!", befahl sie. „Ich kann hier warten, bis Ihr Kutscher mich holen kommt."

Er schaute zum dunkler werdenden Himmel auf und zur Sonne, die im Westen unterging. „Ich werde meine Kutsche und meine Pferde nicht in der Nacht hierher fahren lassen."

Sie schob die Unterlippe vor. „Wenn Sie mich nicht sofort absetzen, werde ich nie wieder mit Ihnen sprechen, Lord Wycliff!"

„Eine schwere Strafe, in der Tat!"

„Sie machen sich über mich lustig, Mylord!" Ihre steifen Arme hingen an ihren Seiten hinunter.

„Sie tun mir unrecht, Mrs. Phillips."

Sie brach in Gelächter aus und legte dann ihre Arme um seinen Hals. „Wirklich, Mylord, Sie haben heute sicher genug durchgemacht, ohne mich vier Meilen weit tragen zu müssen."

„Sie wiegen nicht mehr als ein Getreidesack, und ich kann Ihnen versichern, dass ich davon zu meiner Zeit eine Menge getragen habe."

Es schien sehr seltsam, dass ein Lord des Königreiches tatsächlich Getreidesäcke geschleppt haben sollte. Aber Harold Blassingame, der Earl von Wycliff, war nicht einfach irgendein Lord. Sie fing an, große Reue über all die bösartigen Dinge zu empfinden, die sie über ihn und über die Wertlosigkeit von seinesgleichen gesagt hatte.

Er hatte an dem Tag, als sie sich kennenlernten, recht gehabt, als er sie bat, ihn nicht ebenso zu verurteilen, wie die anderen, die mit einem Titel geboren waren. „Mylord?"

„Ja?", antwortete er mit angestrengter Stimme.

„Vielleicht sollten wir anhalten und einen Moment Pause machen."

Er kam ihrer Bitte nach und breitete seinen Rock aus, damit sie sich daraufsetzen könnte.

Sie wartete, bis er wieder zu Atem gekommen war. „Mylord?"

Er schaute sie aus Augen voller Wärme an. „Ja?"

„Es tut mir sehr leid wegen der bösen Dinge, die ich über Sie und Ihren Stand gesagt habe."

„Dann tut es mir leid wegen der bösen Dinge, die ich über Blaustrümpfe gesagt habe - in der Vergangenheit."

Sie lachten beide.

„Vielleicht sollten wir von vorn anfangen", schlug sie vor. „Vielleicht könnten wir einfach …"

„Harry und Louisa sein?"

Sie lächelte. „Das wäre schön.

Er holte einen Apfel aus der Tasche seines Rocks und bot ihn ihr an. „Hungrig?"

Sie nahm einen Bissen. „Da ist noch etwas, das ich Ihnen sagen muss, My...“

„Harry“, sagte er energisch.

„Harry“, sagte sie lächelnd. „Es ist ... es ist, dass Sie mich haben erkennen lassen, dass nicht alle Männer egoistische, abscheuliche Wesen wie mein Vater und mein Ehemann sind. Wie viele Männer hätten drei Nächte in dem Bett einer Frau, die einigermaßen hübsch ist, verbringen können, ohne auch nur den Versuch zu machen, sich mit ihr zu vergnügen? Und wie viele Männer hätten ihr Leben riskiert, um einen höchst eigensinnigen Blaustrumpf zu retten, eine Frau, die vorgab, Männer zu hassen?“

Seine Stimme war sanft, als er sprach. „Ich hoffe ehrlich, dass ich weiter Ihr Vertrauen verdienen werden, Mrs. ...“

„Louisa“, forderte sie.

Braune Augen trafen auf blaue.

„Nichts, was Sie sagen könnten“, fuhr er fort, „könnte mir mehr bedeuten. Ich wette, Sie sagen es zu allen Männern, die Sie retten.“

Sie lachten beide. Sie war dankbar, dass sich zwischen ihnen eine leichtherzige Kameradschaft entwickelt hatte. Dann sah sie, dass seine Arme noch bluteten.

Er folgte ihrem Blick.

„Haben Sie Schmerzen?“, fragte sie mit mitleidserfüllter Stimme.

„Vermutlich längst nicht so sehr wie Sie - wegen ihres Knies.“

„Aber ich muss nicht jemand anderen tragen.“

Er kam auf die Beine und sie fand, er sähe aus wie ein dunkler Gott. Sie zwang sich zum Wegsehen.

Er hob sie hoch und ohne nachzudenken

schlang sie ihre Arme um seinen Hals, der noch warm von der schwindenden Sonne war.

Als er sie über die Heide trug, lehnte sie ihr Gesicht an seine Schulter und konnte sich nicht erinnern, sich jemals in ihrem Leben so geborgen gefühlt zu haben. Es erinnerte sie an die Sicherheit, die sie als kleines Kind empfunden hatte, wenn ihre Mutter, mochte sie in Frieden ruhen, ihr Kinderreime und biblische Geschichten mit ihrer sanften, liebevollen Stimme vorgelesen hatte, wenn Louisa schon unter der Bettdecke lag.

Sie konnte das regelmäßige Pochen von Harrys Herz und seinen angestrengten Atem hören und war zutiefst betrübt, dass sie eine solche Last war. In so vieler Hinsicht.

Sie schwor, alles in ihrer Macht stehende zu tun, um ihm bei seinem Bestreben, Wycliff House wieder in seinen Besitz zu überführen, behilflich zu sein.

Fast war sie traurig, als sie den Gasthof von Boscastle erreichten, denn er würde sie absetzen müssen. Sie fragte sich flüchtig, ob sie sich je in ihrem Leben wieder so warm fühlen würde.

Sie bezweifelte es eher.

Kapitel 11

Als sie einander beim Abendcssen in dem sauberen kleinen Gasthaus gegenübersaßen, das Feuer in Harrys Rücken, dachte Louisa, dass sie sich noch nie bei einem anderen Menschen so wohl gefühlt hätte. Das hieß nicht, dass Ellie und sie sich nicht einer guten Kameradschaft erfreuten, aber mit Harry fühlte sie sich nicht nur innerlich völlig warm, sie schien nach außen geradezu zu leuchten. Etwas an dem Zusammensein mit ihm ließ sie funkeln, wie Kristall, wenn die Sonne darin reflektiert wird. Sie ertappte sich dabei, wie sie hoffte, dass es viele Tage dauern würde, bis sie diesen mysteriösen Lord fanden.

Denn sie wusste, wenn diese Suche vorbei war, würde sie zu ihrem tristen Leben von Versammlungen mit den Blaustrümpfen, ihrem einzigen gesellschaftlichen Leben, zurückkehren müssen. Jetzt hatte die Freundschaft mit diesen Frauen wenig Anziehendes.

Sie vermutete, dass sie seinerzeit ein tiefes Bedürfnis bei ihr befriedigt hatten. Jetzt jedoch verspürte sie ein anderes Verlangen, obwohl sie es nicht mehr benennen konnte als sie es verstand. Alles, was sie mit Sicherheit wusste, war, dass es etwas mit Harry zu tun hatte.

Ihn Harry zu nennen erschien ihr jetzt ganz natürlich, obwohl sie sich schwer vorstellen konnte, wie andere es sehen würden, wenn sie sie ihn so anreden hörten. Als sie jetzt in ihrem

Privatzimmer im Cock and Stock saßen, kam sie zu dem Entschluss, dass sie ihn vor anderen nie so vertraulich ansprechen würde. Es würde etwas sein wie das Miniatur-Porträt ihrer Mutter, etwas, das sie hervorholen und sich damit trösten konnte, wenn sie allein war.

„So viel habe ich Sie auf der ganzen Reise noch nicht essen sehen", bemerkte er und wandte seine Augen nicht von ihrem blankgeputzten Teller ab.

„Dann muss die Wanderung über vier Meilen mich hungrig gemacht haben, schätze ich." Ihre Stimme war voller Leichtigkeit und in ihren Augen stand ein erheitertes Funkeln.

Er hob eine Braue. „Schade, dass es so anstrengend für Sie war. Ich fand es eher kräftigend."

Sie lachte und beugte sich dann ein klein wenig vor, um leicht wie mit einer Feder mit ihren Fingern über seine verbundenen Arme zu streichen. „Ich kann Ihnen nicht sagen, wie tief ich in Ihrer Schuld stehe."

* * *

Ihre sanfte Berührung war ganz wie die, die sie benutzt hatte, als sie nach ihrer Ankunft im Gasthof seine Wunden versorgt hatte. Statt ihm zu erlauben, nach ihrem Knie zu sehen, hatte sie ihm erlaubt, sie über die Holztreppe nach oben in das Zimmer zu bringen, das der Kutscher für sie besorgt hatte. Und dort auf dem hohen Federbett hatten sie einander gegenübergesessen. Er hatte ihre Anweisungen befolgt, sein Hemd auszuziehen, damit sie seine Wunden versorgen könnte. Er war nicht sicher, aber er dachte, ihr Atem wäre schneller gegangen, als sein Hemd auf die Decke fiel.

Sie hatte sich schnell wieder unter Kontrolle

gebracht, als sie geschickt seinen zerkratzten Arm säuberte und verband.

Leider hatte er sich nicht ebenso schnell erholt wie sie. Seine Nähe zu ihr und das Gefühl, wie ihre weiche Brust an seiner Haut vorbeistrich, als sie sich über seinen Arm beugte, trafen ihn ebenso tief in seinen Gefühlen wie körperlich.

Als sie damit fertig war, seinen Arm zu verbinden, beugte sie sich vor und küsste seinen Arm leicht, dann schaute sie zu ihm auf und leichte Röte stieg in ihr Gesicht. Er konnte sehen, dass sie verlegen war und wünschte, er könnte es ihr leichter machen.

„Ich ...", stotterte sie. „Ich habe nicht darüber nachgedacht, was ich tat", erklärte sie. „Ich habe Ellies Wunden immer geküsst, nachdem ich sie verbunden hatte, als sie noch klein war."

Er legte seine Hand auf ihre schmale Schulter. „Sie müssen sich für nichts entschuldigen. Meine Mutter machte das gleiche bei mir, als ich klein war, und bis heute denke ich, dass es die Heilung fördert."

Als diese Bemerkung sie nicht zu beruhigen schien, zupfte er an ihrem Haar und lachte. „Eher amüsant, dass sie an mich als ein Kind denken."

„Oh nein!", protestierte sie und sah ihn an. „An Ihnen ist nichts Kindliches. In der Tat glaube ich, dass Sie der mutigste Mann sein müssen, den ich je gekannt habe."

Er nahm ihr Kompliment nicht zu ernst und wechselte das Thema. „Ich glaube, wir sollten noch eine Flasche Wein bestellen."

„Bitte, Harry, der Wein macht mich schon leicht schwindelig."

Er wurde nachdenklich. „Es gefällt mir, wenn Sie mich Harry nennen."

„Ich muss zugeben, es scheint höchst unpassend."

„Aber es gibt Leute, die John Stuart Mills Handeln unpassend finden, obwohl Sie und ich wissen, dass seine Einstellung richtig ist."

„Sie haben mir noch nie gesagt, dass Sie den Bemühungen des jüngeren Mr. Mill zustimmen."

„Sie haben mich noch nie danach gefragt", sagte er.

Er konnte fast sehen, wie die Jahre der Sorgen von ihr abfielen wie die Häute einer Zwiebel, als ihre Stimme lebhaft und ihr Gesicht wach wurden. „Sagen Sie, wie denken Sie über die Sklaverei in den Kolonien?", fragte sie.

„Bis ich Sie kennenlernte, habe ich nie einen Gedanken daran verloren, muss ich zugeben." Er machte das servierende Dienstmädchen auf sich aufmerksam und sagte ihr, dass sie noch eine Flasche Wein wünschten.

„Und jetzt?", fragte sie.

„Jetzt habe ich entschieden, dass es nichts Gutes ist."

„Warum?" fragte sie herausfordernd.

Verflixtes Frauenzimmer! Was sollte er jetzt sagen? Er hatte nie früher über diese Afrikaner nachgedacht. Dann erinnerte er sich an Thomas Paines *Rights of Man*. Er hatte das verdammte Ding nicht gelesen, aber der Titel gab ihm einen Hinweis auf den Inhalt. „Unabhängig von der Farbe seiner Haut ist ein Mensch ein Mensch und sollte als solcher das Recht haben, sein eigener Herr zu sein und mit Würde behandelt werden." Er war über seine eigene Beredsamkeit erstaunt. Vielleicht hätte er im Parlament doch eine gute Figur gemacht.

„Oh, Harry", strahlte sie. „Ich kann es nicht

erwarten, bis wir Ihre Stimme im Oberhaus hören."

In den Tiefen seines Inneren breitete sich ein elendes Gefühl aus. Er hatte so sorgfältig das Vertrauen des Mädchens erworben, und jetzt, als er es sicher wie in einer Schatzkammer hielt, würde er es mit Füßen treten. Was nur seine schlechte Meinung über sich selbst bestätigte. Wie schade, dass er nicht der Mann war, der zu sein er vorgab. Dieser Mann hätte recht edel sein können. Nicht hinterhältig wie Harold Blassingame, der siebte Earl von Wycliff, früherer Pirat auf hoher See. Der seinen Weg zu einer überaus angenehmen Stellung im Leben mit Mord und Raub gepflastert hatte.

Die Rückkehr der Serviererin ersparte ihm die Notwendigkeit einer Antwort.

„Sagen Sie mir doch bitte", sagte er zu der sie bedienenden Frau, „gibt es hier einen Lord ... Wie war doch der Name des Mannes, Liebes?", fragte er Louisa.

Louisa spielte mit und sagte: „Liebe Güte, ich kann mich gar nicht daran erinnern."

Harry gab vor, betrunken zu sein. „Kann mich nicht an den Namen des Kerls erinnern. Wie heißt der Lord von dieser Gegend?"

„Wir haben hier keinen Lord", sagte die Frau. „Der nächste wäre Lord Harley drüben in Binghampton, etwa vierzig Meilen von hier."

„Ist das in Cornwall?", fragte Harry.

„Oh nein, Sir. Das ist in Devon."

Er schaute finster zu, wie die Frau zwei weitere Gläser mit Rotwein füllte und wünschte sich zum ersten Mal seit langer Zeit, dass er sich bis zum Vergessen betrinken könnte.

* * *

Edward Coke saß neben Miss Sinclair in seinem offenen Zweispänner auf dem Rückweg zu ihrem Haus, nachdem sie die erste von Jeremy Benthams Reden gehört hatten. Es war ihm in der Tat schwergefallen, angesichts der überaus eigenartigsten Ansammlung von Individuen, die er in seinen dreiundzwanzig Jahren je gesehen hatte, nicht in Gelächter auszubrechen. Erinnerte ihn an den ersten Tag, als er seinen Fuß in Onkel Roberts früheres Stadthaus gesetzt hatte und sich Mrs. Phillips Raum voll männerhassender Blaustrümpfe gegenüber sah. Denn heute hatte er viele der gleichen Gesichter gesehen. Zumindest glaubte er, dass er viele der Frauen gesehen hätte. Wenn er genau befragt würde, müsste er jedoch sagen, dass er sich ihre hässlichen Gesichter nicht wirklich angesehen hatte, weder an jenem ersten Tag noch heute.

Dann waren heute auch jede Menge hagerer Männer dort gewesen, von denen er hätte wetten mögen, dass sie Methodisten waren. Nicht ein Rock von Weston bei ihnen allen. In der Tat kleideten sie sich so düster, dass sie bei einer Totenwache hätten sein können.

Obwohl Miss Ellie Sinclair nichts von all diesen absonderlichen Dingen zu bemerken schien. Er warf einen Blick auf ihr eher einnehmendes kleines Gesicht. Leider war das hübsche Ding noch immer voller Begeisterung über den eigentümlichen kleinen Mann, den sie an diesem Nachmittag hatten sprechen hören. Sie erzählte ihm beständig, wie lehrreich Mr. Bentham war, wie brillant Mr. Bentham war, und dass dies der glücklichste Tag ihres Lebens wäre.

Um sein Leben konnte er an Mr. Jeremy Bentham nichts Anziehendes finden. Die Krawatte des Mannes war eine Schande und er hätte sein Einkommen eines Vierteljahres gewettet, dass der Mann nie auf Fuchsjagd gewesen war. Vermutlich konnte er nicht einmal fechten.

Trotzdem fuhr Edward fort, sich dem Mädchen zuliebe über dieses Wiesel entzückt zu geben. Sie war ihm doch ans Herz gewachsen. Nicht nur, weil sie das Hübscheste war, was er seit sehr langer Zeit gesehen hatte, sondern wegen einer bestimmten Unschuld in ihr, die er entzückend fand.

Und außerdem hatte Harry gesagt, dass er sich während der Abwesenheit der Schwester um Miss Sinclair kümmern müsste, und er hatte immer gemacht, worum sein älterer Cousin ihn bat.

Jedoch war es weit einfacher gesagt als getan, sich um sie zu kümmern. Er nahm an, dass es daran lag, dass sie auf dem Lande aufgewachsen war, denn das Mädchen hatte die lächerliche Vorstellung, dass jeder Mann es auf ihre Tugend abgesehen hätte. Er hätte der Gouvernante - Miss Grimm, nicht wahr? - die den Kopf des armen Mädchens mit solchem Unsinn vollgestopft hatte, den Hals umdrehen mögen.

Er hatte verdammte Schwierigkeiten gehabt, Miss Sinclairs Erlaubnis zu erringen, sie zu der Reihe von Vorträgen begleiten zu dürfen. Er schaute sich um und versicherte sich, dass die Köchin der Phillips in Harrys Gig hinter ihnen fuhr und ein scharfes Auge auf sein Verhalten zu Miss Sinclair hatte. Dachte die fette alte Vettel auch, dass er Absichten auf Miss Sinclairs Tugend hätte?

Er seufzte innerlich bei der Vorstellung, dass er noch drei dieser entsetzlich langweiligen Vorträge würde ertragen müssen. Was tat ein Mann nicht alles für eine hübsche Dame.

* * *

Je länger Harry in dem vom Feuer erhellten Zimmer saß, desto intensiver begehrte er sie. Das, sagte er zu sich selbst, war unmöglich. Er hatte endlich ihr Vertrauen erworben, und er hatte nicht vor, das wieder zu zerstören.

Er schaute auf die Verbände an seinen Armen. Die ihn an das Gefühl erinnerten, wie er sie über die Heide getragen hatte. Seine Arme waren müde geworden und er hatte nur sehr schwer atmen können, aber er hätte das alles ohne einen Moment zu zögern wieder getan.

Obwohl Louisa nicht mollig war, hatte ihr Körper doch etwas Weiches, dazu eine Zerbrechlichkeit, die jeden beschützenden Instinkt, den er je besessen hatte, hervorrief, Instinkte, von denen er nie geahnt hatte, dass er sie besaß. Doch waren es Instinkte, deren Erwachen er genoss.

Er würde die Erinnerung daran, wie er sie an sich gedrückt hielt, wie ihre Arme um seinen Hals lagen, ihr süßes Gesicht an seiner Brust ruhte, als sie die Strecke über die Heide zum Cock and Stock Gasthof zurücklegten, immer in seinem Herzen behalten.

Je länger er ihr vom Kerzenlicht gebadetes Gesicht anschaute, das Licht, das in ihren Haaren glitzerte, desto mehr erinnerte er sich an das himmlische Gefühl, sie in seinen Armen zu halten und desto schwerer, erkannte er, würde es heute Nacht sein, neben ihr zu schlafen.

Er trank noch einen Schluck Wein. „Ich werde Sie jetzt nach oben tragen." Er ging zu ihr, hob sie sanft auf seine Arme und trug sie in ihr Zimmer. „Ich gehe jetzt wieder in die Gaststube", sagte er schlicht.

Ihre Augen schienen traurig, als sie nickte.

Als Louisa sich zum Schlafen umzog, hörte sie, wie Regen an die Scheiben ihres kleinen Zimmers zu trommeln begann. Als sie ihr wollenes Nachthemd angezogen hatte und unter die kalten Laken des Betts kroch, pfiff und tobte draußen vor dem Gasthof ein ausgewachsener Sturm. Dann erhellte ein Blitz den Nachthimmel und Donner dröhnte über den Nachthimmel und sie zog die Decken um sich fest.

Ihre Gedanken wanderten zurück zu den Ereignissen des Tages. Es tat ihr leid, dass sie Harry bei seiner Suche noch nicht hatte behilflich sein können, denn sie wollte ihm gerne alles zurückzahlen, was er für sie getan hatte. Aber davon abgesehen konnte sie ohne Bedauern auf den Tag zurückschauen.

Sie bedauerte, dass diese Reise ein Ende haben würde. Sie hatte noch nie etwas so sehr genossen. Sie erinnerte sich an die Angst, die ihr den Atem geraubt hatte, als sie zuschaute, wie Harry an der Felswand hinabstieg und wie sie gefürchtet hatte, er könnte jeden Moment in den Tod stürzen.

Als sie daran zurückdachte, schwoll ihr unerklärlicherweise das Herz vor Stolz über sein Verhalten. Er hatte heute nicht nur ihr Vertrauen, sondern ihre tiefe und beständige Bewunderung erworben.

Dann dachte sie an diese äußerste Zufriedenheit, als sie von seinen starken Armen aufgehoben und an seine harte Brust gedrückt worden war. Hatte sich je in ihrem Leben etwas so gut angefühlt?

Trotz des stürmischen Winds und des schweren Regens, der draußen auf das Dach über ihrem

Kopf herabströmte, lächelte sie.

Bald würde Harry hier neben ihr liegen.

Sie schlief mit der brennenden Kerze neben dem Bett ein, ein Lächeln umspielte ihre Lippen.

So fand Harry sie eine Stunde später. Er war dankbar, dass sie schon schlief. Hätte sie auch nur ein einziges Wort zu ihm gesagt, wäre er unfähig gewesen, sich davon abzuhalten, sie in seine Arme zu reißen und allen Fortschritt, den er erzielt hatte, zunichte zu machen.

Einen Moment stand er da und sah auf sie hinab. *Der Wein.* Sie musste fast eine Flasche getrunken haben. Zweifellos hatte er sie sehr müde gemacht.

Und das war gut so.

Kapitel 12

Am nächsten Morgen stand Harry vollständig angekleidet vor ihrem Bett und bot Louisa eine Tasse Tee an.

Sie öffnete erst ein Auge, dann das andere.

„Guten Morgen, meine Liebe", sagte er.

Sie rieb sich die Augen. „Ich bin nicht Ihre *Liebe*."

„Ich erwarte, dass Sie von dem Wein, den Sie gestern Abend tranken, Kopfschmerzen haben." Er reichte ihr ein Glas. „Hier, ich habe Ihnen ein Gebräu gemixt, das mir immer gut geholfen hat, wenn ich ... sagen wir, etwas zu viel getrunken hatte?"

Sie warf ihm einen bösen Blick zu, richtete sich zu einer sitzenden Haltung auf und nahm das angebotene Getränk.

„Wie geht es dem Kopf?", fragte er.

„Ziemlich so übel, wie Sie es vermuten." Sie trank aus dem Glas und machte dann eine angeekelte Grimasse. „Das scheußliche Zeug sollte besser wirken."

„Sie haben mein Wort, dass es das tun wird." Er fuhr fort, sie zu beobachten, dankbar, dass ihr wollenes Nachthemd bis zum Hals geschlossen war.

Sie schwang ihr Bein über die Seite des Betts und zu seiner Überraschung begann sie den Wollstoff hochzuziehen, um ihr Knie freizulegen - ohne jede Spur der Schüchternheit.

Dann sah er, wie verletzt und geschwollen ihr

Knie war und er ging zu ihr, um sich vor ihren Füßen hinzuknien. Er bewegte ihren Unterschenkel vorsichtig nach oben und dann wieder nach unten. „Ich glaube nicht, dass es gebrochen ist", sagte er. „Da Sie bei der Bewegung nicht vor Schmerz aufgeschrien haben, nehme ich an, dass es nur weh tut, wenn Sie es belasten."

Sie nickte ernst.

„Treten Sie zwei oder drei Tage nicht auf, und ich glaube, dass es dann heilen wird", sagte er.

Sie runzelte die Stirn, griff nach dem Tee und nahm einen Schluck. „Das Zimmer ist viel kälter, als es gestern Abend war."

Er stand auf und ging zum Kamin hinüber, wo er ein Feuereisen nahm und herumstocherte. „Das Feuer ist ausgegangen und ich hatte das Dienstmädchen gebeten, Sie nicht zu stören, indem sie es neu anfachte."

Sie nickte dankbar. „Ich glaube auch, dass es draußen kälter geworden ist."

„Allerdings", sagte er, noch mit dem Rücken zu ihr. „Ich bin gerade aus dem Stall gekommen und kann das nur bestätigen."

Einen Moment später saß er auf einem Holzstuhl und sah schweigend zu, wie sie ihren Tee trank.

Sie stellte die Tasse ab und warf ihm einen fragenden Blick zu. „Wie kommt es, dass Sie so viel von Wunden und anderen Dingen verstehen, von denen ein hochgestellter Gentleman normalerweise nichts wissen kann? Was haben Sie in diesen acht Jahren gemacht? Wie haben Sie Ihr Vermögen wirklich erworben?"

Guter Gott, wusste sie es? Warum würde sie darüber nachdenken, wenn sie es nicht schon erraten hatte? Harry, über dessen Gesicht ein ängstlicher Ausdruck huschte, ging zu ihr und fiel neben dem Bett auf ein Knie. „Wenn ich Ihnen die Wahrheit sage, werde ich jeden Respekt bei Ihnen verlieren, den zu verdienen ich mich so angestrengt habe."

Ihre indigoblauen Augen schauten in seine, als ob sie hindurch zu der Seele sehen könnten, die er vor so langer Zeit verloren hatte. „Sie waren Pirat, nicht wahr?"

Er schloss die Augen und murmelte einen Fluch, stand dann auf und ging zum Kamin. Er beugte sich vor und versuchte noch einmal, die Asche aufzuschütteln.

„Ich sehe, ich habe die Wahrheit getroffen", sagte sie düster.

Er nickte nur und begab sich dann zur Tür. „Ich gehe nach unten und bestelle Ihr Frühstück."

* * *

Wegen der Verletzung von Louisas Knie und des feuchten Wetters kam es nicht in Frage, zu Fuß zu gehen. Harry trug sie zu seiner Kutsche. Durch den Regen, der die ganze Nacht angehalten hatte, waren die Straßen voller Schlamm.

Je weiter sie nach Süden kamen, desto kühler wurden die Temperaturen. Es war, als ob der schwere Nebel ihnen landeinwärts folgte. Louisa hob den Vorhang und drückte ihr Gesicht an das beschlagene Glas. Die erste Stunde ihrer Reise machten sie wenig Fortschritte, da die Kutsche nur träge über das hügelige Gelände ratterte. Als die Hügel hinter ihnen lagen, wurde die triste Landschaft eben und die Kutsche kam in Fahrt.

Inmitten dieses kahlen Landes, das sie jetzt umgab, erblickte Louisa ein äußerst eigenartiges Naturphänomen. Zumindest nahm sie an, dass die hoch aufragenden, zylinderartigen Felsen natürlich waren. Obwohl, um alles in der Welt, sie ähnelten eher riesigen Kerzen, die aus der schlammigen Erde aufragten.

„Bitte, Harry, was sind diese Dinger?"

Er rutschte auf der gegenüberliegenden Bank heran und näherte sein Gesicht dem ihren. „Ich habe sie nie zuvor gesehen, aber ich glaube, man nennt diese Felstürme ‚Tor'."

Sie zog ihre Brauen zusammen. „Tor? Wie Tornado?"

Er setzte sich auf und zuckte die Schultern. „Ich weiß nicht, woher das Wort stammt."

Sie schaute weiter aus dem Fenster. „Ich nehme an, diese großen Flächen kahlen Landes, wo keine Bäume wachsen, müssen Moor sein."

„Das Bodmin-Moor", sagte er.

Sie ließ den Vorhang fallen und setzte sich zurück, ihr Rückgrat berührte die Rückenlehne ihres Sitzes. „Es beginnt zu nieseln. Mir tut der Kutscher so leid."

„Ich versichere Ihnen, Ihre Sorge um ihn ist größer als seine eigene. Er ist an diese äußeren Unbequemlichkeiten gewöhnt."

Sie runzelte die Stirn. „Wie heißt der Wohnsitz von Lord Blamey in Bodmin?"

Harry antwortete, ohne in seinen Notizen nachsehen zu müssen. „St. Alban's Abbey."

Sie fuhren in Harrys Kutsche weiter und Meile über Meile durch das Bodmin Moor waren die Dörfer rar. Harry spähte durch das beschlagene Fenster nach irgendeinem Zeichen menschlicher Wohnungen.

Obwohl es erst Nachmittag war, hatte sich ein kohlschwarzes Laken über den Himmel gebreitet und der Wind pfiff an ihrem Gefährt entlang. Harry wusste, dass Louisa frieren musste und müde war, aber nicht einmal hatte sie darum gebeten anzuhalten oder sich über Hunger beklagt.

Als er zum zweiten Mal dem Wetter trotzen und dem Kutscher helfen musste, ein Rad aus einem Schlammloch zu schieben, wurde Harry klar, dass an Weiterfahren nicht zu denken war, bis der Regen nicht aufhörte - aller Wahrscheinlichkeit nach nicht vor dem nächsten Tag.

Seine Ungeduld wuchs, die Identität des mysteriösen Lords herauszufinden, von dem er glaubte, dass er den Untergang seines Vaters inszeniert hatte. Mehr als alles andere fragte er sich, warum jemand seinen Vater mit solcher Vehemenz gehasst haben sollte. Sein Vater war ein liebenswürdiger, beliebter Mann gewesen - nur, dass er das Vermögen der Familie vergeudet hatte.

Konnten die politischen Ansichten seines Vaters ihm einen solchen Feind eingebracht haben? Harry dachte zurück, aber er konnte sich an nichts erinnern, das sein Vater getan haben könnte, was eine solche Strafe verdient hätte. Vielleicht hatte der ältere Lord Wycliff eine ausländische Macht durch seinen aufrechten Patriotismus für England während des Krieges mit Frankreich verärgert. Er erinnerte an die Opfer, die sein Vater gebracht hatte, um Waffen für die Soldaten auf der Halbinsel zu kaufen. Er hatte nicht nur mit seinem eigenen Geld die Munition bezahlt, sondern er hatte auch beträchtliche Zeit damit verbracht, nach qualifizierten Männern zu suchen, die die Vorräte von Portsmouth nach Portugal brachten - alles auf seine eigenen Kosten.

Aber wenn sein Vater eine fremde Macht

verärgert hatte, warum sollte dann Godwin Phillips' Wohltäter ein *Lord aus Cornwall* sein? Vielleicht hatte Louisa sich geirrt.

Er beobachtete Louisa, wie sie die von innen beschlagene Scheibe des Kutschenfensters abwischte. Sie hatten an diesem Tag kaum gesprochen. Er wusste, dass sie ihm die Art und Weise, wie er sein Vermögen angehäuft hatte, nie verzeihen würde.

Die Frau war viel zu fein, um mit seinesgleichen zusammenzusitzen.

Während es ihm einerseits leid tat, dass sein Schweigen die Wahrheit bestätigt hatte und er damit den Respekt Louisas, den er gerade erst erworben hatte, wieder verlor, war er andererseits doch froh, dass sie die Wahrheit erfahren hatte. Aus einem unerklärlichen Grund hatte das, was sie am Tag zuvor durchgemacht hatten, sie einander so nahe gebracht wie zwei Leute sich nur sein konnten. Sie hatte ihn sogar ihr Bein untersuchen lassen, ohne dass sich Röte auf ihren Wangen gezeigt hätte.

Er beschloss, die Wand, die sich wieder zwischen ihnen aufgerichtet hatte, zu durchbrechen. „Sind Sie sicher, dass der Wohltäter als Lord angesprochen wurde? Könnte er ein Comte oder Marquis gewesen sein, oder welche Titel diese verdammten Franzosen tragen?"

Sie schüttelte den Kopf. „Oh nein, ich bin sicher. Und Williams sagte das auch."

Harry runzelte die Stirn. So viel zu dieser Theorie. Wenigstens hatte sie jetzt mit ihm gesprochen. Er verweilte einen Moment bei dem melodischen, kindlichen Klang ihrer sanften Stimme. Gab es nichts an ihr, was er nicht bewundernswert fand?

Oh ja, sagte er sich. Sie war eine verdammte Weltverbesserin.

Wenn die Frau keine höfliche Unterhaltung mit ihm führen wollte, würde sie vielleicht doch ihre verdammten Interessen mit ihm diskutieren wollen. Alles wäre besser, als ihr so gegenüber zu sitzen, während sie ihn mit jeder Umdrehung der Räder verachtete.

„Sagen Sie mir", fing er an. „Was denken Sie über eine Strafrechtsreform?" Er verschränkte die Arme vor seiner Brust und lehnte sich zurück, um selbstgefällig zuzusehen, wie sie rasch zum Leben erwachte.

„Wenn ich ein gewalttätiger Mensch wäre - was ich nicht bin", sagte sie mit einem hochmütigen Blick zu ihm, „würde ich heftig gegen die Gewohnheit protestieren, Menschen wegen kleinerer Vergehen ihres Lebens zu berauben. Ich finde, die Todesstrafe sollte den übelsten Verbrechen vorbehalten bleiben."

Er setzte sich auf und ließ seine Arme herabfallen. „Wie Mord."

Ihre Augen blitzen vor Befriedigung. „Ja. Und ich bin auch völlig gegen Deportationen."

Ihre Ansichten spiegelten genau die der Abhandlungen wieder, die er von Philip Lewis gelesen hatte. Als er den Namen im Kopf aussprach, sprang ein Funke über. *Philip Lewis. Louisa Phillips.* Blitzschnell wusste er, dass das ein und dieselbe Person war.

Er kannte Louisas Geheimnisse ebenso, wie sie seins kannte. Dieses Wissen bereitete ihm große Befriedigung. Er rutschte in die Ecke der Kutsche, eine Braue keck hochgezogen und mit einem mutwilligen Lächeln auf seinen Lippen, als er sie beobachtete.

Ein verwirrter Ausdruck huschte über ihr Gesicht. „Was finden Sie nur so amüsant, Mylord?"

„Gestern war ich Harry."

„Das war, bevor ich wusste, dass Sie ein Dieb sind."

„Ich gebe zu, dass ich gestohlen habe. Ich habe von französischen Schiffen gestohlen."

Ihre Unterlippe schob sich schmollend vor. „Es war trotzdem Diebstahl."

„Das leugne ich nicht." Er schaute einen Moment lang zu, wie sie mürrisch guckte, bevor er weiter stichelte. „Haben Sie nie etwas getan, dessen Sie sich schämen müssten?"

Sie dachte einen Moment lang nach. „Ich bedauere natürlich vieles an dem, wie mein Leben gelaufen ist, aber nicht wegen Dingen, die ich hätte beeinflussen können."

„Haben Sie je gelogen, Louisa?"

„Mrs. Phillips."

„Ich werde Sie nicht mit dem Namen dieses abscheulichen Mannes anreden, Louisa. Antworten Sie, haben Sie je gelogen?"

Sie weigerte sich zu antworten.

„Vielleicht war es keine Lüge, sondern nur ein Verschweigen", sagte er. „So wie vorzugeben, ein Mann zu sein. Sagen wir, ein Mann wie Philip Lewis."

Sie erstarrte. Ihre Lippen öffneten sich und ihre Augen wurden rund. „Woher wissen Sie das?", fragte sie.

Er stand auf, setzte sich auf ihre Seite der Kutsche und zog ihr Gesicht dicht an seins. „Ich kenne Sie so gut, wie Sie mich kennen, Louisa. Sie haben mein Geheimnis so richtig erraten wie ich das Ihre."

„Werden Sie mich verraten?" Ihre Stimme klang dünn und ängstlich.

Er saß dort in der dunklen Kutsche Nase an Nase mit der schönsten Frau, die er je gekannt hatte. Er schaute in die Tiefe ihrer verängstigten Augen und sprach sanft, wie ein Flüstern in der Nacht. „Ich werde Ihnen nie weh tun, Louisa."

Dann hielt die Kutsche an.

„Was zum Teufel geht da vor?", wollte Harry wissen, rutschte zur Tür und öffnete sie.

Dort stand der Kutscher unter seiner tropfenden Ölhaut, sein Hut verdeckte sein bärtiges Gesicht fast vollends, während der Regen auf ihn prasselte und Donner in der Luft klang wie das Krachen von Beckenschlägen. „In diesem Dorf gibt es keinen Gasthof, Mylord."

„Mr. Smith", murmelte Harry und wischte sich das Wasser aus dem Gesicht.

„Tut mir leid, Mr. Smith."

Harry stieß erneut einen Fluch aus. „Nun, Mann, dann gehen Sie zum Wirtshaus und fragen dort. Ich will anständig bezahlen, wenn ich ein Zimmer für meine junge Frau und mich für die Nacht bekomme."

Der Kutscher nickte, seine wehende Hutkrempe ließ das Wasser herumsprühen und er wanderte auf die Stadt zu.

Harry, der inzwischen völlig nass war, knallte die Tür der Kutsche zu und setzte sich auf seinen gewohnten Platz gegenüber von Louisa. Es war so dunkel geworden, dass er sie kaum sehen konnte.

„Werden wir in die nächste Stadt fahren, wenn wir hier kein Zimmer finden?", fragte sie.

„Meine gute Frau, Sie wissen wenig über das Reisen auf Landstraßen, wenn Sie diese für passierbar halten, und Sie wissen wenig über einen Mann mit Geld, wenn Ihnen nicht klar ist, dass es nur wenig gibt, was man nicht kaufen kann, vorausgesetzt, dass man genug Geld hat."

Sie drückte ihre Schultern durch und warf ihm einen trotzigen Blick zu. „Ich sollte nicht vergessen, dass Ihre Raubzüge Sie zu einem sehr reichen Mann gemacht haben, Mylord."

„Louisa", sagte er mit weicher, flehender Stimme.

Sie saßen schweigend da, bis das Innere der Kutsche völlig dunkel wurde. Das einzige Geräusch war das Tropfen des Regens und das anhaltende Donnern am fernen Himmel. Es wurde auch kälter. Er fühlte sich verdammt elend in diesen nassen Kleidern.

Eine halbe Stunde verging, bis Kutscher John zurückkam, auf den Kutschbock sprang und sie zu einem Farmhaus eine Meile außerhalb des Dorfs fuhr.

Harry wartete nicht darauf, dass der Kutscher die Tür öffnete. Er hatte es verdammt satt, in der dämlichen Kutsche eingesperrt zu sein und er war Louisas Weigerung, mit ihm zu sprechen, verdammt müde.

Er war jedoch nicht so wütend, dass er ihr nicht die Kutschentür aufgehalten und ihr seine Hand gereicht hätte, als sie ausstieg. Dann fiel ihm ihr Knie ein. Mit einem weiteren Fluch hob er sie hoch und stürmte, Louisas Proteste ignorierend, ins Haus.

Als sie sich dem Haus näherten, sagte er mit leiser Stimme: „Denken Sie daran, meine liebe Louisa, diese netten Leute, die ihr Haus für uns öffnen, glauben, dass wir in den Flitterwochen sind. Benehmen Sie sich wie eine verliebte Ehefrau."

Wenn sie ihn böse anschaute, konnte er es nicht sehen, als er durch die sich öffnende Tür fegte, Louisa absetzte und die gesetzte Frau des Bauern charmant grüßte. „Harold Smith, Ma'am, und meine Braut, Louisa." Er zog den Hut ab und sagte: „Ich muss Ihnen danken, dass Sie uns Zuflucht gewähren."

Die Frau reichte ihm die Hand. „Ich bin Millie Winston." Sie wandte sich an Louisa. „Sind Sie krank, meine Liebe?"

Louisa schüttelte den Kopf. „Ich habe mich nur am Bein verletzt, das ist alles."

„Sie möchten sich sicher trocknen, da bin ich sicher", sagte die Frau. „Dann werden Sie hungrig sein. Ich hatte nicht mit Besuch gerechnet, daher ist unsere Kost eher einfach, aber es ist genug da. Dann lassen Sie mich Sie jetzt in das Zimmer bringen, das unseren Töchtern gehörte - bevor sie heirateten und in ihr eigenes Heim zogen."

Sie folgten ihr eine einfache Holztreppe hinauf.

„Unsere Meg hat den Schmied drüben in Penwick geheiratet. Jetzt erwartet sie schon ihr fünftes Baby. Ich werde bald zu ihr gehen."

„Wie viele Kinder und Enkel haben Sie?", fragte Louisa.

„Drei Töchter, und unseren Sohn, der auf dem Hof hilft. Er und seine Frau leben gleich nebenan. Und insgesamt haben Mr. Winston und ich sechzehn Enkel."

„Sie sind wirklich reich gesegnet", sagte Louisa.

Harry fragte sich flüchtig, ob Louisa es bedauerte, keine Kinder bekommen zu haben. Obwohl ihm der Gedanke nicht gefiel, wie sie Godwin Phillips' Kind trug.

Ihre Gastgeberin ging durch das Zimmer und entzündete mit ihrer eigenen Kerze ein Talglicht neben dem einzigen Bett des Zimmers. „Wir haben hier länger nicht abgestaubt oder geputzt, aber das Bettzeug ist sauber, wenn auch vielleicht etwas klamm."

Louisa begann, ihre Pelisse aufzuknöpfen. „Ich komme mit Ihnen nach unten, Mrs. Winston, und helfe Ihnen mit dem Abendessen, während mein Mann sich trockene Kleider anzieht", sagte Louisa, als Harry ihr aus der Pelisse half und sie an einen Haken an der Wand hing.

Mein Mann. Die Worte waren völlig natürlich über ihre Lippen gekommen. Harry gefiel, wie sich das anhörte.

„Das kann ich nicht zulassen", widersprach Mrs. Winston. „Nicht mit Ihrem verletzten Bein."

„Sie hat recht, meine Liebe", sagte Harry. „Du musst das Bein schonen."

Meine Liebe? Warum störte sie dieses Kosewort nicht?

Kapitel 13

Sobald Harry die Tür zu ihrem Zimmer geschlossen hatte, wirbelte Louisa herum und sah ihn mit vor Zorn funkelnden Augen an. „Schämen Sie sich nicht? Diesem netten Paar zu erzählen, dass wir in den Flitterwochen sind?"

Er streifte den nassen Rock von seinen Schultern und hängte ihn an einen Haken einen Fuß neben ihrer Pelisse. „Sie wissen wenig über die menschliche Natur, wenn Ihnen nicht klar ist, dass die Winstons uns nur zu gerne helfen. Ich fürchte aber, ihre Freude würde verschwinden, wenn sie die Wahrheit erführen."

„Ich fürchte, Sie haben recht", stimmte sie zu, während sie ihn mit in die Taille gestemmten Händen beobachtete, wie er dort stand und sie mit einem Blick voller Verschmitztheit in den schwarzen Augen ansah. „Aber wie soll ich mir trockene Kleider anziehen, wenn Sie dastehen und mich anstarren?"

„Ich werde mich umdrehen und die Wand anschauen, bis Sie mir sagen, dass sie fertig angezogen sind."

„Sehr gut", zischte sie. „Drehen Sie sich um." Sie schaute zu, als er ihr den Rücken kehrte. Warum musste der Mann so breite Schultern haben? Seine Größe schüchterte sie ein. Als sie ihn ansah, wich sie zurück, konnte sich aber noch immer nicht ausziehen, obwohl sie ihm vertraute. Dennoch, der Mann mochte seine Fehler haben, sie musste jedoch zugeben, dass dazu nicht gehörte, sich einer Frau aufzudrängen.

Sie knöpfte langsam ihr Kleid auf.

„Wenn Sie Hilfe brauchen, bin ich gerne dazu bereit", sagte er unverschämt.

„Schauen Sie nur weiter zur Wand." Sie nahm ein trockenes Kammgarnkleid aus ihrer Reisetasche, machte sich dann daran, aus ihrem nassen Reisekleid zu schlüpfen, wobei sie den Rock über den intimen Teilen ihres Körpers zusammenhielt. Mit einem letzten Blick auf ihn, um sich zu vergewissern, dass er sie nicht beobachtete, schlüpfte sie schnell in das trockene Kleid und knöpfte es zu.

„Ich bin angezogen", informierte sie ihn. „Ich werde mich auf das Bett setzen und Ihnen den Rücken zudrehen, damit Sie sich trockene Kleider anziehen können."

„Sie können zuschauen, wenn Sie möchten", neckte er sie.

„Das werde ich nicht."

Als sie beide trocken waren, kam Harry zum Bett und hob Louisa auf seine Arme. „Ich werde sie nach unten tragen. Treppen zu gehen ist das Schlimmste, was man mit einem verletzten Knie tun kann."

Da konnte sie ihm nicht widersprechen. Ihr Knie pochte schon von der Belastung, die es beim Umziehen hatte aushalten müssen. Obwohl sie ihm erlaubte, sie hochzuheben, schwor sie sich, dass sie nicht ihren Arm um ihn legen würde. Aber es war wirklich unbequem, die Arme an ihre Seite gedrückt zu halten.

Als sie nach unten kamen, fanden sie den Tisch der Winstons mit dem besten Sonntagsgeschirr gedeckt und einer Reihe dampfender Schüsseln darauf.

Louisa dachte flüchtig an die Wärme und Geborgenheit der Zimmer, die Harry und sie auf dieser Reise benutzten und vermisste das ein wenig.

Aber sobald sie den Tisch des freundlichen Ehepaares sah, verschwanden ihre Bedenken. Dieses kleine Bauernhaus verfügte über mehr Wärme und freundliche Gefühle, als ein unpersönlicher Gasthof je bieten könnte.

Mrs. Winston hätte nicht gastfreundlicher sein können, und ihr ruhiger Ehemann in seinem Sonntagsanzug, der schon abgetragen war und an manchen Stellen glänzte, war liebenswürdig.

„Sie sind in den Flitterwochen, Jonah", teilte Mrs. Winston ihrem Mann mit. Dann wandte sie ihre Aufmerksamkeit den angeblich neu verheirateten zu und fragte: „Wann haben Sie geheiratet?"

Louisa schaute Harry an, damit er antworten sollte.

Er legte die Gabel hin, schaute die Frau des Bauern lächelnd an und sagte: „Wir haben am Samstag im Haus meiner Braut in Trent geheiratet und reisen jetzt nach Penzance, wo wir uns niederlassen wollen.

„Sie sind aus Penzance?", fragte Mr. Winston überrascht. Hatte Harrys Mangel an örtlichem Akzent ihn misstrauisch gemacht?

Harry nickte, als er Butter auf sein Brot strich.

„Wie kann denn ein Mann, der in Penzance lebt, eine Braut finden, die so weit weg wohnt?", fragte Mrs. Winston.

Harry zögerte nicht einmal eine Sekunde. „Meine Frau wurde mir von meinem Cousin vorgestellt, der auch in Trent wohnt."

Der Mann war der geborene Lügner! Meine Frau

hier, meine Frau dort. Lügen schienen ihm äußerst leicht zu fallen. Wie das Stehlen.

„Millie und ich kannten uns schon unser ganzes Leben lang", sagte Mr. Winston. „Seit ich zwölf war, wusste ich, dass ich sie heiraten würde."

Louisa lächelte darüber. „Gab es nie jemand anderen?"

Mr. Winston schaute Louisa an, als hätte sie den Herrn gelästert, den er so offensichtlich verehrte. „Es gab niemanden, dem ich meine Zuneigung hätte zuwenden können, wenn man Rosemary Penthorn nicht mitzähle, die nicht ganz richtig im Kopf war, wenn Sie wissen, was ich meine."

Alle außer Mrs. Winston lachten darüber. Die rundliche, weißhaarige Frau stemmte protestierend ihre Hände auf die Hüften. „Du solltest wissen, Jonah, dass ich dich unter vier anderen jungen Männern ausgewählt habe, und du der eine warst, mit dem ich den Rest meines Lebens verbringen wollte."

Daraufhin senkte Mr. Winston seinen Kopf zu seiner Suppenschale und begann, sie auszuschlürfen.

Louisa und Harry tauschten amüsierte Blicke.

Als Mr. Winston mit seiner Suppe fertig war, wandte er sich an Harry. „Sind sie nicht ein wenig alt, um zum ersten Mal zu heiraten?"

„Was lässt Sie glauben, dass es das erste Mal ist?", fragte Harry.

Louisa spürte, wie ihr Magen sich umdrehte.

„Ist es das nicht?", erkundigte sich Mr. Winston.

„Doch, in der Tat, meine erste Ehe", sagte Harry mit einem leisen Lachen. „Ich habe sechsundzwanzig Jahre gebraucht, um meine süße Louisa zu finden. Ich hatte schon die Hoffnung aufgegeben, jemanden wie sie zu finden.“

Oh, bitte. Lord Wycliff hatte offensichtlich seine Berufung zur Bühne verfehlt. Ein Jammer, dass er sein Vermögen nicht dort gemacht hatte. Dann, als sie an die Art dachte, *wie* er sein Vermögen wieder erworben hatte, wurde sie erneut böse und wandte ihre volle Aufmerksamkeit ihrem Brathering zu.

„Was tun Sie in Penzance, Mr. Smith?“, fragte Mrs. Winston.

Louisa war erstaunt über die riesige Menge an Essen, das Harry verzehrte, als sie ihm zuschaute, wie er seinen Fisch zerlegte und seiner Gastgeberin antwortete.

„Handel - Im- und Export.“

Wenigstens das war irgendwie wahr.

„Sie haben ein Schiff?“, fragte Mr. Winston, bevor er Erbsen in seinen Mund schaufelte.

„Drücken wir es so aus“, sagte Harry: „Meine Bank und ich haben ein Schiff.“

Quatsch.

Als sie ihre Mahlzeit beendet hatten, bestand Louisa darauf, dass sie und *ihr Ehemann* aufräumen dürften. „Bitte, Mrs. Winston, wir haben den ganzen Tag in der Kutsche gesessen und würden gerne eine Weile auf den Beinen sein. Sie und Ihr Mann können sich am Feuer ausruhen. Sie haben beide den ganzen Tag hart gearbeitet.“

Die alte Frau schlurfte, leise Widerworte murmelnd, davon.

Als sie allein in der Küche waren, fauchte Louisa ihn mit einem melodischen Spottvers an.

„Meine Frau und ich dieses, meine Frau und ich jenes. Meine Bank und ich … Ehrlich, Mylord, Sie sind ein hinterhältiger, lügnerischer, betrügerischer Tunichtgut von einem Lord, wenn es je einen gab." Um dem Nachdruck zu verleihen, fügte sie hinzu: „Ich schwöre!"

Sein Mund verzog sich zu einem ironischen Lächeln. „Sie haben vergessen, *Dieb* hinzuzufügen."

Sie schnaubte. „Wären nicht die Verbände an Ihren Armen, würde ich Sie schlagen."

„Aber dann könnte ich Ihnen nicht beim Abspülen helfen."

„Als ob Sie sich mit Küchenarbeit auskennen würden." Sie brummte spöttisch.

„Sie denn?", fragte er.

„Natürlich." Sie nahm Mrs. Winstons Schürze und band sie um ihre schmale Taille. „Die eigentliche Frage ist, ob *Sie* sich mit Küchenarbeit auskennen."

Sein Gesicht wurde lang. „Um die Wahrheit zu sagen, nein."

„Sie würden die Wahrheit nicht erkennen, wenn sie Sie in die Nase bisse."

„Ein sehr schlechter Vergleich, Louisa." Er nahm sich einen grob gezimmerten Hocker und stellte ihn vor das Spülbecken. „Ich befehle Ihnen, sich hinzusetzen."

Sie warf ihm einen bösen Blick zu, setzte sich aber auf den angebotenen Hocker und begann, mehrmals mit einem feuchten Tuch über einen Teller zu wischen. „Ich habe Ihnen gesagt, Sie sollen mich nicht Louisa nennen."

„Und ich habe mich geweigert." Er nahm sich ein trockenes Tuch und begann, den Teller, den Louisa abgewaschen hatte, zu trocknen.

Einige Zeit lang arbeiteten sie Seite an Seite, in ihre eigenen Gedanken versunken, ohne dass ein Gespräch sie verband.

Als sie mehr als halb fertig waren, sprach er. „Es ist klar, dass Sie Ihren Vater verabscheuen, aber was ist mit Ihrer Mutter?"

Sie spülte weiter das Geschirr. „Ich liebte sie sehr, aber sie starb bei Ellies Geburt."

„Also waren Sie fast eine Mutter für Ellie."

Sie nickte ernst. „Ich schätze, ja."

„Hat Ihr Vater nie wieder geheiratet?"

„Nein, was eigenartig scheint, wenn man bedenkt, wie er es genießt, andere herumzukommandieren."

„Aber wenn er ein so egoistischer Mann ist, wollte er vermutlich nicht Zuneigung für jemanden heucheln, die er nicht empfand."

Sie hörte auf, Teller zu waschen, und schaute ihn an. „Ich glaube, Sie haben recht. Er hat nie jemanden außer sich selbst geliebt. Der einzige Mensch, an dem ihm überhaupt etwas lag." Dann nahm sie ihre Arbeit wieder auf.

„Louisa."

„Ja", antwortete sie ohne aufzuschauen.

„Gibt es nichts, was ich tun kann, um die Zuneigung, die ich gestern bei ihnen spürte, wieder zu erwerben?"

Sie dachte einen Moment nach. „Sie könnten Ihre Reue dadurch zeigen, dass Sie Ihr Geld den Armen geben."

„Sie wissen, dass ich das nicht kann", sagte er düster.

Sie drehte sich zu ihm um, ihre Augen waren von einem stahlharten Blau.

„Es ging mir nie um das Geld", sagte er leise. „Es ging immer um Familie - meine Familie - nicht nur der alte Titel und das Vermögen, das einmal dazu gehört hatte, obwohl auch diese Dinge wichtig für mich waren.

„Es war der Stolz auf den Namen meiner Familie, den ich zurückerobern wollte. Ich wollte wieder aufbauen, was mein Vater zerstört hatte." Er ließ das Tuch auf den Tisch fallen. „Mehr als alles andere wollte ich das Gefühl der Liebe wieder neu entfachen, das ich als Kind so gut gekannt hatte. Das wollte ich wiederhaben. Ich will mein altes Heim wiederhaben. Ich will eine Frau, die ich lieben kann, wie mein Vater meine Mutter liebte. Ich möchte einen Sohn haben, der den Titel eines Earls von Wycliff mit Stolz trägt, und Enkel und Urenkel." Er wandte sich ihr zu. „Verstehen Sie irgendetwas davon?"

Sie schluckte. „Ich denke schon", sagte sie mit dünner Stimme.

Er fühlte eine Nähe zu ihr, die er noch nie bei jemand anderem empfunden hatte. Warum sonst hätte er so viel von sich verraten und sich so verwundbar gemacht?

Als die Küche makellos war, sagten Louisa und Harry ihren Gastgebern gute Nacht.

„Mrs. Winston", fragte Louisa, „woher wussten Sie, dass wir jung verheiratet sind?"

„Meine Liebe, das konnte ich an der Art sehen, wie Mr. Smith Sie anschaut. Es war genauso, wie Jonah Junior seine Braut an ihrem Hochzeitstag ansah."

Louisas Wangen wurden heiß. Sie verließ das Wohnzimmer und stieg die Stufen zu ihrem Zimmer hinauf, wobei sie sich an das Geländer klammerte, um ihr schlimmes Knie zu entlasten. Harry folgte ihr, hob sie hoch und begann, die Treppe weiter hinaufzusteigen, mit ihr auf dem

Arm. Wie dachte er, dass sie sich mit ihm im Raum zum Schlafen umkleiden könnte? Schade, dass es an diesem Abend keine Gaststube gab, in die er gehen konnte.

Der Leuchter, den Mrs. Winston entzündet hatte, brannte noch auf dem Nachttisch. Das Zimmer war kalt. Schrecklich kalt. Da in diesem Raum kein Kamin war, hatte Mrs. Winston mehr Decken gebracht.

Jetzt wusste Louisa, warum. „Drehen Sie sich um und schließen Sie Ihre Augen", befahl sie.

Um sich noch etwas besser zu schützen, dreht auch sie sich herum, wandte ihm ihren Rücken zu, als sie sich schnell auszog und eilig in ihr wollenes Nachthemd schlüpfte.

Dann setzte sie sich aufs Bett. „Sie können sich jetzt umdrehen und Ihr Hemd ausziehen. Ich muss die Verbände an Ihren Armen wechseln."

„Möchten Sie, dass ich mich vor die Kerze stelle, wenn ich mein Hemd ausziehe?", fragte er neckend.

Sie bückte sich, hob ihren Schuh auf und bewarf ihn damit. „Sie abscheulicher Mann!"

Der fliegende Schuh verfehlte nur gerade eben einen seiner verbundenen Arme. Sie war voller Reue, als sie sagte: „Oh Harry, es tut mir so leid. Habe ich Ihrem Arm wehgetan?"

Er stellte sich neben sie und begann, langsam sein Hemd aufzuknöpfen, ohne seine Augen von ihr abzuwenden.

Verlegen wandte sie sich ab, bis er das Hemd ausgezogen hatte und sich neben sie aufs Bett setzte. „Sie haben mich wieder Harry genannt", sagte er leise.

Sie war nicht in der Stimmung, sich von einem diebischen Piraten verführen zu lassen. „Lassen

Sie mich Ihre Arme sehen", sagte sie barsch.

Sie machte sich daran, die blutbefleckten Verbände von seinen Armen zu entfernen und schnappte nach Luft, als sie das tat. „Ich befürchte, sie haben angefangen, sich zu entzünden", verkündete sie ernst.

Er hob die Kerze und hielt sie neben seinen Arm. Die Kratzer sonderten noch Flüssigkeit ab und sein ganzer Arm hatte begonnen anzuschwellen.

„Kein Wunder, dass das verdammte Ding mich heute so gequält hat."

Ihre Stimme klang sanft, als sie sprach. „Sie haben nichts davon gesagt."

„Wir haben nicht geredet. Erinnern Sie sich?"

Sie sah zerknirscht aus. „Ich weiß nicht, was wir dagegen tun könnten. Was haben Sie bei Ihrer großen Erfahrung über eine Behandlung von so etwas gelernt?"

„Verdammt darauf zu hoffen, dass es besser wird. Ich würde meinen Arm lieber nicht verlieren."

Sie zuckte zusammen. „Es ist alles meine Schuld." Mit zittrigen Händen holte sie sauberes Leinen aus ihrer Reisetasche.

„Ich bin sicher, es wird alles wieder gut", beruhigte er sie.

Sie ignorierte ihn, während sie sanft die Wunde säuberte und begann, sie frisch zu verbinden. Dann beugte sie sich über ihn und begann, sich um seinen anderen Arm zu kümmern. „Dieser Arm sieht nicht halb so schlecht aus wie der andere."

„Ich bin kein solche verdammter Idiot, dass ich das nicht schon wüsste."

„Seien Sie nicht so garstig", schalt sie. Dann tat

es ihr leid, dass sie ihn angefaucht hatte, wo er doch offensichtlich große Schmerzen hatte. „Es tut mir leid, wenn ich Ihnen wehtue, Harry. Möchten Sie, dass ich nach unten gehe und nachsehe, ob Mr. Winston ein wenig Whiskey für Sie hat, um den Schmerz zu lindern?"

„Das brauche ich nicht", sagte er. „Ich habe Schlimmeres durchgemacht."

Sie erkannte an der Narbe auf seinem Bauch, dass er die Wahrheit sagte.

„Außerdem", zischte er, „können Sie mit Ihrem Knie nicht diese Treppe hinuntergehen."

Sie hielt bei dem, was sie gerade tat, inne, sah den mutwilligen Ausdruck in seinen Augen und begann zu kichern. „Sind wir nicht ein tolles Paar?"

Er begann, leise zu lachen, seine Stimme war tief und fest.

Als sie aufhörten, warf sie ihm einen ernsten Blick zu. „Ich werde am Morgen eine Schlinge für Ihren Arm knüpfen. Vielleicht wird das dem schlimmen Arm helfen."

„Ich werde keine Schlinge tragen."

Sie schaute ihn böse an und räumte dann den Rest der sauberen Verbände in ihre Tasche. „Ich schätze, wir sollten am besten das Licht löschen und schlafen gehen."

„Das denke ich auch."

Sie blies die Kerze aus und rutschte unter die Decken, vor Kälte zitternd.

Harry war auf die andere Seite des Bettes gegangen. Sie hörte, wie er seine Hosen auszog und war dankbar, dass er nicht sehen konnte, wie die Röte wieder in ihre Wangen stieg.

Kapitel 14

Wie er es am Tag zuvor getan hatte, weckte Harry Louisa mit einer Tasse heißem Tee. „Aufstehen, Schlafmütze."

Sie setzte sich auf, reckte sich und nahm dankbar die heiße Tasse und trank. „Ich schwöre, in meinem ganzen Leben war mir noch nicht so kalt."

Harry nickte. Die verdammte Kälte hatte ihn mehrere Male in der Nacht geweckt - was kein Wunder war, da Louisa ihm mehrmals die Decken weggezogen und sich hineingewickelt hatte. Das natürlich alles im Schlaf. Da er ein Gentleman war, hatte er ihr schwerlich die Decken wieder wegnehmen können. Daher war er aufgestanden und hatte sich voll angezogen, um sehnsüchtig auf das erste Morgenlicht zu warten, damit er nach unten gehen und sich vor ein Feuer stellen konnte.

Er schaute jetzt zufrieden zu, wie Louisa ihre Hände an der Tasse wärmte.

„Lassen Sie mich einen Blick auf Ihr Knie werfen", sagte er, als sie fertig war.

Sie gehorchte, indem sie beide Beine über die Bettkante hängen ließ und den Saum ihres wollenen Nachthemds hochzog, bis beide Knie zu sehen waren.

Ihr Mangel an weiblichem Schamgefühl überraschte ihn. Das war schließlich dieselbe Frau, die bei der Erwähnung eines Busens scharlachrot wurde. Er fiel auf ein Knie und schaute sich die Schwellung zunächst an. Dann bewegte er ihr Bein zuerst nach unten, dann nach oben. „Sie haben an einem Tag große Fortschritte gemacht", sagte er zu ihr. „Die Schwellung ist nicht mehr halb so dick wie gestern."

„Heißt das, dass Sie mir erlauben werden, auf eigenen Beinen nach unten zu gehen?"

„Nein", sagte er. „Das Schlimmste, was Sie tun könnten, wäre Treppen zu steigen." Er hob die Hand, um ihr Gewand nach unten zu ziehen, und war überrascht, was für eine vertrauliche Geste das war. „Ich werde Sie tragen."

Er erhob sich und verkündete: „Ich werde Mrs. Winston Bescheid geben, dass Sie bereit zum Frühstück sind."

Nachdem sie sich angezogen hatte, kam er wieder zu ihr, hob sie auf seine Arme und trug sie dann die Stufen hinab, um sie auf einen der Stühle des Esszimmers zu setzen.

Die fröhliche Mrs. Winston, in eine weiße Schürze gehüllt und mit einem Tablett voll Hefebrötchen in der Hand, betrat das Esszimmer und deckte stolz den Tisch mit Speisen. „Ich hoffe, Ihr Zimmer war letzte Nacht nicht zu kalt", sagte sie.

„Die Anzahl der Decken hat die Kälte des Raums wieder wettgemacht", sagte Louisa.

Harry hüstelte.

Louisa stocherte in ihrem Essen herum und wandte sich nach ein paar Minuten Harry zu. „Ich habe mich etwas gefragt."

„Ja?"

„Wo schläft der Kutscher und wo isst er, während für alle unsere physischen Bedürfnisse gesorgt ist?"

Harry bestrich sein Hefebrötchen fertig mit

dickem Rahm. „In der letzten Nacht hat er in der Scheune geschlafen, wo auch die Pferde und das Vieh waren, mit einer guten Anzahl Decken, um ihn warmzuhalten - was er auch in London so gewöhnt ist. Soweit es seine Mahlzeiten angeht, er hat vor noch nicht einer halben Stunde in Mrs. Winstons Küche gegessen.“

„Wie ist das, wenn wir in einem Gasthof übernachten?“, erkundigte sie sich.

„Ich bezahle für seine Unterkunft ebenso wie für unsere“, sagte er mit gespielter Empörung. „Sicher haben Sie doch nicht angenommen, dass ich mich nicht um seine Unterbringung kümmern würde.“

In ihrer Stimme lag Entrüstung, als sie antwortete. „Natürlich habe ich nicht gedacht, dass sie den Mann vergessen würden.“

Sie nahm einen Bissen von ihrem Hefebrötchen. „Ich kann mir nicht helfen, mich zu fragen, wie die wirklich Unglücklichen in der Kälte überleben, wenn sie kein Dach über ihrem Kopf haben.“

Er senkte seine Wimpern ebenso wie seine Stimme, als er antwortete. „Ich denke, Ihre Befürchtungen sind berechtigt, Madam. Viele von Ihnen fallen leider den Elementen zum Opfer.“

Sie schob ihren Teller fort. „Ich kann gar nicht essen, wenn ich an all das Leid denke, das in der Welt existiert.“

Mrs. Winston kam mit einer weiteren Kanne Tee herbeigeeilt.

„Ich versichere Ihnen, meine Liebe“, sagte er, „ob Sie essen oder nicht, es wird die Flecken des Leoparden nicht ändern.“

„Ihre Frau mag nicht essen?“, fragte Mrs. Winston enttäuscht.

„Doch, ich esse, Mrs. Winston", sagte Louisa. „Es schmeckt alles köstlich."

Die ältere Frau ging mit einem zufriedenen Lächeln auf ihrem Gesicht zurück in die Küche.

„Meine Liebe, wirklich", spöttelte Louisa. „Müssen Sie so dick auftragen? Ich schwöre, Lord Wycliff, Sie haben ihre Berufung an die Londoner Bühnen verfehlt."

„Können doch das alte Mädchen nicht enttäuschen. Schließlich ist Mrs. Winston überzeugt, dass ich Sie anschaue wie ein liebeskranker Schuljunge."

„Ich wage zu behaupten, dass die Sehkraft der Frau völlig verloren gegangen ist."

Er lachte, um seine Verlegenheit zu überspielen. Denn Mrs. Winstons Beobachtung war nicht weit von der Wahrheit entfernt. Je länger er mit Louisa zusammen war, desto mehr wuchs sie ihm ans Herz. Von ihren lächerlichen Reformideen abgesehen, war sie alles, was er sich von seiner Gräfin je wünschen konnte. Sie war nicht nur schön und intelligent und mitfühlend, sondern sie besaß auch die Fähigkeit, die komplizierten Emotionen zu verstehen, die ihn zu dem Mann gemacht hatten, der er heute war. Sie kannte ihn fast so gut wie er sich selbst.

Wie schade, dass sie den Mann, der er war, verabscheute.

„Nachdem das Schlafzimmer so kalt war", sagte er zu ihr, um das Thema zu wechseln, „hasse ich die Vorstellung, wie kalt die Kutsche heute sein wird."

Sie schauderte spöttisch. „Es wird einfacher zu ertragen sein, wenn wir an den armen John, den Kutscher, denken."

Musste sie immer an andere denken? Die Frau

konnte wirklich lästig sein.

Er half dem Kutscher dabei, ihre Taschen auf die Kutsche zu verladen, nahm dankbar den Korb mit Essen entgegen, den Mrs. Winston ihm für ihr Mittagsmahl reichte, bezahlte sie großzügig für ihre große Gastfreundschaft und dann waren sie wieder unterwegs.

Sie mussten über Meilen und Meilen von ödem Heideland fahren, um das nächste Dorf zu erreichen. Harrys Vorhersage über die Kälte in der Kusche hatten leider ins Schwarze getroffen. Obwohl es nicht regnete, lag die Temperatur doch unter dem Gefrierpunkt und der Wind heulte außerhalb ihrer Kutsche sein einsames Lied. Harry fühlte sich elend, während er zuschaute, wie Louisa gemütlich in die Decke gekuschelt dasaß.

Endlich erbarmte sie sich seiner. „Ich schätze, wenn ich das Bett mit Ihnen teilen kann, Mylord, können wir auch diese Decke gemeinsam benutzen." Sie hob sie an einer Seite an und er kam rasch und dankbar auf die andere Seite der Kutsche, um sich neben sie unter die Decke zu setzen. Wie er es jede Nacht sorgfältig tat, wenn er neben ihrer quälenden Anwesenheit lag, achtete er darauf, sie nicht zu berühren.

Er bedauerte, dass sie wieder dazu übergegangen war, ihn *Mylord* zu nennen. Die Vertrautheit, mit der sie einander beim Vornamen nannten, war für seine Einsamkeit der letzten zehn Jahre wie Balsam gewesen.

„Sie wissen, dass Sie letzte Nacht alle Decken an sich gezogen haben", sagte er, als würde er eine Bemerkung über das Wetter machen.

Sie starrte ihn ungläubig an. „Das habe ich nicht! Ich wüsste, wenn ich das getan hätte."

„Erlauben Sie mir, zu widersprechen, Madam."

„Wenn das der Fall ist, bitte ich aus ganzem Herzen um Verzeihung, Mylord. Darf ich hoffen, dass Sie sie zurückgezogen haben?"

„Das wäre kaum galant gewesen."

„Wollen Sie mir erzählen, dass Sie die ganze Nacht in diesem eiskalten Zimmer ohne Decken zum Zudecken verbracht haben?"

„Ja."

„Oh, mein armer Har..." Sie unterbrach sich selbst und diese hübsche Röte schlich sich wieder auf ihre Wangen. „Es tut mir sehr leid, Mylord."

Er hatte genug gehört. Eine Frau, die ihn hasste, würde ihn kaum mit *mein armer Harry* anreden. *Also hasst sie mich doch nicht nur,* dachte er befriedigt.

* * *

Die Landschaft zwischen dem Bauernhaus der Winstons und der Stadt Bodmin war immer die gleiche. Unfruchtbares Heideland. Es war schon nach Mittag, als sie Bodmin erreichten. Louisa wäre nicht überrascht gewesen, wäre sie vor Kälte völlig blau angelaufen - was sie an den kleinen Jungen ohne Mantel denken ließ, den sie gesehen hatte, als sie London verließen. Ob der arme Junge jetzt einen Mantel hatte? Sie bezweifelte es eher.

Im örtlichen Gasthof hüpfte Louisa fast bei der Aussicht, sich vor einem Feuer wärmen zu können, während Harry Erkundigungen über den Lord dieser Gegend einzog. Sie sehnte sich nicht nur nach etwas Heißem zu trinken, sondern sie verspürte auch das dringende Bedürfnis, sich die Beine zu vertreten.

Harry wollte einen Whiskey, um sich aufzuwärmen, während Louisa ein Glas warme

Milch bestellte. Als die Frau, die sie bediente, mit ihren Getränken kam, konnte Louisa kaum ihre Gesichtszüge beherrschen, als Harry mit seiner arrogantesten Stimme fragte: „Wissen Sie, ein Bekannter aus meinem Londoner Club sagte, wenn ich je nach Bodmin käme, sollte ich bei ihm hereinschauen. Ein Lord Blamey in St. Alban's Abbey. Wissen Sie vielleicht, wo das liegt?"

Die Serviererin stellte die Gläser ab und deutete nach Westen. „Ungefähr fünf Meilen vor der Stadt auf der Hopping Road."

Harry gab der Frau einen Schilling.

„Oh, vielen Dank, Sir, vielen Dank", sagte sie und ließ die Münze in ihren üppigen Busen rutschen, bevor sie in die Gaststube zurückging.

„Wir können kaum hoffen, dass Lord Blamey an einem so kalten Tag in die Stadt kommen würde, nicht wahr?", fragte Louisa hoffnungsvoll.

Harry schüttelte den Kopf. „Nein, das glaube ich nicht." Dann nahm er einen großen Schluck Whiskey. „Ich bin in ein paar Minuten wieder da."

Die paar Minuten wurden zu zwanzig. Louisa hatte längst ihre Milch ausgetrunken und war ungeduldig geworden, als er endlich zurückkam.

„Ich habe einen Sattel gekauft", prahlte er, als er wieder in ihren privaten Salon trat.

„Und das soll mich glücklich machen?"

Sein Gesicht wurde lang. „In der Tat, eher im Gegenteil, fürchte ich." Er setzte sich neben sie, nicht, wie er es zuvor getan hatte, ihr gegenüber. „Ich hasse es unglaublich, Sie hierum bitten zu müssen", fing er an. „Aber da Sie die einzige sind, die unseren geheimnisvollen Lord identifizieren kann, werden Sie zu seinem Haus gehen müssen."

„Das hatte ich bereits vermutet", sagte sie.

„Allein", sagte er.

Sie nickte.

„Zu Pferd", fügte er hinzu.

Bilder, wie sie allein durch den Schnee irrte, entstanden vor Louisas Augen und das gefiel ihr überhaupt nicht.

„Wir können kaum in einer vierspännigen Kutsche vorfahren, ohne unerwünschte Aufmerksamkeit zu erregen", erklärte Harry. „Daher schlage ich vor, dass ich Sie zu der Hecke bringe, die Lord Blameys Haus am nächsten gelegen ist und dann eines der Pferde sattele, damit Sie zur Vordertür reiten können. Vielleicht werden Sie nicht allzu arg frieren, da es nur ein kurzer Ritt ist."

„Warum können nicht Sie gehen, Mylord?"

Er sah zerknirscht aus. „Ich wünschte ehrlich, dass ich das könnte, aber ich befürchte, da er ein Lord ist, könnte er mich wahrscheinlich erkennen, was unsern Plan natürlich durchkreuzen würde."

Sie nickte. „Ja, ich nehme an, dass Sie etliche Herren des Adels kennen, trotz Ihrer mehrjährigen Abwesenheit."

Er wirkte gekränkt. „Ich sehe, dass Sie mir nicht glauben, aber ich versichere Ihnen, dass ich jede Menge Leute kenne. Zufällig bin ich Mitglied im angesehensten Club von London. Und ich bin unzählige Male bei Almack's gewesen."

Obwohl sie nie dort gewesen war, wusste, sie, dass Almack's der Ort war, wo all die jungen Damen nach anständigen Ehemännern suchten. Der Gedanke, wie Harry sich unter ihnen nach einer möglichen Braut umsah, störte sie seltsamerweise.

Obwohl sie dagegen protestieren wollte, dass sie selbst nach St. Alban's Abbey reiten sollte, erkannte sie, dass Harry recht hatte, wenn er nicht zulassen wollte, dass der Lord ihn sah - und möglicherweise erkannte. „Na gut", stimmte sie schwächlich zu. „Aber wie um alles in der Welt soll ich mein Auftauchen dort erklären - allein, und an einem so scheußlichen Tag?"

Harry fuhr mit dem Finger über seine Lippen. „Gute Frage. Wir werden den ganzen Weg nach St. Alban's Abbey darüber nachdenken."

Sie schaute ihn böse an, als sie den Gasthof verließen.

Während der nächsten vierzig Minuten schlugen sie einander ein Szenario nach dem anderen vor, fanden aber Einwände gegen jedes. Sie konnte nicht nach Arbeit fragen. Sie konnte nicht behaupten, eine alte Bekannte zu sein. Sie konnte nicht die Freundin seiner Frau, seines Kindes, seines Bruders oder einer Schwester sein, da sie keine Ahnung hatte, ob er eine Frau, ein Kind, einen Bruder oder eine Schwester hatte.

Schließlich beschlossen sie, es zu vergessen, ein Pferd zu satteln. Sie würden in Lord Wycliffs eindrucksvoller Kutsche in St. Alban's Abbey vorfahren und Louisa würde ihren eigenen Plan in die Tat umsetzen.

* * *

Als die Kutsche vor St. Alban's Abbey völlig zum Stehen gekommen war, wickelte Louisa sich in ihren Umhang und Muff und huschte den Weg zur Vordertür hinauf, wobei ihr bewusst wurde, dass ihr Knie sich sehr gebessert hatte. Die Abbey war so alt, dass sie durchaus die Auflösung der Klöster überlebt haben könnte. Gerade so. Ost- und Westflügel lagen in Trümmern. Nur der mittlere Bereich, der früher eine Kapelle gewesen sein musste, war in gutem Zustand - doch für einen Lord eher bescheidener Größe.

Louisa pochte an die Holztür. Ein Butler antwortete. *Verflixt.* Sie hatte auf den Hausherrn persönlich gehofft. „Ist Ihr Herr daheim?", fragte sie.

Der Butler ließ einen äußerst missbilligenden Blick über sie gleiten. „Was soll ich ihm sagen, wer ihn zu sprechen wünscht?"

„Miss ... Miss Augusta Marks. Ich habe in einer persönlichen Angelegenheit mit ihm zu sprechen."

Der Mann mit dem beginnenden Kahlkopf hob eine buschige Augenbraue, drehte sich auf dem Absatz um und ließ sie in der Tür stehen.

Louisa hatte keinen Zweifel daran, dass der Butler sie für ein leichtes Mädchen hielt. Schließlich, welche anständige Frau würde in dieser Weise vor der Tür eines Mannes auftauchen?

Beim Warten wurde sie nervös.

Endlich kam der Butler zurück, bat sie, hereinzukommen und führte sie ins Morgenzimmer.

Kapitel 15

Je länger Lord Blamey sie warten ließ, desto aufgeregter wurde Louisa. Sie probte wieder und wieder, was sie sagen wollte und wünschte sich, dass sie Harrys Gabe zur sofortigen Erfindung von Geschichten hätte.

Solange sie wartete, zwang sie sich dazu, sich an das eine Mal zu erinnern, als sie den Lord aus Cornwall gesehen hatte. In jener Nacht hatte sie ihre Haare gebürstet, war zu Bett gegangen und hatte die Kerze gelöscht. Dann, ohne ein Licht, um ihren Weg zu erhellen, war Louisa aus ihrem Zimmer geschlüpft und den dunklen Gang entlanggeschlichen, sorgfältig darauf achtend, so leise zu gehen, wie sie konnte.

Sie hatte lange Zeit gewartet, bis Godwin selbst die Haustür öffnete, was nur geschah, wenn sein geheimnisvoller Besucher kam. Dann kroch Louisa nach vorn, dorthin, wo das Licht von oben auf den Treppenabsatz fiel, auf dem sie stand, dort hielt sie am Ende der Wand, an der das Geländer befestigt war, an. Wie eine Schildkröte, die ihren Kopf aus dem Panzer streckt, bewegte sie sich in dieser Ecke, um nach unten zu schauen.

Die beiden Männer gingen zur Bibliothek hinüber, der Lord war fast einen Fuß größer als Godwin, der nicht mehr als fünf Fuß sieben war. Ihr fiel die fast königliche Haltung des anderen Mannes und der hervorragende Schnitt seiner Kleidung auf. An seiner ganzen Erscheinung war etwas Vornehmes. Es überraschte sie nicht, dass Godwin ihn mit *Mylord* ansprach.

Sie wurde aus ihrer Träumerei gerissen, als die Tür sich öffnete und sie, als sie sich umdrehte, einen Mann erblickte, der weit jünger war als Godwins Wohltäter.

Lord Blamey war etwa im gleichen Alter wie Harry. Er hatte einen dicken Schopf kastanienbrauner Haare und eine dicke Taille, die er durch eine gestreifte Weste zu kaschieren versuchte.

Er stand einen Moment mit hochgezogenen Brauen, die Hand auf der Türklinke, an der Tür, bevor er diese schloss und herantrat. „Ich bin Lord Blamey", verkündete er, als sie aufstand und ihn anschaute.

„Verzeihen Sie bitte meine Störung, Mylord", sagte sie nervös. „Ich fürchte, Sie werden mich für recht dumm halten, wenn Sie herausfinden, warum ich hier bin."

Lord Blamey warf ihr einen weiteren verwirrten Blick zu, war aber aufgrund ihrer Stimme offensichtlich überzeugt, dass er es mit einer Dame der Gesellschaft zu tun hatte und bat sie, sich zu setzen.

Obwohl sie sich hinsetzte, blieb er stehen, als sie ihre Geschichte zu erzählen begann.

„Ich bin von London in meiner Reisekutsche gekommen, nur von meinem Hund, Cuddles, als Gesellschaft begleitet." Sie lachte leise auf. „Wie Sie sich vorstellen können, muss man ständig anhalten, damit der kleine Kerl ..."

„Ja, ich verstehe", sagte er mit leisem Kichern.

„Der unartige kleine Kerl ist nicht weit von hier in den Wald gelaufen. Mein Kutscher und ich haben überall gesucht, konnten das Hündchen aber nicht finden. Sie können sich denken, wie verzweifelt ich bin."

„Ja, durchaus, aber ich kann ihnen versichern, dass ich keine Spur von Ihrem Hund gesehen habe."

„Erlauben Sie mir, ihn zu beschreiben", fuhr sie fort. „Er ist klein." Sie senkte ihre Hand, um einer Höhe von weniger als einem Fuß über dem teppichbelegten Boden anzuzeigen. „Er ist rotbraun und hört auf den Namen Cuddles." Sie ließ ihre Wimpern flattern. „Ich wäre überaus dankbar, wenn Sie und Ihre Diener ihn nett behandeln würden, sollten Sie ihn sehen." Sie stand auf. „Und bitte schicken Sie mir eine Nachricht in den Gasthof von Bodmin."

Dann schaute sie ihn an und hielt plötzlich inne. „Ihr Butler kündigte Sie als Lord Blamey an. Ich denke, ich könnte Ihren Vorgänger einmal in London gesehen haben. Ein großer, elegant aussehender Mann?" Sie war bereit, ihn näher zu beschreiben, aber das war nicht notwendig.

Lord Blamey kicherte. „Das war nicht mein Vater. Ich fürchte, ich bin ziemlich das Ebenbild meines Vaters."

Sie versank in einen Knicks und ging zur Tür des Morgenzimmers. Direkt hinter der Tür stand eine wohlgekleidete Dame - offensichtlich Lady Blamey - deren Augen Louisa von Kopf bis Fuß musterten, als ob sie eine Schönheit der Nacht wäre.

* * *

Als sie wieder in der Kutsche saß, klopfte Louisa neben sich auf den Sitz, damit Harry ihn teilen sollte, bedeckte sie dann beide mit der Decke und brach in Gelächter aus.

Nachdem sie ihm ihre Geschichte erzählt hatte,

lachte er auch laut heraus. „Ich kann sehen, wie der arme Kerl im Park herumrennt und ruft: Hierher, Cuddles", sagte Harry zwischen zwei Lachanfällen.

Sie versuchte, ernst zu werden. „Es tut mir wirklich leid, Mylord, dass wir Ihren Mann noch nicht gefunden haben."

Er hörte zu lachen auf. „Tut es Ihnen nur leid, weil Sie darauf aus sind, sich das Geld von mir zu verdienen?"

„Es ist nicht nett, das so zu sagen. Ich möchte wirklich, dass Sie das Eigentum Ihrer Familie wiederbekommen."

„Damit ich es den Armen geben kann?", fragte er.

„Nein", sagte sie schmollend. „Damit Sie im Parlament für die Armen sprechen können."

Sie schaffte es, dass er sich verdammt erbärmlich fühlte. Er *hatte* ihr gesagt, dass er seinen Sitz im Parlament einnehmen würde, wenn er seine Angelegenheiten geregelt hätte. Er war noch eine seiner niederträchtigen Lügen, die die naive Louisa Phillips ihm anscheinend geglaubt hatte. Was ihn sich sehr gemein fühlen ließ. Aber dann, er war ein ziemlich gemeiner Mensch.

„Wie ist der schlimme Arm heute?", fragte sie ihn besorgt.

„Noch recht schlecht, würde ich sagen."

Ihr Gesicht wurde ernst. „Als ich gestern mein Abendgebet gesprochen habe, bat ich den Herrn, Ihren Arm zu verschonen."

Tod und Teufel! Sie betete für ihn wie eine verdammte Methodistin oder Quäkerin. Kaum wahrscheinlich, dass er bei seinem Schöpfer noch etwas gut hatte. Nicht nach allem, was er getan hatte. Trotzdem war er von ihrer Sorge gerührt.

„Ich dachte, Intellektuelle wären keine Gläubigen."

„Dann muss ich eine sehr schlechte Intellektuelle sein", sagte Louisa ruhig. „Sie werden feststellen, dass ich nicht so fromm bin, wie Hannah More geworden ist."

„Was ich eher für etwas Gutes halten würde."

Darüber musste sie lachen. „Es würde mich nicht überraschen, wenn Sie, obwohl Sie kein Intellektueller sind, wenig Glauben an eine allmächtige Kraft haben."

Er fühlte sich unbehaglich. „Sie wissen schon mehr über mich, als ich je eine Frau über mich wissen lassen wollte."

Um ihre Mundwinkel spielte ein befriedigtes Lächeln. „Dann sitzen wir im selben Boot, Mylord, denn Sie wissen auch schon weit mehr über mich, als ich je einen Mann über mich wissen lassen wollte."

Jetzt lächelte er.

„Was mich zu der Sache mit meinem Alias bringt ... Sie haben zugegeben, dass Sie gelesen haben, was Mr. Philip Lewis schrieb, und es bewunderten, als Sie dachten, dass er ein Mann wäre. Ich fürchte, Sie werden jetzt Ihre Meinung völlig ändern."

Er dachte einen Moment darüber nach und erinnerte sich an die Artikel, die er in der *Edinburgh Revue* gelesen hatte. „Eigentlich nicht. Fundierte Meinungen, die mit Beispielen belegt und logisch dargestellt werden, sind nur schwer zu widerlegen."

„Ich freue mich, das zu hören, Mylord."

„Hören Sie auf, mich mit *Mylord* anzureden, Louisa."

„Ich werde darüber nachdenken", sagte sie.

Die Kutsche, die durch heftige Windstöße von einer Seite zur anderen geschaukelt wurde, wühlte sich weiter Richtung Südküste. Das karge Land wich einer interessanteren - wenn auch noch immer spärlich besiedelten - Landschaft. Je näher sie der Küste kamen, desto mehr wurde die Landschaft von Hütten, Menschen und gedrungenen Bäumen bevölkert. Desto mehr schien auch die Sonne und die Kälte wurde von Wärme abgelöst.

Harry zog den Korb hervor, den Mrs. Winston für sie gepackt hatte. Er gab Louisa ein hartgekochtes Ei und eine dicke Scheibe Brot, das erst an diesem Morgen gebacken worden war. Es gab guten Landkäse und einen großen Apfel für jeden von ihnen.

Sie aßen sich satt und ließen einen Krug Wasser frisch aus dem Brunnen der Winstons folgen.

Harry hoffte aufrichtig, dass Louisa nicht bemerkte, wie schwierig es für ihn war, seinen Arm zu bewegen. Das letzte, was er brauchte, war das Mitleid eines verdammten Blaustrumpfs.

Er konnte spüren, wie die Schwellung an seinem linken Arm schlimmer wurde, während es dem rechten heute schon viel besser ging. Da er Rechtshänder war, war er froh, dass es der linke Arm sein würde, wenn er einen verlieren müsste.

Aber solche Überlegungen trugen wenig dazu bei, ihn aufzuheitern. Wenn er den linken Arm verlöre, wäre es zweifelhaft, ob er noch wirksam mit dem Schwert kämpfen könnte. Und es würde ziemlich schwierig werden, gleichzeitig die Zügel zu halten und ein Pferd die Gerte spüren zu lassen. Dann war da noch das Problem, wie er seine Arme um eine begehrenswerte Frau legen sollte. Er blickte zu Louisa, die mit jedem vergehenden Tag noch begehrenswerter wurde. In den Nächten war dies eine Qual, wenn er neben ihr lag, voll Verlangen, sie in seine Arme zu nehmen und sie vergessen zu machen, dass ein Grobian wie Godwin Phillips je mit ihr geschlafen hatte.

Der Gedanke, wie sie mit Godwin Phillips schlief, versetzte ihm einen schmerzhaften Stich.

Er warf einen Blick in ihre Richtung. Ihr Kopf war herabgesunken und ihre Wimpern lagen auf den Wangen. Ein voller Magen und die einschläfernden Bewegungen der Kutsche mussten zusammen dazu beigetragen haben, dass sie eingeschlafen war.

Und er war der Durchgefrorene, der in der Nacht zuvor keinen Schlaf gefunden hatte!

Wenn er nur hätte schlafen können. Das hätte ihm etwas Erleichterung von den scheußlichen Schmerzen in seinem Arm gebracht.

Ebenso hellwach, als ob er eine ganze Kanne starken Tees getrunken hätte, schaute Harry nach draußen, als die Kutsche in Polperro, einem ruhigen Fischerdorf, einrollte. Der Kutscher ging in den Gasthof des Ortes, um ihre Zimmer zu reservieren. Harrys Lider begannen, schwer zu werden.

* * *

Nach der zweiten Rede Jeremy Benthams brachte Edward Miss Sinclair nach Hause, als sie ihn mit der Frage verblüffte, ob er eine Waffe trüge.

„Das ist nicht notwendig, Ma'am. „Wir sind in Mayfair."

„Soll mich das dahingehend trösten, dass es in Mayfair keine Halsabschneider gibt?"

Er dachte einen Moment lang nach. „Sie sind hier ganz sicher, Miss Sinclair."

„Ich fühle mich aber nicht so sicher. Erst heute Morgen habe ich in der *Gazette* gelesen, dass man einer Frau in Whitechapel die Kehle durchgeschnitten hat."

Er lachte. „Wenn ich nach Whitechapel fahren würde - was ich höchstwahrscheinlich nicht tun werde - *würde* ich eine Waffe tragen. Der Bezirk ist für Verbrechen jeder Art berühmt. Ich habe gehört, dass es an jeder Ecke Prostituierte gibt, die sich für einen Penny verkaufen."

Miss Sinclairs Mund öffnete sich zu einem perfekten Oval und heiße Röte stieg in ihre Wangen.

„Ich bitte um Verzeihung, ich hätte so nicht vor einer Dame sprechen dürfen."

Als sie sich dem Grosvenor Square näherten, schaute er sie an und sprach weiter: „Ich dachte, vielleicht würden Sie mir die Güte erweisen, mich in die Gärten von Vauxhall zu begleiten. Natürlich mit Ihrer ... äh, Köchin als Begleitung." Verdammt, wenn er je gehört hatte, dass eine junge Dame von ihrer verflixten Köchin begleitet wurde! Edward würde nur zu froh sein, wenn sein Cousin wieder zurückkäme. Es war äußerst peinlich, durch London - und in eine Gegend, die er normalerweise nicht besuchen würde - zu fahren, während Harrys Gig mit der dicken Köchin, die sechzig Jahre alt sein musste und fast aus dem Sitz herausquoll, hinter ihm her klapperte. Äußerst peinlich, wirklich.

Das Gesicht der jungen Dame wurde blass und sie setzte sich kerzengerade auf wie ein Besenstil. „Miss Grimm sagte, Vauxhall wäre kein Ort für wohlerzogene Damen."

Er umrundete die Ecke, die sie zum Grosvenor Square bringen würde. „Das betrachte ich als Beleidigung, Miss Sinclair. War erst letzten Monat mit meinen Schwestern dort, und wenn die nicht gut erzogen sind, will ich Ihr Häubchen verschlingen.“

„Nichts für ungut, Sir. Ich wiederhole nur, was mir Miss Grimm gesagt hat, die, wie ich Ihnen erzählt habe, bis zu dem Jahr, bevor sie zu mir kam, sich um Sir Arthurs Töchter gekümmert hat.“ Miss Sinclair sagte das, als ob er wissen müsste, wer dieser verdammte Sir Arthur war.

Sollte Edward Miss Grimm je begegnen, würde es ihm große Freude bereiten, sie zu erwürgen.

Als er vor Harrys früherem Haus anhielt, sprang Edward vom Wagen und half Miss Sinclair beim Aussteigen.

Obwohl er nicht annähernd so hochgewachsen war wie sein Cousin, überragte Edward Ellie Sinclair doch. Die Oberseite ihres Kopfes reicht ihm kaum bis zur Mitte seiner Brust. Sie schaute ihn an, ihre blauen Augen glänzten und er war verflixt froh, dass er den Nachmittag mit ihr verbracht hatte. Ihr Erröten war völlig verschwunden, so dass ihre Haut die Farbe frischen Schnees hatte. Sie war zierlich und blond und wirkte so sehr hilflos, dass er auch hier gewesen wäre, hätte Harry ihm das nicht aufgetragen.

„Ich kann gar nicht sagen, wie dankbar ich bin, dass Sie mich begleitet haben, um Mr. Bentham zu sehen. Ich weiß nicht, was ich ohne Sie getan hätte“, sagte sie.

Er neigte den Kopf. „Es war mir ein Vergnügen.“

„War Mr. Bentham nicht höchst lehrreich?“

Er hatte kein Wort von dem verstanden, was der Mann sagte. *Verdammter Intellektueller.* „Oh, höchst lehrreich."

„Arme Louisa, ich weiß, dass es ihr wirklich sehr leid tun muss, Mr. Bentham zu verpassen."

„Wirklich bedauerlich", stimmte er zu, als die mollige Köchin an ihnen vorbei fegte.

* * *

Louisa erwachte aus ihrem Nickerchen, als die Kutsche anhielt. Zuerst war sie verwirrt. Sie hatte geträumt, dass sie in einem warmen Bett zu Hause in Kerseymeade läge und ihre Mutter sich liebevoll über sie beugte.

Als sie völlig wach wurde, erkannte sie, dass sie in Lord Wycliffs Kutsche saß. Dann bemerkte sie, dass Lord Wycliffs Kopf in ihrem Schoß lag. Was ihm so gar nicht ähnlich sah. Sie schaute auf ihn hinab. Er schien zu schlafen wie ein Toter.

Ohne sich der Bewegung bewusst zu sein, strich Louisa ihm sanft mit der Hand über die Stirn.

Er brannte vor Fieber.

Kapitel 16

Wäre Harry kalt statt heiß gewesen, hätte sie ihn für tot halten können. Denn sein Körper, der vor Hitze brannte, war völlig schlaff geworden. Sie sah zu seinem Gesicht hinunter. Rinnsale von Schweiß überzogen es. Sein Atem wurde flach und sie schien vor Angst wie gelähmt zu sein. *Sein Arm! Die Entzündung musste sich in seinem Körper ausgebreitet haben. Er würde sterben!*

Sie konnte nicht sagen, wie lange sie in verängstigter Erstarrung dort gesessen hatte. *Nein, Gott!*, sagte sie ständig, bis ihr schließlich klar wurde, dass ihre völlige Hilflosigkeit ihm nichts nutzte. Sie strich wieder mit der Hand über seine Stirn und rief seinen Namen.

Er antwortete nicht.

Sie hob ihre Stimme und rief ihn wieder. „Harry! Harry! Wachen Sie auf!"

Als er beim zweiten Mal nicht reagierte, streckte sie ihren Kopf aus dem Fenster und rief laut nach dem Kutscher. Nicht, dass er die Gesundheit Lord Wycliffs wieder hätte herstellen können. Mit rasendem Herzen saß sie da und wartete, während sie Harrys erhitztes Gesicht streichelte.

Endlich öffnete der Kutscher die Kutschentür. Seine Augen huschten zuerst zu seinem leblosen Herrn, dann zu Louisas verängstigtem Blick.

„Lord Wycliff ist furchtbar krank."

Der Blick aus den dunklen Augen des Kutschers wanderte mitleidig über die leblose

Gestalt seines Herrn. Louisa erkannte, dass der Diener ebenso viel Angst hatte wie sie.

„Dann ist es gut, dass wir den Gasthof erreicht haben." Er riss die Tür weiter auf und beugte sich vor, um Harry hinaus zu helfen. Aber das war mehr, als ein Mann allein schaffen konnte. Harry war zu groß.

„Ich helfe Ihnen", sagte Louisa ruhig; sie wusste, dass sie um Lord Wycliffs willen einen kühlen Kopf bewahren musste.

Daher schob sie sich unter ihm zur Seite und Harrys Oberkörper fiel auf den weichen Ledersitz zurück, seine Beine weit von sich gestreckt. Dann beugte sie sich über ihn, schob ihren linken Arm zwischen seine Seite und seinen Arm und drückte nach oben. Sie schaffte es, ihn in eine sitzende Lage aufzurichten, während John ihn unter dem anderen Arm stützte. Zusammen zogen sie Harry aus der Kutsche und ließen ihn zwischen sich auf den Gasthof zugehen.

„Mein Herr ist krank und braucht dringend ein Zimmer", teilte der Kutscher dem Gastwirt mit.

Der dunkle Wirt schaute hinter sie, wo die Tür noch offenstand und den Blick auf Harrys beeindruckende Kutsche freigab. „Kommen Sie, ich bringe Sie in mein einziges Schlafzimmer im Erdgeschoss. Da drinnen brennt ein Feuer."

Als sie in dem Zimmer angelangt waren, übernahm der Gastwirt von Louisa und half dem Kutscher, Harry auf das Bett zu legen, sobald Louisa die Decken zurückgeschlagen hatte. Dann wandte er sich an sie. „Ich schicke gleich nach dem Arzt."

Sie dankte ihm, während sie an Harrys Seite eilte. Sie stand ernst über Harry gebeugt und tupfte seine Stirn ab. Obwohl er schwitzte, begann er zu zittern wie jemand, der Schüttelfrost hatte. Sie zog die Decke bis an sein Kinn und streichelte noch einmal seine Stirn.

John stand auf der anderen Seite des Betts. „Ich verstehe es nicht. Heute Morgen war er noch gesund und munter."

Sie sah ihn an, ihre Augen waren dunkel vor Scham. „Es ist alles meine Schuld. Er hat sich an dem Tag, als ich gestützt war, eine Wunde zugezogen, und ich fürchte, die Entzündung in seinem Arm hat sich in seinem ganzen Körper ausgebreitet." Ihre Stimme brach bei den letzten Worten.

John presste seine Mund zu einem grimmigen Strich zusammen. „Ich werde hier bei Ihnen bleiben, Ma'am, falls der Herr etwas braucht."

Sie wünschte, er wäre nicht so nett zu ihr. Sie verdiente seinen Zorn für ihre Dummheit, die dazu geführt hatte, dass Harry ... sie durfte nicht einmal daran denken, dass ihre Unachtsamkeit zu seinem Tod führen könnte!

Als sie jedoch dort neben seinem Bett stand und seine Stirn streichelte und versuchte, Wasser zwischen seine ausgetrockneten Lippen zu träufeln, wusste sie, dass er furchtbar krank war. Er war einer der mutigsten, aufregendsten Männer gewesen - nein, das musste heißen, *der* mutigste, aufregendste Mann, den sie je getroffen hatte, und ihretwegen war er jetzt zu einem zitternden, hilflosen Häufchen Elend geworden.

Ungeduldig und vor Furcht erstarrt dachte Louisa, dass es Stunden dauerte, bis der Arzt ankam, während es in Wirklichkeit nicht eine gewesen war. Der gebeugte alte Mann mit Brille und mit langem, ergrautem Haar kam in das Zimmer geschritten, den Gastwirt auf den Fersen.

„Nun, was haben wir denn hier?", fragte er.

Louisa antwortete, aber ihre Worte klangen erstickt, als sie sagte: „Einen sehr kranken Mann."

„Ich kann es gar nicht verstehen", fügte der Kutscher hinzu. „Heute Morgen war er putzmunter."

Der Arzt schob John freundlich beiseite. „Lassen Sie mich sehen."

Louisa stand auf der anderen Seite des Betts. „Sie möchten vielleicht die Wunde in seinem linken Arm untersuchen. Ich glaube, sie hat sich entzündet."

„Lassen Sie uns sein Hemd ausziehen", sagte der Arzt, beugte sich hinab und zog vorsichtig das Hemd von Harrys fiebrigem Körper. Dann machte er sich daran, die Verbände von seinen Armen zu lösen. Als er die gelbliche Flüssigkeit an Harrys Arm hinablaufen sah, zuckte er zusammen. „Sieht wirklich hässlich aus, muss ich sagen. Wie kam es, dass er sich so übel verletzt hat?" Er schaute zu Louisa auf.

„Er ist einen Felsen hinabgestürzt."

„Und hat es überlebt?", scherzte der Arzt. „Ich denke, ich werde die Wunde mit einem Absud aus Winterkresse auswaschen und wieder verbinden. Sehen wir, ob das helfen wird, die Entzündung an der Wurzel aufzuhalten." Dann wandte er sich an John. „Hol mir eine Schüssel heißes Wasser, ja?"

Bis der Arzt seinen eigenen Rock abgelegt und die Hemdsärmel aufgekrempelt hatte, war John zurück.

Louisa stand hilflos dabei und sah zu, wie der Arzt Harrys Wunde säuberte.

Als er fertig war, blickte er zu Louisa auf. „Jetzt werde ich Ihren Mann zur Ader lassen."

Louisa, die ignorierte, dass er sie als Harrys Frau angesprochen hatte, richtete sich kerzengerade auf und fand ihre strengste Stimme wieder. „Ich werde Ihnen nicht erlauben, meinen Mann zur Ader zu lassen."

„Sie wollen nicht, dass er sich erholt?", fragte der Arzt.

„Natürlich will ich das, aber seit ich die Werke von Dr. Heidbreder aus Deutschland gelesen habe, bin ich davon überzeugt, dass der Aderlass nicht nur nichts hilft, sondern sogar schädlich sein kann."

„Heidbreder, Schneidebreder. Nie von diesem Quacksalber gehört. Ich habe Patienten zur Ader gelassen, seit ich ein Junge von zwanzig Jahren war."

Zorn blitzte in ihren Augen auf. „Und ich wette, sie haben viele dieser Patienten verloren."

„Ich kann nicht auf Erden festhalten, was Gott im Himmel zu haben wünscht", verteidigte er sich.

Jetzt schaute sie den Mann böse an. „Ich möchte meinen Mann nicht im Himmel sehen, Doktor." Ihre Stimme war barsch. Sie suchte Johns Blick. „Bezahlen Sie den Doktor für seine Hilfe, John."

John holte einen Beutel aus seiner Tasche und gab dem Arzt eine halbe Krone. Er wartete, bis der Arzt seine Tasche gepackt, seinen Rock angezogen und gegangen war, bis er Louisa ansprach. „Sind Sie sicher, dass der Doktor Lord Wycliff nicht zur Ader lassen sollte?"

Ihr Gesicht war grimmig, als sie antwortete. „Ich bin völlig sicher." Sie wünschte inbrünstig, so überzeugt zu sein, wie sie klang.

Während der nächsten paar Stunden wurde Harry zunächst heiß, dann kalt. Sie hielt seine

Hände und rieb sie, deckte ihn warm zu, wenn er vor Kälte zitterte, dann nahm sie die Decken wieder ab und wusch seine heiße Haut mit kühlem Wasser, wenn er vor Hitze glühte. Erst heiß, dann kalt. Kalt, dann wieder heiß. Die Stunden dehnten sich. Und Louisas Angst wuchs.

Harry durfte nicht sterben! Obwohl sie sich erst seit einem knappen Monat kannten, war er der einzige Mann - der einzige Mensch - dem sie jemals wirklich nahegestanden hatte. Er verstand sie, so, wie sie ihn verstand. Sie kannte sein Geheimnis - wie er das ihre kannte.

Louisa konnte sich den unermesslichen Verlust nicht vorstellen, den es bedeuten würde, seine Stimme im Parlament zu verlieren. Das schien jetzt ebenso unbedeutend wie ihr alberner Stolz auf die Artikel von Philip Lewis. Alles, was in ihrem Leben jetzt noch zählte, war, dass Harry wieder gesund würde.

Sie versuchte sich zu erinnern, wann sie je solche Angst gehabt hatte. Als ihre geliebte Mutter starb, war sie zu jung gewesen, und zu sehr von Verachtung erfüllt, als der sechzigjährige, von Gicht geplagte Godwin gestorben war. Aber wenn sie Harry verlöre ...

Sie versuchte sich vor Augen zu halten, dass sie ihn ohnedies verlieren würde, wenn er Godwins Wohltäter erst gefunden hätte. Aber wenigstens würde das Leben in ihm dann nicht erloschen sein. Alles, worauf es wirklich ankam, war, dass er lebte. In ihrem Herzen würde immer ein Platz für Harry sein.

Als die Nacht anbrach, brachte ein Zimmermädchen mehr Holz für das Feuer und Louisa bat John, zu gehen und etwas zu schlafen. „Ich werde Sie am Morgen munter brauchen, um nach Lord Wycliff zu sehen, während ich etwas Schlaf nachhole."

Der müde Mann nickte und stapfte dann davon, in den Stall.

Louisa nahm Harrys Hand in ihre und setzte sich. Sie betete noch etwas länger, bis er sich herumzuwerfen und die durchschwitzten Laken abzuschütteln begann. Dann stand sie auf und holt die Wasserschüssel, um seine brennende Haut mit ihren nassen Händen abzureiben, ohne darauf zu achten, dass ihre Tränen ins Wasser fielen.

Als das trübe Licht des Morgens in das Zimmer zu dringen begann, stellte Louisa die Wasserschüssel wieder fort und streckte ihre Arme über dem Kopf nach oben. Ihre Füße pochten vor Qual, ihr Rücken schmerzte und ihr verletztes Knie hatte begonnen, wieder anzuschwellen.

Dann öffnete Harry die Augen und Louisa dachte, sie hätte sich noch nie so wundervoll gefühlt.

„Harry?", sagte sie leise und trat näher ans Bett.

„Wo zum Teufel sind wir?", stöhnte er.

Ohne einen Gedanken daran zu verschwenden, was sie tat, nahm sie seine Hand und drückte sie. „Wir sind im Schlafzimmer eines Gastwirts in Polperro. Sie, Mylord, waren sehr, sehr krank.

„Harry, nicht Mylord", berichtigte er sie mit einem Lächeln auf den Lippen, als er ihre Hand ebenfalls drückte.

„Ja, liebster Harry", sagte sie mit spröder Stimme und feuchten Augen.

Er lächelte, drehte sich um und schlief wieder ein.

Er würde es überleben!

Sie kletterte neben ihm ins Bett und schlief schnell ein.

* * *

In den folgenden Tagen ging es Harry jeden Tag ein wenig besser. Er wurde mit jedem Tag, der verging, ein wenig kräftiger, und die Schwellung an seinem Arm - wie die an Louisas Knie - verringerte sich jeden Tag. Am dritten Tag verging sein Fieber, aber sein Appetit war noch nicht zurückgekommen, er war auch noch nicht kräftig genug, um das Bett zu verlassen.

Louisa schlief weiter bei ihm. Schließlich hatte sie jedem gesagt, dass er ihr Mann wäre.

Als er seine Kräfte wiedererlangte, hörte er Johns Geschichten zu, wie er an der Schwelle des Todes gestanden hätte. Während seiner Genesung widmete er Louisas sklavischer Hingabe an seine Pflege etliche Gedanken. Er sah sie vor sich, wie sie sich über ihn beugte und sanft mit kühlem Wasser abrieb. Und er erinnerte sich ständig an ihre Worte, als er aufwachte. Sie hatte ihn ihren *liebsten Harry* genannt. Kein Ritterschlag auf Erden wäre ihm willkommener gewesen als diese beiden Worte, die von einer süßen Blondine ausgesprochen wurden, die sich mit Augen voller Sorge über ihn neigte.

Trotz ihrer Güte in diesen Tagen, während er sich erholte, ertappte er sich dabei, wie er ihr gegenüber kurz angebunden war und wusste, dass es nicht an etwas lag, was sie getan hatte. Er hasste sich selbst. Er war nicht würdig, auch nur den Saum ihres Kleides zu berühren, Engel, der sie war. Er hatte kein Recht, all diese Güte von ihr anzunehmen. Er verdiente zu sterben.

Statt sein Gefühl des Selbsthasses in sich zu

verschließen, ließ er es an ihr aus. Er behandelte sie schroff und zeigte sich von durchgehend schlechter Laune.

Und in der Nacht, wenn sie ihren müden Körper neben ihn auf das große Federbett bettete, bebte er vor Verlangen, sie in seine Arme zu nehmen.

Dann wachte er am nächsten Morgen auf und begann, sie böse anzufahren. *Der Haferbrei war zu kalt. Sie hatte ihn mit ihrem Kommen und Gehen zur Küche und zurück aufgeweckt. Warum konnte sie nicht einfach die Sachen liegenlassen? War sie von ihren absurden Ansichten, die Welt mit ihrer besitzergreifenden Art zu beherrschen, besessen?*

Er zuckte zusammen und wandte sich ab, um den Schmerz auf ihrem Gesicht nicht zu sehen. Trotz seiner eigenen Reue wusste er, dass sein Unterbewusstsein seine eigene Methode hatte, um jemand so Reines wie Louisa Phillips aus seinem schmutzigen Leben herauszuhalten.

* * *

An einem Nachmittag, als Louisa überzeugt war, dass Harry sich auf dem Weg der Besserung befand, überließ sie ihn der Pflege des Kutschers, als sie zur Kirche am Rande von Polperro ging.

Sie würde der einzige Mensch in der Kirche sein, denn es war Dienstag. Sie öffnete die knarrende Holztür, betrat die dunkle Kirche und ging das Kirchenschiff hinunter, ihre Augen auf das Kruzifix hinter dem Altar gerichtet. Sie fiel auf dem Steinboden auf die Knie und dankte dafür, dass Harry überlebt hatte.

Ein Geräusch hinter dem Altar schreckte sie auf. Sie hob ihre gesenkten Lider und sah einen jungen Geistlichen, der mit besorgtem Gesicht auf sie zu kam. „Kann ich irgendetwas tun, um Ihnen zu helfen?", fragte er mit sanfter Stimme.

Sie schüttelte den Kopf. „Es ging mir nie besser. Ich bin hier, um dem Allmächtigen zu danken."

Der junge Mann lächelte. „Sie sind nicht aus der Gegend."

Er hatte offensichtlich vieles aus ihrer Stimme erraten. „Ich bin aus London."

Er nickte. „Ich bin der Pfarrer hier. Rouse ist mein Name."

Sie stand auf und knickste. „Ich bin..." Sie wollte sagen, Mrs. Phillips. Dann sagte sie schnell: „Mrs. Smith." Plötzlich fiel ihr etwas ein. „Ist Lord Treleavens für die Ausstattung ihrer Pfarrei hier in Polperro verantwortlich?"

Seine grünen Augen blitzten fröhlich. „Ja. Kennen Sie ihn?"

„Nein, aber mein Ehemann. Ist er ein älterer Gentleman? Groß gewachsen und schlank?"

Er kicherte. „Gar nicht. Trelly und ich waren zusammen in Oxford. Er ist etwa in meinem Alter und eher untersetzt, würde ich sagen."

„Ach du liebe Güte. Vielleicht dachte mein Mann an seinen Vater. War er groß und eher dünn?"

„Trelly hat, als er zwölf Jahre alt war, seinen Onkel beerbt. Den Kerl habe ich nie gesehen."

Dann musste der Onkel seit mindestens fünfzehn Jahren tot sein, rechnete Louisa, denn der Pfarrer wirkte, als sei er den Dreißigern näher als den Zwanzigern. Was bedeutete, dass weder der derzeitige Lord Treleavens noch sein Vorgänger Godwins Wohltäter - und der Vernichter des früheren Lord Wycliff - sein konnte.

„Mein Mann wird so enttäuscht sein, dass Lord

Treleavens nicht der Mann ist, von dem er dachte, dass er ihn kennen würde."

„War Ihr Mann in Oxford?"

Louisa hatte keine Ahnung, ob Harry zur Universität gegangen war. Dann wieder wollte Harry sicher niemandem begegnen, der ihn erkennen könnte. „Ich fürchte, nein. Mr. Smith war in Cambridge." Sie strahlt den Pfarrer an. „Vielen Dank für Ihre Besorgnis, Mr. Rouse und für die Antworten auf meine Fragen." Sie knickste und ging.

* * *

Bald am Anfang der nächsten Woche war Harry kräftig genug, um weiterzureisen. Das Wetter war mild und sonnig geworden und Louisa gewann einiges von ihrer Streitbarkeit zurück.

Sie weigerte sich in aller Deutlichkeit, ihn auf ihrer Seite der Kutsche sitzen zu lassen. „Um es klar zu sagen, Mylord, ich habe keinerlei Wunsch, von Ihnen auch nur in der unschuldigsten Weise berührt zu werden. Wenn ich die Wahl hätte, würde ich mich weigern, in den Gasthöfen ein Zimmer mit Ihnen zu teilen, aber ich fürchte, dass das zur Entdeckung Ihrer Identität führen könnte, was unseren Plänen zuwiderliefe."

Unseren Plänen. Trotz allem lief es darauf hinaus, dass er und Louisa Phillips, ob sie es wollten und wünschten oder nicht, zueinander gezogen wurden wie ein von der Kirche vereintes Paar. Leider lag sein Herzenswunsch in ihren kleinen Händen. Er würde ihrer nie würdig sein. Sie verdiente einen weit besseren Mann, als er es war. Obwohl die Vorstellung, wie sie mit einem anderen Mann zusammen war, wie ein Schwertstoß auf ihn wirkte, huschten seine Gedanken zu Sinjin. Er wäre der perfekte Partner für Louisa.

Beim Gedanken an Sinjin fragte Harry sich, welcher Tag sein mochte. Hatte er nicht Sinjin gesagt, dass er ihn suchen kommen sollte, wenn er nicht bis zum ersten April wieder in London wäre? Wie lange hatte seine Krankheit sie aufgehalten? Lieber Gott, bestand die Möglichkeit, dass Sinjin in diesem Moment unterwegs nach Cornwall war?

Kapitel 17

Mit gemischten Gefühlen hatte Louisa sich von dem Schlafzimmer des Gastwirts in Polperro verabschiedet. Einerseits bedauerte sie, die Vertrautheit des Zimmers aufzugeben, wo sie so viele Tage mit Harry verbracht hatte, Tage der Sorge und einer Nähe, von der sie bezweifelte, dass sie sie je mit einem anderen Menschen würde erleben können. Andererseits wusste sie, dass sie weiterfahren mussten. Sie hatte nie geplant, Ellie so lange allein zu lassen, und sie begann, sich Sorgen um ihre Schwester zu machen.

Außerdem hoffte sie, dass Harry besserer Laune werden würde, wenn sie Polperro verließen. Sie hatte versucht, Geduld mit ihm zu haben, wenn er so ungeduldig mit ihr war. Schließlich war ein Mann wie Harry nicht daran gewöhnt, ans Bett gefesselt zu sein. Zweifellos war sein Stolz durch seine Krankheit verletzt.

Wieder auf die Reise zu gehen war da das Beste. Sie verließen den Gasthof von Polperro früh am Morgen, der Südwestwind kämpfte gegen Harrys vier zueinander passenden Grauen. Sie fuhren die Küstenstraße entlang, die so völlig anderes war als das trostlose Bodmin-Moor. Hier standen ausladende Eichen und Ulmen, und Primeln blühten überall.

Hier im Süden war es auch wärmer. Louisa warf nach einer Stunde die Decke von sich und betrachtete eifrig jedes kleine Dorf aus winzigen

Häusern mit dicken Wänden, die Jahrhunderten von salziger Luft und stürmischen Winden standgehalten hatten.

Im Hintergrund all ihrer Gedanken nagte jedoch ihre Sorge um Ellie. Als sie London verlassen hatten, war sie sicher gewesen, dass sie in wenig mehr als einer Woche zurückkehren würden. Jetzt waren aus der einen Woche beinahe drei geworden. Sie hatten halb Cornwall abgesucht, aber bislang war ihre Suche erfolglos geblieben. Sie wünschte, sie könnte in eine Postkutsche nach London hüpfen, aber sie hatte Lord Wycliff ihr Wort gegeben, dass sie ihm helfen würde, Godwins Wohltäter zu identifizieren. Und Louisa Sinclair Phillips hatte noch nie ihr Wort gebrochen.

Außerdem, wenn sie nach London zurückkam, ohne Erfolg gehabt zu haben, würde sie keinen Penny von Lord Wycliff bekommen, und sie und Ellie brauchten dieses Geld verzweifelt.

Arme Ellie. Allein gelassen in der Hauptstadt, vor der sie sich so fürchtete, und nur in der gelegentlichen Gesellschaft des unreifen Edward Coke. Der arme kleine Schatz musste sehr unglücklich sein.

Louisa warf Lord Wycliff, der ihr gegenüber in der Kutsche saß, einen Blick zu. Sie wurde verlegen, als sie bemerkte, dass er sie beobachtete. „Im nächsten Dorf", sagte sie bestimmt, „muss ich einen Brief an Ellie zur Post geben, und ich bitte, dass Sie das gleiche für Mr. Coke tun. Mr. Bentham hat seine Reden schon lange gehalten und ich fürchte, Ihr Cousin könnte meine Schwester inzwischen vergessen haben."

„Das halte ich für unwahrscheinlich."

„Wie meinen Sie das?"

„Weil mein Cousin ein Gentleman ist und sich verpflichtet fühlen wird, Ihrer Schwester seinen Schutz anzubieten, bis wir wiederkommen. Außerdem ist Ihre Schwester ein bezauberndes Wesen."

Ein Stich der Eifersucht durchfuhr Louisa. Es gefiel ihr gar nicht, wenn Harry eine andere Frau attraktiv fand. Selbst, wenn diese Frau ihre geliebte Schwester war. Bei näherer Überlegung empfand Louisa seine Worte jedoch als Kompliment. Schließlich war Ellie nur eine jüngere, zierlichere Version ihrer selbst.

„Könnten Sie Ihren Cousin wohl bitten, Ellie ins Theater oder die Oper auszuführen? Ich glaube, sie fände das höchst unterhaltsam." Sie lächelte, als sie an Ellies süßes Gesicht und ihre Unschuld dachte.

„Betrachten Sie es als erledigt."

* * *

Edward, der über die Art des Vorhabens seines Cousins in Cornwall voll informiert war, wurde unruhig, als die dritte Woche anbrach und er noch kein Wort von Harry gehört hatte. Hatte Harry den geheimnisvollen Lord entdeckt und war von ihm beseitigt worden? Alle möglichen mörderischen Vorstellungen huschten durch Edwards Kopf, der ohnehin zu abenteuerlichen Ideen über Schurken und den Sieg ehrenvoller Helden neigte.

In der Tiefe seiner gedanklichen Wanderungen sah Edward sich in der Rolle eines schneidigen Helden. Und jetzt war seine Chance gekommen. Er würde im Alleingang seinen Cousin aus den Klauen des Todes retten - und vor dem Schwert eines schrecklichen Lords.

Obwohl Harry ihn davor gewarnt hatte, Miss

Sinclair auch nur ein Wort über die Einzelheiten seiner Reise zu verraten, ließ Edward an einem schönen Nachmittag die Katze aus dem Sack, als er Miss Sinclair zu einem Spaziergang im Park des Grosvenor Square mitnahm und ihr in aller Unschuld erzählte, dass er ernsthafte Befürchtungen wegen der Sicherheit seines Cousins und ihrer Schwester hätte.

Sie hob ihr süßes Gesicht - das er sehr gern hatte - zu ihm auf. Die meisten Damen seiner Bekanntschaft neigten dazu, größer als er zu sein - was für ein Jammer, dass er nicht nach Onkel Roberts Seite der Familie geraten und so groß wie Harry war.

Er bemerkte, dass Ellies Augen vor Überraschung weit aufgerissen waren.

„Meine Schwester ist mit Lord Wycliff zusammen? Das glaube ich Ihnen nicht, Sir. Louisa hat mir genau gesagt, dass sie sich um Angelegenheiten des Nachlasses ihres verstorbenen Ehemannes kümmern müsste und sie würde mich nie anlügen."

Da hatte er sich in eine feine Klemme gebracht. Harry hatte ihn ausdrücklich angewiesen, nicht zu erwähnen, dass Mrs. Phillips mit ihm gefahren war. Eine lächerliche Idee, dass er den guten Namen der Witwe nicht beschmutzen wollte. Als ob eine Frau, die abfällige Reden über den Ehestand hielt und sich für freie Liebe aussprach, ihren Ruf nicht schon hoffnungslos beschädigt hätte. „Schauen Sie", sagte er hektisch, „Sie sollten nicht wissen, dass Ihre Schwester nach Cornwall gefahren ist."

„Nach Cornwall? Aber Louisa kennt dort keine Seele und wenn Sie versuchen wollen, mir zu erzählen, dass meine Schwester eine Schwäche für Ihren Cousin hätte, weigere ich mich, ein Wort von dem, was Sie sagen, zu glauben. Sie mag Ihren Cousin nicht einmal. Er ist ein Aristokrat!"

„Das sage ich doch nicht. Warum müssen Sie versuchen, mir die unsinnigsten Dinge in den Mund zu legen?"

Sie stampfte mit ihrem zierlichen Absatz auf. „Ich versuche nicht, Ihnen etwas in den Mund zu legen. Ich habe nur versucht, etwas über den Verbleib meiner Schwester zu erfahren. Hat Ihr schrecklicher Cousin sie entführt, um ihr ihre Tugend zu rauben?"

Da, sie fing schon wieder an. Dachte sie, jeder Mann in London würde herumlaufen und anständige Frauen ihrer Tugend berauben? Verdammt sollte Harry sein, dass er ihm dieses verflixte Frauenzimmer aufgehalst hatte, das noch nicht trocken hinter den Ohren war. „Mein Cousin hat es nicht nötig, einer Frau die Tugend zu rauben. Er kann die schönsten Frauen Londons haben, wenn er nur darum bittet."

„Wollen Sie damit sagen, dass meine Schwester ihrem grässlichen Cousin freiwillig ihre Tugend opfern würde? Dass meine Schwester nichts anderes als ein Flittchen ist, Sir?"

Er verdrehte die Augen zum Himmel. „Ich sage nichts dergleichen, Miss Sinclair. Ich bin sicher, dass die Tugend Ihrer Schwester noch intakt ist. Harry macht sich nichts aus Blaustrümpfen."

Sie schnaubte.

Er blieb stehen und legte ihr seine Hände auf die Schultern. „Harry hat erfahren, dass der Mann, dem Wycliff House gehört, in Cornwall lebt, und nur Ihre Schwester könnte ihn identifizieren. Harry hat ihr eine Belohnung angeboten, wenn sie mit ihm fährt. Das ist alles."

Ellies Mund blieb offen stehen. „Wycliff House gehört Louisa nicht?"

„Ich fürchte, nein", sagte er sanft, seine Hände noch immer auf ihren schmalen Schultern. „Dieser Mistkerl von Ehemann hat ihr nichts hinterlassen. So konnte Harry Ihre Schwester überreden, mit ihm zu fahren. Er versprach ihr ein Haus und eine gute Leibrente für den Rest ihres Lebens."

Ellie biss sich auf die Unterlippe.

„Aber ich fürchte, ihnen ist etwas zugestoßen", sagte Edward. „Der Mann, nach dem sie suchen und der, nachdem, was man mir sagte, recht unangenehm ist, muss von ihnen gehört haben und beschlossen haben, dafür zu sorgen, dass sie nicht länger eine Bedrohung für ihn darstellen."

Ellie schrie auf. „Was können wir tun?"

„Nicht wir, sondern ich", sagte er mit Nachdruck. Er blies seine Brust auf und sagte: „Ich werde sie retten müssen."

„Aber ... Sie könnten getötet werden." Sie hielt beide Hände vor ihre Brust.

„Das ist ein Risiko, das ich eingehen muss." Er wandte sich ab. „Ich sollte jetzt am besten meinen Diener meine Sachen packen lassen."

Sie klammerte sich an seinen Arm. „Nehmen Sie mich mit!"

Er blieb wie angewurzelt stehen. „Das kann ich nicht tun."

„Warum nicht?"

„Weil ... das gehört sich nicht."

„Aber meine Schwester ist bei Lord Wycliff. Wenn Louisa etwas tut, ist das richtig. Meine Schwester hat ein scharfes Gespür für richtig oder falsch."

„Ihre Schwester war bereits verheiratet. Das

macht einen großen Unterschied zwischen Ihnen beiden."

„Wie das?"

„Weil sie ... Sie wissen schon."

„Das weiß ich nicht."

„Sie war schon früher mit einem Mann zusammen."

„Natürlich war sie schon mit einem Mann zusammen. Gerade jetzt ist sie mit einem anderen zusammen."

„Wenn ich sage, *mit einem Mann zusammen gewesen,* meine ich, ach verdammt, Miss Sinclair, dass Ihre Schwester schon mit einem Mann geschlafen hat."

Er sah mitfühlend zu, wie die Röte ihr in die Wangen stieg. „Oh", brachte sie quietschend heraus.

„Daher sehen Sie, dass Sie nicht mit mir kommen können."

„Aber Sie sind ein Gentleman. Ich kann Ihnen vertrauen, dass Sie nicht ..."

Meine Tugend rauben, wollte er den Satz beenden.

Stattdessen sagte sie: „... mit mir schlafen wollen."

„Natürlich können Sie darauf vertrauen, dass ich nicht versuchen werde, das zu tun. Trotzdem kann ich Sie nicht mitnehmen."

„Aber Sie können mich doch nicht hier in London alleine zurücklassen! Ich habe solche schreckliche Angst."

Er hasste es höllisch, zusehen zu müssen, wie das arme kleine Ding ihn so anbettelte, aber Tatsache war einfach, dass er sie nicht mitnehmen konnte. Es könnte ziemlich gefährlich werden, ganz zu schweigen von der

Unanständigkeit. „Sie haben doch Ihre Köchin."

Sie stampfte mit dem Fuß auf. „Oh, Sie abscheulicher Mann!" Dann rannte sie nach Wycliff House zurück.

Mit einem unerklärlichen Gefühl der Niedergeschlagenheit lenkte Edward den Zweispänner in den seiner Wohnung am nächsten gelegenen Mietstall und wies seinen Diener an, ein paar Sachen für ihn zu packen. Dann wurde ihm klar, dass er mit dem Zweispänner tatsächlich schlecht reisen konnte. Aber Harry hatte die Kutsche genommen, die ihm ausgezeichneten Schutz vor den Elementen bieten würde. Edward dachte flüchtig daran, eine Postkutsche zu benutzen, aber das würde kaum funktionieren. Er hatte keine Ahnung, wohin er eigentlich fahren würde.

Eine Stunde später kehrte er mit einer Tasche in der Hand in den Stall zurück, um seinen Zweispänner zu holen und fuhr Richtung Westen davon.

Er war sich in keinster Weise bewusst, dass eine junge Dame, als Reitknecht verkleidet, hinten auf seinen Wagen geklettert war.

* * *

Im nächsten Dorf, das Harry und Louisa erreichten, erfuhren sie, dass am nächsten Morgen die Postkutsche für die Post dort anhalten würde. Harry kritzelte eine Nachricht an seinen Cousin, während Louisa in den breiten Schnörkeln ihrer unverwechselbaren Handschrift einen dreiseitigen Brief an ihre Schwester verfasste.

„Sie müssen nicht gleich ein verdammtes Buch schreiben", witzelte Harry.

Louisa warf ihm einen Blick zu, der deutlich

sagte: Ich würde Ihnen gerne den aristokratischen Hals umdrehen.

Er frankierte beide Briefe, dann stiegen sie wieder in die Kutsche.

„Ich fange an zu glauben, dass ich unseren unauffindbaren Lord nur geträumt habe", sagte Louisa zu ihm, und ihre Stimme klang, als wäre sie - wie sie selbst - völlig erschöpft.

„Ich vertraue Ihnen, Louisa."

Das war die erste höfliche Bemerkung, die er ihr gegenüber gemacht hatte, seit er wieder zu Kräften gekommen war. In gewisser Weise half das, ihre sinkende Laune zu heben. Sie war so müde, wie sie sich nicht erinnern konnte, je in ihrem Leben gewesen zu sein. Ihre Erschöpfung, zusammen mit Harrys gemeinem Benehmen ihr gegenüber hatte sie bis zu einem Punkt gebracht, wo sie für eine Woche hätte zusammenbrechen mögen.

Seine schlechte Behandlung, vor allem seit der verstörenden Erkenntnis, die ihr gekommen war, als sie an Harrys Bett gestanden und ihn schwach in seinen Fieberträumen sich hatte herumwälzen sehen, quälte sie. Und trotz aller Gründe, warum sie das nicht tun sollte, war Louisa zu der Erkenntnis gelangt, dass sie Harry Blassingame, den Earl von Wycliff, tatsächlich liebte. Er war ein arroganter Aristokrat. Er war viel zu gutaussehend, um sich je mit nur einer Frau zu begnügen. Er war ein lügnerischer, räuberischer Pirat gewesen. Um es noch schlimmer zu machen, mochte er sie ja nicht einmal!

Trotzdem liebte sie ihn.

Und Gott mochte ihr helfen, das wollte sie nicht.

* * *

Als der Nachmittag anbrach, schlug Harry vor, dass sie wieder an der Küste entlanglaufen könnten, nachdem ihr Knie jetzt völlig geheilt war. Er schickte die Kutsche voraus ins nächste Dorf.

„Sie wissen", sagte Harry ernst, „dass wir bald in Penryn sein werden."

Er musste nicht mehr sagen. Sie kannte seine Gedanken. Das war das Problem mit Harry und ihr. Sie kannten einander viel zu gut und ihm gefiel offensichtlich nicht, was er in ihr sah.

Sie empfand sich als völlige Versagerin. Sie war nicht in der Lage gewesen, Harry zu helfen, den Lord aus Cornwall zu finden, sie hatte alle Hoffnung verspielt, das kleine Haus und ein angenehmes Einkommen zu gewinnen und sie würde nie einen Fürsprecher im Oberhaus haben.

Am schlimmsten war, dass sie nie die Liebe Harry Blassingames, des Earl von Wycliff, erringen würde.

Hätte ihr jemand sechs Wochen zuvor gesagt, dass sie sich verzweifelt verlieben würde, hätte sie ihn nach Bedlam geschickt. Sie hasste alle Männer ebenso, wie sie Godwin gehasst hatte. Oder zumindest hatte sie das gedacht.

Aber sie hatte nicht damit gerechnet, dass sie einen Mann finden würde, der ihre Gedanken lesen könnte, oder einen Mann zu finden, der sein eigenes Leben aufs Spiel setzte, um ihres zu retten, oder einen Mann zu finden, dessen sinnliche Gegenwart sich in ihre Träume drängte.

Sie wusste auch, dass er genug Charakter und scharfen Verstand hatte, um eine beträchtliche Macht im Oberhaus darzustellen.

Schade, dass die Welt nie erfahren würde, welch fähigen Führer sie verloren hatte.

„Aber bitte pflücken Sie heute keine

Wildblumen, Liebes."

Liebes? Sie schaute ihn mit fragendem Blick an.

„Verzeihung. Eine Gewohnheit, die ich vor den Gastwirten angenommen habe, fürchte ich."

Wenn er es doch nur so meinte. „Ich glaube, Mylord, ich habe gelernt, *keine* Krokusse zu pflücken, die wild am Abhang wachsen." Sie lachte leise und hüpfte vor ihm her.

„Was macht Sie heute so munter?", fragte er.

„Drei Wochen, die ich entweder in einer Reisekutsche oder dem muffigen Schlafzimmer eines Gastwirts eingesperrt war."

Er holte sie ein und bot ihr seinen Arm, und sie schob ihre Hand hindurch.

„Ich möchte mich entschuldigen, dass ich Ihnen nicht früher gesagt habe, wie dankbar ich für Ihre Pflege während meiner Krankheit war."

„Das war doch nichts."

„Nichts, wirklich! Sie sind sechs Tage lang nicht von meiner Seite gewichen."

„Wäre ich es gewesen, hätten Sie das gleiche getan."

Er legte seine warme Hand auf ihre. „Das hätte ich, Louisa. Es scheint, Sie kennen mich viel zu gut."

„So, wie Sie mich."

„Sie haben schon wieder recht."

„Ich bin sehr glücklich, dass Ihnen das bewusst ist, Mylord."

„Harry", sagte er mit heiserer Stimme.

„Harry", wiederholte sie, und ihre Stimme war sanft, als sie seine Hand drückte.

„Ich weiß nicht, ob ich mich je daran gewöhnen werden, dass die Nacht wie hier um vier Uhr nachmittags hereinbricht", sagte er. „Es scheint, dass wir vor dem Dunkelwerden kaum Mevagissey erreichen werden."

„Kopf hoch. Morgen werden wir in Penryn sein - und rechtzeitig, um Lord Kellow rasch zu finden."

Er runzelte die Stirn. „Und ich errate, dass meine intrigante Mrs. Phillips bereits einen Plan hat, wie wir den Kerl kennenlernen können."

War sie zu intrigant? War das der Grund, warum er ihre Gesellschaft so abstoßend fand? Sie senkte ihre Wimpern. „Ich habe keinen Plan, Mylord. Und Sie?"

Er fluchte leise. „Das werde ich sehen, wenn ich die Lage kenne."

Die letzte Stunde wanderten sie verhältnismäßig schweigsam weiter, Louisas einziger Trost war ihr fester Griff um Harrys Arm.

Kapitel 18

Im Gasthof von Mevagissey geschah etwas Seltsames. Harry hatte angewiesen, dass zwei Zimmer beschafft werden sollten: eines für ihn und eines für seine Schwester, Miss Smith. Louisa war verrückt vor Wut. Zuerst war sie zutiefst verletzt, dass Harry von ihrer Anwesenheit so abgestoßen war; dann wurde sie wütend, dass er die ganze Zeit als Mann und Frau während all der Nächte ihrer Fahrt mit ihr aufgetreten war. Hatte er ursprünglich daran gedacht, sie zu verführen?

Sie schäumte vor Wut. Aber überdeckte ihr Zorn nur ihre tiefe Kränkung? Nachdem sich Harry seit mehr als drei Wochen in ihrer Gesellschaft befunden hatte, war er ihrer nicht nur müde geworden, er hatte offensichtlich Abscheu vor ihr entwickelt. Ihr war zum Weinen zumute.

Der private Salon war schon dunkel, obwohl es erst halb fünf war. Harry zündete die Kerze für ihren Tisch am Kamin an und setzte sich ihr gegenüber an einen Tisch vor den Kamin.

Sie funkelte ihn an.

„Sie sind doch sicher nicht immer noch böse über die Zimmereinteilung", sagte er grinsend. „Ist es so weit gekommen, dass Sie sich danach sehnen, meinen Körper in Ihrem Bett zu haben, Madam?"

Sie kniff die Augen zusammen. „Das einzige, wonach ich mich sehne, ist Ihre Abwesenheit! Ich bin unglaublich böse darüber, dass Sie nicht vor drei Wochen daran gedacht haben, dass wir als Bruder und Schwester reisen könnten. Ich glaube, sie wollten versuchen, mich zu verführen." Sie schaute ihn böse an. „Ich habe jeden Respekt vor ihnen verloren."

Er zuckte mit den Schultern und griff dann nach seinem Bierkrug.

Seine Gleichgültigkeit schmerzte. Sie richtete sich noch mehr auf und warf ihm einen hochmütigen Blick zu, in der Hoffnung, ebenso gleichgültig zu wirken.

Ein schüchternes Dienstmädchen brachte ihren Schellfisch und stellte ihn ohne eine einzige Bemerkung auf den Tisch. Die beiden aßen schweigend. Gegen Ende der Mahlzeit sagte er: „Ich würde Sie gerne bitten, dass sie nach dem Essen eine Partie Piquet mit mir spielen. Es ist viel zu früh zum Schlafen."

Louisa, noch immer zornig, erstarrte. Sie hatte nicht den Wunsch, ihm zu Gefallen zu sein. Sie zwang sich zu einem vorgetäuschten Gähnen. „Ich finde das Reisen extrem ermüdend, Mylord." Sie verzehrte ihren letzten Bissen Fisch und stand dann vom Tisch auf. „Ich sehe Sie bei Sonnenaufgang hier wieder. Gegen Morgen Mittag sollten wir Penryn erreichen." Dann drehte sie sich auf dem Absatz um und ging.

* * *

Hölle und Teufel! Diese Frau und ihre hochnäsige Art waren eine harte Prüfung für seine Geduld. Vielleicht war es gut, dass sie nicht mit ihm hatte Karten spielen wollen. Jede Minute, die er mit ihr verbrachte, war die reine Qual. Er hatte es sich nicht erlauben können, eine weitere Nacht in ihrem Bett zu verbringen. Seit er seine Kräfte wiedererlangt hatte, war das das einzige gewesen, was ihm übrig geblieben war, um sich ihr nicht nachts aufzudrängen.

Jedes Mal, wenn er sie anschaute, erinnerte er sich daran, wie sie ausgesehen hatte, als sie sich über seinen fiebrigen Körper beugte, wie die Sorge sich auf ihrem schönen Gesicht abzeichnete. Er erinnerte sich daran, wie sie ihn ihren *liebster Harry* genannt hatte und das Verlangen nach ihr bereitete ihm körperliche Schmerzen. Jede Nacht, während er neben ihr lag, dachte er daran, wie verzweifelt er sich danach sehnte, ihre seidige Haut zu streicheln, ihre Brüste sich an ihn pressen zu spüren und ihre Lippen mit seinen zu berühren ... und sich ganz in ihr zu verlieren.

Es war gut, dass er seinen Abend im Gasthof getrennt von Louisa verbringen würde. Er hob seinen Krug auf und beschloss, dass er sich ebenso gut bis zum Vergessen betrinken könnte.

* * *

Am nächsten Morgen trafen sie schweigend im Salon zusammen und nach Kaffee, Toast und Schinken verließen sie das Fischerdorf Mevagissey.

Louisa schob die Vorhänge in der Kutsche zurück, um die safrangelben Häuschen des Städtchens mit ihren grünen Türen anzuschauen. Sie beobachtete einen kleinen Jungen, der die Abfälle zu einer gemeinschaftlichen Grube trug und sie dort ausschüttete, und ein kleines Mädchen, das Wasser holte und zu dem Steinhäuschen ihrer Familie brachte.

Bald lag das Dorf hinter ihnen. Die nächsten Anzeichen einer Besiedlung waren Lehmgruben nördlich der Küste. Sie hatte von den fensterlosen Hütten gehört, wo die Arbeiter schliefen, sie aber nie zuvor gesehen. Jetzt betrachtete sie sie mit einer Faszination, in die sich Mitleid mischte. Wie elend es wäre, gezwungen zu sein, mit einem Dutzend anderer in einem Raum zu schlafen, der weder frische Luft noch ein Fenster hatte, das einen Blick auf die Sonne erlaubte.

Wenigstens hatten sie einen Platz zum Schlafen, räumte sie ein. Im Londoner Eastend waren die Lebensbedingungen noch viel schlechter. Viele hatten nicht einmal ein Bett, um darin zu schlafen; andere zahlen einen Penny, um sich nachts im Stehen anlehnen zu dürfen.

Sie hatte noch viele Jahre Arbeit vor sich, um solche entsetzlichen Lebensbedingungen zu verbessern.

Sie erreichten Penryn gegen Mittag und nahmen in einem privaten Salon im Oddfellows Arms eine Mahlzeit ein. Sie sprachen noch immer nicht miteinander.

Louisa wollte die Frau, die servierte, nach Informationen über Lord Kellow aushorchen, aber sie unterdrückte das Bedürfnis, dies zu tun. Es war ihr in den Sinn gekommen, dass Lord Wycliff sie zu dominant finden könnte. Ein Mann zog es vor, der dominierende Partner zu sein, der, der die Entscheidungen traf. Sie lachte innerlich bitter auf. Was für eine Rolle spielte es, ob sie überheblich oder zurückhaltend war? Harry verabscheute sie bereits, und nichts, was sie jetzt tat, würde das je ändern.

Harry befriedigte Louisas Neugier, als er von seinem Bierkrug aufschaute und die Aufmerksamkeit der Frau auf sich zog. „Könnten Sie mir sagen, wie ich nach Gulvall House komme?"

Lord Kellows Sitz.

Die Augen der jungen Frau blitzten vor

Heiterkeit. „Ich dachte mir schon, dass ein eleganter Herr wie Sie mit Lord Kellow bekannt sein könnte - vor allem, wenn ich sehe, dass Sie ungefähr im gleichen Alter sind und so."

„Ich habe versucht, meiner Schwester hier zu sagen", er schaute zu Louisa, „wie lange es her ist, seit seine Lordschaft sein Erbe angetreten hat."

Die junge Rothaarige hob ihre Augen zum Himmel. „Eine gute Frage. Mal schauen ... sein Ältester ist ungefähr zehn, würde ich sagen, und ich weiß, dass er noch nicht geerbt hatte, als er die hübsche Lady von London heiratete, weil jeder hier sagte, was für eine hübsche Lady Kellow sie eines Tages abgeben würde. Tut mir leid, bin keine große Hilfe für Sie."

„Ich werde ihn einfach fragen, wenn ich ihn sehe. Wo *liegt* Gulvall House?"

„Ungefähr drei Meilen vor der Stadt. Ich weiß mit Norden und Süden nicht Bescheid, aber es ist dort entlang." Sie deutete nach Norden. „Nehmen Sie die Straße, die an der Heide entlang verläuft. Die Straße nach Truro."

Harry gab dem Mädchen einen Schilling und sie knickste zum Dank.

Minuten später kehrte sie mit dampfenden Schüsseln zurück. Nachdem sie gegangen war, fragte Louisa: „Dann haben Sie vor, Lord Kellow selbst aufzusuchen?"

„Ja."

Sie hob eine Braue. „Aber wenn der Mann *in Ihrem Alter* ist, wie die Frau sagte, gehen Sie das Risiko ein, dass er sie erkennt."

Harry dachte einen Moment darüber nach. „Es spielt für mich nicht länger eine Rolle, ob er mich kennt, da nicht er - sondern möglicherweise sein Vater - mein Feind ist. Es ist mir egal, ob der

Sohn weiß, wer ich bin. Ich hege gegen die Nachkommen des Feindes meines Vaters keinen Groll. Ich muss nur herausfinden, ob sein Vater der Lord aus Cornwall war.

„Ich hoffe, das Ungeheuer ist gestorben."

Er hielt beim Zerschneiden seiner Nieren inne. „Sie sprechen von dem Mann, von dem ich glaube, er könnte für den Tod meines Vaters verantwortlich sein?"

Sie nickte.

„Mir wäre es lieber, wenn er noch lebte. Nur er kann die Fragen beantworten, die ich ihm stellen will."

Louisa schauderte und schob ihr unberührtes Essen von sich. „Ich denke, ich sollte diejenige sein, die Lord Kellow gegenübertritt."

Harrys Augen blitzten trotzig. „Sie vergessen, dass ich fast ein Jahrzehnt außer Landes war und während dieser Zeit hat der Mann, der jetzt Lord Kellow ist, geheiratet, eine Familie gegründet und sich vermutlich in die Pflichten seines Landbesitzes in Cornwall gestürzt. Es ist unwahrscheinlich, dass er mich in meinem Club in London getroffen hat."

Harry drehte sein Glas wieder in seinen Händen und begegnete ihrem fragenden Blick. „Ich glaube, es wäre mir recht, wenn Sie wieder meine Frau würden."

„Aber *mir* nicht", fauchte sie.

„Ich bin derjenige, der hier die Entscheidungen trifft. Ich bin derjenige, der die Geldbörse hat, Louisa."

Sie warf ihm einen eisigen Blick zu. „Ich sollte Ihnen am besten nicht widersprechen, andernfalls würden Sie sicher unseren Handel widerrufen."

„Was für eine schlechte Meinung Sie von mir

haben müssen."

Sie hob die Schultern. Sollte er doch denken, dass er ihr so gleichgültig war wie sie ihm.

Er stand auf. „Ich möchte Sie Lord Kellow als meine Frau vorstellen."

Sie erhob sich und blitzte ihn trotzig an, in einer Weise, die ihrer Nachgiebigkeit absolut widersprach. „Wie Sie wünschen, Mylord."

* * *

Während der Kutschfahrt von Penryn nach Norden teilte Harry Louisa seinen Plan mit. Zu ihrer größten Überraschung holte er einen säuberlichen Stapel Visitenkarten heraus, die er in London hatte drucken lassen. Deutliche Druckbuchstaben stellten ihn als Harold Smith, Esquire, vor.

Da das Wetter recht milde geworden war, zog Louisa den Samtvorhang auf und senkte das Fenster ab. Sonnenschein und salzige Luft erfüllten die Kutsche. Louisa dachte, sie könnte im südlichen Cornwall recht glücklich sein - wenn nicht die Sturheit ihres Reisegefährten gewesen wäre.

Etwa dreißig Minuten später schaute sie zu den alten, grauen Steinen von Lord Kellows Gulvall House auf, das sich prachtvoll auf einen von grünen Wäldern umgebenen Hügelkamm erstreckte. Eine äußerst vorteilhafte Lage, mit Sicherheit. Das Haus war über eine kurvenreiche Straße zu erreichen, die die Kutsche zwang, langsam zu fahren. Es musste fünfzehn Minuten gedauert haben, bis sie vom Tal bis zu der bescheidenen Auffahrt von Gulvall House hinaufgefahren waren, wo die Kutsche zum Halten kam.

Harry stieg aus, drehte sich dann um und bot

Louisa seine Hand. „Bereit, Mrs. Smith?"

Trotz ihres Ärgers erfüllte es sie mit einer zufriedenen Wärme, als seine Frau angesprochen zu werden, auch wenn der Titel nichts besagte. Vor allem nicht für ihn. Sie legte ihre Hand in seine, kletterte hinaus und glättete ihre Röcke, während sie zu dem alten, dreistöckigen Haus hinaufsah.

Mit ihrer Hand auf Harrys Arm folgte sie ihm zur Vordertür, wo er klopfte.

Die Tür wurde von einem Mann in steifer Haltung geöffnet, der eine abgetragene und ausgefranste graue Livree und eine gepuderte Perücke trug. Als er sie beide erblickte, hob er eine Braue.

Harry überreichte seine Karte. „Bitte melden Sie mich - und meine Frau - bei Ihrem Herrn."

Der Diener beäugte die Karte, sagte aber nichts und schloss die Tür vor ihrer Nase.

Louisa und Harry tauschten amüsierte Blicke. „Wenn die Karte Sie als Lord Wycliff ausgewiesen hätte, wette ich, dass wir in diesem Moment schon im Morgenzimmer sitzen würden", sagte sie.

Er kicherte. „Es ist genau so, wie Sie sagen, Mr. Lewis, die Menschen werden unfairer Weise nach ihrem Rang, nicht aufgrund ihrer individuellen Leistung, eingeschätzt."

„Psst", sagte sie und senkte ihre Stimme zu einem Flüstern. „Jemand könnte hören, wie Sie mich so anreden."

„Ich bin nicht so töricht, Sie in der Öffentlichkeit mit Ihrem Aliasnamen anzusprechen."

Bevor sie antworten konnte, wurde die Tür aufgerissen und der Diener bat sie, ihm ins

Morgenzimmer zu folgen. Die grüne Farbe des Zimmers schien den Raum zu einem Ableger der grünen Landschaft zu machen, die Gulvall umgab. Ihre Augen flogen über das üppig ausgestattete Zimmer, während Louisa sich auf einem mit grünem Brokat bezogenen Sofa niederließ, das der Tür gegenüberstand. Sie zuckte zusammen, als Harry sich neben sie setzte.

Der Diener ging und schloss die Tür hinter sich. Einen Moment später schlenderte ein blonder Mann, der hochgewachsen und schlank war, in den Raum. *Oh je,* dachte Louisa, *er ist genauso gebaut wie unser Lord aus Cornwall.*

Harry stand auf und sah dem Mann ins Gesicht. „Lord Kellow?"

Der junge Mann nickte, auf seinem Gesicht lag ein verwirrter Ausdruck.

Harry verneigte sich. „Verzeihen Sie mir, dass ich unangekündigt komme, aber Ihr Anwalt in London wollte meine Anfragen nicht an Sie weiterleiten - und da meine Frau und ich unsere Hochzeitsreise nach Penzance machen, dachte ich, wir machen einen Abstecher nach Penryn und suchen Sie persönlich auf.

„Mein guter Mann", sagte Lord Kellow, der jetzt fast Nase an Nase mit Harry stand. „Ich habe keinen Anwalt in London. Vielleicht denken Sie an den Gentleman, der den Nachlass des Vaters meiner Frau verwaltet?"

„Der Vater Ihrer Frau war ein Lord?", fragte Harry.

Lord Kellow schüttelte den Kopf. „Liebe Güte, nein. Er war Mr. Montague, Russel Square. Kennen Sie ihn?"

„Nein."

„Er ist jetzt tot." Lord Kellow schaute Louisa

und das Sofa an, auf dem sie saß, dann huschte sein Blick zurück zu Harry. „Bitte setzen Sie sich, Mr. Smith."

Ihr Gastgeber ließ sich auf einem Tudorstuhl nahe bei dem Sofa nieder. „Weswegen wollten Sie mich also sprechen?"

Harrys dunkle Augen trafen die des Lords. „Wegen des Stadthauses am Grosvenor Square."

Die Brauen des Mannes bildeten eine Falte. „Welches Haus am Grosvenor Square?"

„Das, welches Ihr Vater gekauft hat."

„Das kann nicht Ihr Ernst sein, guter Mann! Mein Vater hasste London und ich kann Ihnen versichern, dass er niemals dort Eigentum erworben hat. In der Tat hätte mein Vater es sich nie leisten können, in der Hauptstadt Grundbesitz zu erwerben."

„Vielleicht irre ich mich", sagte Harry.

„Tatsächlich", fügte Lord Kellow hinzu, „bin ich weit wohlhabender, als mein Vater es je war - dank der dicken Geldbörse des Vaters der derzeitigen Lady Kellow."

„Möchte die gegenwärtige Lady Kellow nicht gerne nach London zurückkehren?", fragte Louisa. Sobald sie sprach, erkannte Louisa, dass sie schon wieder versuchte, die Führung zu übernehmen. Kein Wunder, dass Harry sie und ihre befehlsgewohnte Art verabscheute.

Mit lächelnden Augen begegnete Lord Kellow Louisas Blick und schüttelte den Kopf. „Sie ist fast so schlimm wie mein Vater mit ihrer harschen Kritik an London. Nach unserem ersten Jahr in Penryn sagte sie, sie würde nie in die Hauptstadt mit ihrem schmutzigen, schwarzen Himmel zurückkehren wollen. Und ich muss sagen, die asthmatischen Beschwerden, unter denen sie in London litt, sind seit unserer Heirat völlig verschwunden."

Harry grinste, nickte und warf Louisa dann einen Seitenblick zu. „Komm, Liebes", sagte er, als er aufstand und ihr seinen Arm bot. „Ich fürchte, wir haben Lord Kellow umsonst gestört."

„Überhaupt keine Störung", sagte der Mann, als er aufstand.

„Trotzdem", sagte Harry, „ich muss mich entschuldigen, dass ich Sie mit einem anderen Lord verwechselt haben muss."

Kellow kam näher. „Vielleicht kann ich helfen?"

„Ich versuche, das Stadthaus am Grosvenor Square zu kaufen", sagte Harry, „aber es war mir nicht möglich, mit dem Eigentümer in Kontakt zu treten. Man sagte mir, es wäre ein Lord aus Cornwall. Ich hatte die dumme Idee, dass Sie es sein müssten."

Kellow schüttelte den Kopf. „Würde sagen, es ist Arundel. Seine Familie ist die reichste in Cornwall.

Louisa schüttelte den Kopf. „Wir haben mit ihm angefangen, aber er war nicht der Mann, den wir suchten."

Kellow hob eine Braue. „Ich schätze, es könnte Tremaine sein. Niemand weiß viel über ihn. Zurückgezogen und so, aber ich habe gehört, er wäre reicher als irgendjemand je erfahren wird."

Tremaine. Der vorletzte Lord auf der Liste, der letzte auf der Reiseroute. Ein Lord, der in Falwell ansässig war, in der Nähe von Land's End. „Wie sieht er aus?", fragte Louisa.

Lord Kellow schüttelte den Kopf. „Ich habe ihn tatsächlich noch nie getroffen. Wie ich sagte, er lebt sehr zurückgezogen."

„In welchem Alter könnte er sein?", fragte

Harry.

„Ich schätze, er ist nahezu so alt, wie mein Vater es wäre. Würde er noch leben wäre mein Vater vierundsiebzig."

Harry warf Louisa einen Blick zu. Sie nickte. Das wäre das richtige Alter. Er nahm Louisas Hand und ging auf Lord Kellow zu. „Wir bedauern sehr, Sie gestört zu haben", sagte Harry.

„Kein Problem", murmelte Kellow. Er zog die Brauen zusammen, als müsste er sich konzentrieren.

Als Harry und Louisa das geräumige Morgenzimmer verließen und den breiten, mit Steinen belegten Flur zur Vordertür entlanggingen, folgte Lord Kellow ihnen.

Selbst, als sie das Haus verließen und zu ihrer Kutsche gingen, kam er ihnen nach. Sie wandten sich um und wollten sich verabschieden, als er sich mit einem breiten Grinsen auf dem Gesicht vor den Kopf schlug.

„Beim Jupiter! Wusste doch, dass Sie mir vertraut vorkamen", sagte Lord Kellow zu Harry. Dann wurden seine Augen schmal. „Obwohl der Name Smith nicht dazu passt. Wie, Lord Wycliff, Sie wollten mich täuschen?"

Kapitel 19

Harry erstarrte.

Kellow lächelte und kam auf sie zu. „Vielleicht erinnern Sie sich an mich als Tom Sandworth - mein Name, bevor ich erbte."

Harry blieb der Mund offen stehen. „Beim Jupiter! In Eton war überhaupt nicht abzusehen, dass Sie je so lang werden würden."

Ein Grinsen huschte über Kellows Gesicht. „Meine Mutter behauptet, ich hätte erst angefangen zu wachsen, nachdem ich geheiratet habe!"

Da Harry in Eton Kellow nicht nähergestanden hatte als jetzt, hatte er nicht das Gefühl, dem Mann eine Erklärung schuldig zu sein. „Wie schade, dass Ihr Wachstum so spät einsetzte. Sie wären sonst beim Sport ein weit stärkerer Gegner gewesen."

„Ich glaube nicht, dass ich Sie je hätte besiegen können."

„Ich wage zu behaupten, dass Ihre Erinnerung an meine Fähigkeiten über die Jahre hinweg getrübt wurde."

Kellow warf Louisa einen Blick zu. „Bitte, ist dies wirklich Ihre Frau?"

So sehr er es hasste, den Mann anzulügen, weigerte Harry sich doch, Kellow schlecht über Louisa denken zu lassen. „Natürlich!", sagte er mit gespielter Empörung, trat näher zu Louisa und legte seinen Arm um sie. „Wir haben unserer Gründe für diese Geheimhaltung. Zu einem anderen Zeitpunkt werde ich Ihnen das näher erklären können."

„Wie Sie wünschen, Wycliff."

Harry drehte dem Mann den Rücken zu und half Louisa in die Kutsche.

Als die Kutsche anfuhr, fragte Louisa: „Waren Sie nicht völlig sprachlos, als Lord Kellow Sie erkannte?"

„Vom Donner gerührt, besser gesagt."

„Ich nehme an, sie beide haben sich in Eton nicht sonderlich nahegestanden?"

„Nicht besonders. Der arme Kerl war einer der letzten, die für die Mannschaften ausgesucht wurden."

„Ich wage zu behaupten, dass Sie derjenige waren, der die Auswahl traf."

Harry zuckte mit den Schultern.

„Hatten Sie nicht den Wunsch, Lord Kellow die Wahrheit zu sagen?"

Von der anderen Seite der Kutsche her schaute er sie an. „Absolut nicht. Ich bin kein Idiot."

„Ich hasse Lügen."

„Ebenso, wie Sie die Vorstellung hassen, meine Frau zu sein?"

Sie schaute weiter auf ihre behandschuhten Hände, hob dann langsam ihre Wimpern und funkelte ihn an. „Ihre *angebliche* Frau zu sein."

Er zuckte mit den Schultern. „Bitte, was finden sie abscheulicher? Zu lügen oder meine *angebliche* Frau zu sein?"

„Ich bin überrascht, dass Sie mir zugestehen, solche Täuschungen zu verabscheuen, wenn man an meinen *nom de plume* denkt."

„Ja, da leben Sie mit einer Lüge. Irgendwie."

Sie stemmte die Hände in die Taille. „Ich kann ehrlich sagen, dass mein Alias das einzige Mal in meinem gesamten Leben war - bevor ich Sie traf - dass ich gelogen habe, und meine Gründe dafür, das zu tun, rechtfertigen meine Unehrlichkeit. Meine Arbeit würde nie ein Publikum gefunden haben, wäre bekannt geworden, dass der Autor eine Frau ist, und es war mir sehr wichtig, dass meine Schriften veröffentlicht wurden. Ich glaube, dass das, was ich zu sagen habe, dem allgemeinen Wohl dient."

„Utilitarismus. Und Sie haben recht, wenn Sie das denken."

Sein Kompliment ließ sie verstummen.

Er streckte seine langen Beine aus und beobachtete sie unter zusammengezogenen Brauen hervor. Sie war sich ohne Zweifel dieser Beobachtung bewusst, weigerte sich aber, in seine Richtung zu sehen. Stattdessen hob sie den Vorhang und schaute auf die grüne Landschaft hinaus.

„Wann werden wir Truro erreichen?", fragte sie kurze Zeit später.

„Was macht Sie so sicher, dass ich Truro nicht auslasse und direkt zu dem zurückgezogenen Tremaine fahre?"

Sie wirbelte mit hochgezogenen Brauen zu ihm herum. „Das wollen Sie nicht?"

Er kicherte. „Es wäre eine Möglichkeit. Was halten Sie davon?"

Ihre schönen Lippen spitzen sich für einen Moment nachdenklich. „Wenn ich mir die Karte richtig in Erinnerung rufe - und ich habe ein perfektes Gedächtnis für Bilder - würde es uns weiter zurück nach Osten führen, wenn wir zu Cuthbert führen, statt in Richtung auf Lord Tremaines Falwell. Und wenn Cuthberts Lord Walke nicht unser Mann ist - und ich muss gestehen, *dass* es wahrscheinlicher scheint, dass Lord Tremaine unser Mann ist - dann würden wir umsonst einen Umweg gemacht haben. Ich würde sagen, wir vergessen Cuthbert und fahren Richtung Land's End." Sie hielt einen Moment inne und sagte dann kleinlaut: „Wenn meine Meinung erwünscht ist."

Er warf seinen Kopf zurück und lachte herzlich. „Ihre Meinung ist tatsächlich erwünscht." Er gab dem Kutscher ein Klopfzeichen, dann, nachdem der Kutscher anhielt, wies Harry ihn an, in Richtung Land's End zu fahren.

„Sehr wohl, Mylord, aber da muss ich auf meine Karte schauen."

„Wie ich es von dir erwarten würde", sagte Harry. John war ein guter Mann. Er verstand sich nicht nur auf seine Pferde, sondern hatte auch einen guten Orientierungssinn. Harry hatte größtes Vertrauen in seine Fähigkeiten.

Während sie in der stillstehenden Kutsche saßen, schaute Louisa aus dem offenen Fenster. Schließlich schaute sie wieder zu ihm. „Warum haben Sie es für nötig gehalten, mich in Gulvall wieder die Rolle Ihrer Frau spielen zu lassen?"

„Weil ich wusste, dass Kellow ein Mann in meinem Alter ist, und ich erkannte, dass die Möglichkeit bestünde, dass er mich erkennt."

Sie schaute ihn fragend an. „Und?"

„Und ich dachte, ich würde weniger leicht zu erkennen sein, wenn ich als glücklich verheirateter Mann aufträte." Er räusperte sich. „Es scheint, ich habe so etwas wie den Ruf eines ... Wüstlings."

„Und eine Frau zu haben würde Ihre üble Vergangenheit auslöschen?"

„Eine so schöne Frau wie Sie zu haben, ja",

sagte er heiser. Was zum Teufel machte er da? Er hatte nicht vorgehabt, sich zu verraten. Hatte er nicht Louisa in dem festen Glauben lassen wollen, dass sie für ihn völlig unattraktiv war?

Tiefe Röte stieg in ihre Wangen.

Er musste das Gespräch ablenken. „Könnten sie ihr perfektes Gedächtnis für Bilder dazu benutzen, um mir bitte zu sagen, in welche Stadt wir als nächstes kommen werden?"

„Ich habe nur die Strecken auswendig gelernt, die wir zu nehmen *geplant* hatten. Da wir unsere Richtung ändern, kann ich es Ihnen nicht sagen. Ich habe nicht den Namen jedes Dorfes des Herzogtums Cornwall auswendig gelernt."

Er hatte es wieder geschafft, sie zu verärgern. Wenn es um Louisa ging, schien er nie etwas richtig machen zu können.

Zum Glück wurde sie wieder freundlicher. „Eigentlich geht der Weg im Vogelflug direkt westlich nach Falwell, aber natürlich scheinen die Straßen nie einer geraden Linie zu folgen."

„Nein, das tun sie nicht", sagte er grimmig. Mit Sicherheit war der zurückgezogene Tremaine der Teufel, der den Ruin seines Vaters verursacht hatte. Und doch blieb ein nagender Zweifel. Überall, wohin sie gekommen waren, hatten sie Misserfolge erlebt. All die vergangene Zeit könnte umsonst gewesen sein. Nein, ergänzte er und eine Woge unbekannter Gefühle überschwemmte ihn. Nicht umsonst. Er könnte nie einen einzigen, kostbaren Moment bereuen, den er mit Louisa verbracht hatte. Selbst, als er in seiner fiebrigen Bewusstlosigkeit gelegen hatte, hatte er sich noch glücklich geschätzt, in das Gesicht seines Engels aufschauen zu dürfen.

Er knirschte mit den Zähnen und zwang sich,

von ihr wegzusehen. *Hölle und Teufel!* Sie war viel zu gut für ihn. Er war nicht gut genug, auch nur in derselben Kutsche mit ihr zu sitzen. Er setzte sich an das Fenster gegenüber dem, aus dem Louisa hinaussah.

Am Mittag erreichten sie Marazion, wo sie auf das mittelalterliche Bauwerk schauten, das aus der Mount's Bay - St. Michael's Mount - herauswuchs, bevor sie die Pferde wechselten und eine kurze Mahlzeit einnahmen. Harry lächelte in sich hinein, als Louisa darauf bestand, in einem Geschäft neben dem Gasthof Konfekt zu kaufen. Sie wollte es dem Kutscher schenken und sie weigerte sich, Harry dafür bezahlen zu lassen. Zweifellos bemitleidete sie Kutscher John für sein Unglück, in die Arbeiterklasse hineingeboren worden zu sein.

Als sie wieder weiterfuhren und er gerade seine Augen zu einem Schläfchen schließen wollte, überraschte Louisa ihn. „Warum haben wir Lord Kellow nicht nach Lord Walke gefragt?"

Eine gute Frage. Hatten sie einen Fehler gemacht, als sie Cuthbert übersprungen hatten, ohne sich auch nur nach Lord Walke zu erkundigen? Nachdem sie vier von den möglichen sechs Lords bereits ausgeschlossen hatten, was hätte es geschadet, alles herauszufinden zu versuchen, was sie über Lord Walke und sein Padflow Priory erfahren konnten? Harry schreckte hoch und murmelte einen Fluch.

„Tut mir leid", sagte sie. „Ich habe kein Recht, so pessimistisch zu sein. Es ist ja nicht so, als könnten wir nicht direkt nach Cuthbert fahren, wenn Lord Tremaine doch nicht unser Mann ist. Eigentlich wäre es überhaupt kein Umweg, wenn wir auf unserem Heimweg von Falwell über

Cuthbert fahren. Zuerst nach Falwell zu fahren ist ein viel besserer Plan."

Er runzelte immer noch die Stirn, obwohl das, was sie sagte, sehr vernünftig war. Er hoffte nur, einer der letzten zwei würde ihr Mann sein. Vorzugsweise Tremaine.

Sie schaute wieder aus dem Fenster, während er noch einmal versuchte, seine Augen zu schließen und in einen erholsamen Schlaf zu fallen, aber er konnte seine Gedanken nicht ausschalten, Gedanken über Lords und erfolglose Suchen - und Louisa. Ständig kehrten alle seine Gedanken zu Louisa zurück.

Was würde er tun, wenn er den geheimnisvollen Lord gefunden hatte? Sein erstes Ziel war natürlich, den Mann zu überreden, ihm das Haus am Grosvenor Square zu verkaufen. Harry war bereit zu zahlen, was immer nötig war, um das Haus wieder in seinen Besitz zu bringen, selbst wenn er das Doppelte dessen geben müsste, was es wert war.

Aber was sonst wollte Harry erreichen, wenn er schließlich dem bösen Mann von Angesicht zu Angesicht gegenüberstand? Eine Woge von Hass stieg in ihm auf. Er würde herausfinden müssen, warum der Mann den Ruin seines Vaters organisiert hatte. Was konnte sein Vater nur je getan haben, um so große Abscheu zu erzeugen? Harry würde nie wieder seinen Kopf in Frieden auf ein Kissen betten können, bis er nicht die Antwort auf diese Frage wüsste.

Harry war auch besessen von der Überzeugung, dass das Verschwinden des Porträts seiner Mutter untrennbar mit dem geheimnisvollen Lord zusammenhing. Und er schwor, alles in seiner Macht Stehende zu tun, um zu erfahren, wo dieses Porträt sich befand.

Trotz seiner Hoffnung, dass sie Falwell vor Einbruch der Nacht erreichen würden, hatte Harry doch außer Acht gelassen, wie früh es in dieser Gegend bereits dunkel wurde. Die Dunkelheit zwang sie, für die Nacht im Dorf Helporth anzuhalten - obwohl es kaum vier Uhr nachmittags war. Wäre die Landschaft weniger hügelig gewesen und die Straßen zuverlässiger, hätte er John angewiesen, weiterzufahren. Aber es war viel zu gefährlich für jemanden, der die Gegend nicht kannte.

In Helporth stiegen sie aus der Kutsche und standen vor dem Gasthof, wo sie zuschauten, wie kühler, weißer Nebel sich über der Landschaft ringsum ausbreitete wie Rauchwolken sich aus einem Schornstein kräuselten. Eine unheimliche, unwirkliche Stille lag darüber. Schließlich legte Louisa sanft ihre Hand auf seinen Arm und drängte ihn, in den Gasthof zu gehen.

Sicher, dachte er ungeduldig, würde Louisa nicht vortäuschen können, müde zu sein und bitten, für die Nacht in ihr Zimmer zu gehen, bevor die Uhr sechs schlug.

Keiner von ihnen war hungrig, aber sie hatten einen Salon und Schlafzimmer im Three Lambs Gasthof bestellt. Im Dunkel des Zimmers beugten sich er und Louisa wieder über die Karte von Cornwall.

„Ein Jammer, dass es so dunkel geworden ist, denn ich glaube, wir hätten Falwell nach einer weiteren Stunde erreichen können", sagte sie und schaute ihn mit ihren bemerkenswert blauen Augen an.

Er bekämpfte den Drang, die seidenweiche Haut ihres Gesichts zu streicheln und nickte. „Es hat jedoch etwas für sich, am hellen Tag anzukommen."

Louisa wandte sich ab, um die flackernden Flammen des Feuers zu beobachten. „Wenn Ihr Angebot einer Partie Piquet noch steht, glaube ich, würde ich es gerne annehmen."

Er besorgte Karten und sie begannen ein freundschaftliches Spiel, das von einem zweiten gefolgt wurde und noch einem, bis sie schließlich hungrig genug waren, um zu essen.

Harry war es sehr müde, in Gasthöfen zu essen und in Betten zu schlafen, die viel kleiner waren, als er es gewöhnt war. Er war ungeduldig, wieder auf seinem Pferd zu reiten und nicht in einer engen, stickigen Kutsche zu sitzen. Die Neugier auf den niederträchtigen Mann, den zu treffen er solche großen Anstrengungen auf sich nahm, verzehrte ihn. Über all dies nachzudenken ließ ihn zornig werden.

Und wie es ihm zur Gewohnheit geworden war, wann immer der Zorn in ihm aufstieg, ließ er seinen Ärger an Louisa aus.

„Ich glaube, ich werde es bedauern, unsere Reise enden zu sehen", sagte sie sanft, schlürfte ihren Wein und schaute mit verträumten Ausdruck in sein Gesicht.

Er räusperte sich. „Ich nicht! Ich habe Cornwall und die Fahrerei in der Kutsche so satt, dass ich bete, nie wieder einen Fuß auf diese neblige Halbinsel setzen zu müssen, so lange ich lebe."

Sie wirkte verletzt. „Sicher ist die Reise doch nicht nur unangenehm?"

„Sagen Sie mir ein Gutes, Madam, das sich ereignet hat, seit wir aus London abgefahren sind?"

Es schnitt ihm ins Herz, den schmerzlichen

Ausdruck zu sehen, der bei seinen gedankenlosen Worten über ihr schönes Gesicht huschte, aber er wusste, dass es besser war, sie jetzt zu verletzen, als ihr ein Leben lang Schmerz zu bereiten.

„Ich werde Sie nicht aufhalten, Mylord", sagte sie niedergeschlagen. „Sobald Sie Ihren Lord gefunden haben, können Sie mit meinem Segen auf ihrem eigenen kostbaren Pferd zurück nach London reiten." Sie warf die Serviette hin und stand von dem blank geputzten Tisch auf. „Wenn Sie mich jetzt entschuldigen würden, ich denke, ich werde zu Bett gehen."

Er schob den Tisch fort, als er aufstand und sagte: „Und ich denke, ich werde in die Gaststube gehen."

* * *

Louisa wäre besser beraten gewesen, in London zu bleiben. Natürlich wären ihre finanziellen Aussichten schlechter gewesen, aber zumindest wäre ihr Herz nicht so schlimm verletzt worden. Wie viel besser es ihr zu Hause in London gegangen war.

Nichts konnte schmerzlicher sein, als Harrys geliebte Anwesenheit in jeder ihrer wachen Minuten aufgedrängt zu bekommen. Es war eine Qual, ihm so nahe zu sein, und doch zu wissen, dass es nie Liebe zwischen ihnen geben konnte. Gequält vom Verlangen, ihn zu berühren, ihn nahe bei sich zu fühlen, und doch zu wissen, dass solche Vertrautheit nie sein durfte. Das Allerschlimmste war die schmerzhafte Erkenntnis, dass Harry sie verabscheute. Was hatte sie getan, um solchen Zorn zu verdienen? Sie konnte sich doch Wochen zuvor nicht so geirrt haben, als sie dachte, dass er ihre Gesellschaft begrüßte. Es *war* so. Damals.

Aber nicht jetzt.

Sie fühlte sich innerlich zerrissen. So schmerzlich sie nach ihm verlangte, war doch das Bedürfnis, sich von ihm fernzuhalten, noch größer. Sie lag in dem weichen Federbett, das Feuer rauchte im Kamin und jeder ihrer Gedanken galt Harry. Schon betrauerte sie seinen Verlust - fast so sehr, wie sie es bereute, diese Reise mit ihm angetreten zu haben.

* * *

Am nächsten Morgen waren sie zehn Meilen gefahren, als Harry entschied, dass er und Louisa gehen würden, während die Kutsche nach Falwell vorausfuhr.

„Ich habe es furchtbar satt, in einer verdammten Kutsche eingepfercht zu sein", sagte er.

„Ich auch." Louisa passte ihre Schritte seinen an und ging neben ihm her.

Er war nicht sicher, wie weit sie von der Küste entfernt waren, aber dem starken Geruch nach fühlte sie sich nahe an. Seine Gedanken huschten zu dem Tag, als Louisa von der Klippe gestürzt war und wie sehr er befürchtet hatte, er könnte sie verloren haben.

Zum Glück gab es hier keine felsige Küste, die sie hätte verschlingen können, nur eine hügelige, angenehme Landschaft. Die kühle Luft schmeckte nach Salz und der ständige Wind drückte Louisas weiches Musselinkleid an ihren Körper, so dass sich ihre weichen Rundungen abzeichneten.

Er fühlte das Bedürfnis, ihre Hand in seine zu nehmen, als sie den Fußweg entlanggingen. Obwohl sie kein Wort wechselten, fühlte er sich von ihrer Nähe seltsam erwärmt, als sie den einsamen Hügel hinaufwanderten.

Als sie oben angekommen waren, stockte Harry der Atem bei dem Anblick, der sich ihm bot. Auf der nächsten Klippe erhob sich ein mächtiges Schloss. Seine Türme fingen das Licht der Mittagssonne ein, die Festigkeit des Schlosses stand in völligem Gegensatz zu Tintagals Ruinen. Seine Brust zog sich zusammen. Das war es. Ihre Suche war beendet.

Kapitel 20

Lange, nachdem an diesem Abend die Frau des Gastwirts das Geschirr des Abendessens im Speckled Goose-Gasthof weggeräumt hatte, saßen Louisa und Harry im Wohnzimmer und besprachen ihre Pläne für den folgenden Tag.

„Ich kann nicht glauben, dass wir so viel Glück haben", sagte Louisa fröhlich. „Sich vorzustellen, dass Morgen tatsächlich der Publikumstag in Schloss Gorwick ist."

„Dem Heim von Lord Tremaine", fügte er trocken hinzu.

„Ich weiß, dass Sie recht haben. Ich sollte mir nicht so große Hoffnung machen. Wie oft waren Sie schließlich schon bei Publikumstagen und haben tatsächlich einen Blick auf den Herrn des Hauses oder - in diesem Fall - den Herrn des Schlosses werfen können?"

Er sah sie ungläubig an. „Ich war in meinem Leben noch auf keinem Publikumstag, es sei denn, dass Sie Cartmoor Hall mitzählen."

„Nein, ich hatte es auch nicht erwartet", sagte sie lachend. „Wie dumm von mir."

„Außer dem Blumenpflücken am Rande des Abgrunds wette ich, dass Sie in ihrem Leben noch nie etwas Dummes gemacht haben."

Die Röte stieg ihr ins Gesicht.

„Es tut mir leid, wenn ich Sie in Verlegenheit gebracht habe", sagte er und legte ihre Hand auf seine.

Bei seiner Berührung spürte sie eine

geschmolzene Hitze sie durchfluten. „Sie wissen sehr gut, dass Sie mich zum Erröten bringen wollten."

„Ich scheine dazu zu neigen, das zu tun."

Sie lächelte, und war froh, dass sie über sich selbst lachen konnte.

Er wurde nachdenklich. „Was, wenn wir den Herrn des Schlosses morgen nicht sehen?"

„Dann müssen wir einen Weg finden, innerhalb der Schlossmauern zu bleiben, wenn die Besichtigungstour vorbei ist."

„Mir gefällt nicht, wie sich das anhört", sagte er. „Es könnte gefährlich sein - wenn Tremaine der Mann ist, von dem ich annehme, dass er meinen Vater ruiniert hat."

„Da er so zurückgezogen lebt, glaube ich nicht, dass der Lord Sie erkennen würde. Schließlich haben Sie acht Jahre außer Landes verbracht."

„Aber er könnte Sie erkennen."

„Ich sagte doch, dass er mich an jenem Abend auf keinen Fall hätte sehen können."

„Wie können Sie da sicher sein?"

„Einerseits befand ich mich im Dunkeln. Andererseits muss er sechzig Fuß von mir entfernt gewesen sein."

„Hätte der Mann Sie je gesehen, würde er sich daran erinnern."

„Wie das?"

„Sie sind eine außergewöhnlich schöne Frau."

Ach du lieber Himmel! Ihre Wangen brannten wieder. Sie wusste nicht, was sie antworten sollte. Ihm zu danken, würde die Wahrheit seiner Aussage bestätigen - was die Höhe der Einbildung wäre. Wie flirtgeübte junge Damen sich in solchen Situationen wohl verhielten, fragte sie sich, nicht, dass sie solchen hohlköpfigen Mädchen irgendwie hätte ähneln wollen. Ihre Unerfahrenheit bei Männern - obwohl sie acht Jahre lang eine verheiratete Frau gewesen war - zeigte ihr nur wieder, wie schlecht sie zu Harry passte. Nicht, dass er sie überhaupt gewollt hätte.

Er streckte seine Hand nach ihr aus und fuhr mit einem Finger über den Umriss ihre Nase. „Tut mir leid, dass ich Sie zum Erröten gebracht habe."

Sie versuchte, seine sinnliche Geste leicht abzutun. „Ich schätze, die Köchin könnte mich mit dem Hersagen des Einkaufsliste zum Erröten bringen."

Darüber musste er lachen und goss dann mehr Wein ein.

Zusammen tranken sie drei Flaschen Wein, allerdings überstieg die Zahl von Harrys geleerten Gläsern ihre bei Weitem, so wie seine Fähigkeit, Alkohol zu vertragen. Louisa begann zu gähnen, und das nächste, was sie wusste, war, dass sie ihren Kopf auf den Tisch gelegt hatte, direkt neben der tropfenden Kerze, und einschlief.

Selbst als Harry sie nach oben in ihr Schlafzimmer trug, wachte sie nicht auf, obwohl Teile seines Körpers dabei sehr wach wurden. Louisa löste das gewöhnlich bei ihm aus.

Ihr Zimmer war dunkel, als er sie aufs Bett legte, um den Kerzenleuchter anzuzünden. Danach entfernte er ihre Pelisse. Sie würde in ihrem Kleid schlafen müssen, denn er hatte nicht vor, sich ihren Zorn zuzuziehen, weil er mehr von ihrer Kleidung entfernte. Er stand lange da und berauschte sich an ihrer Schönheit. Er dachte daran, in die Gaststube zu gehen und sich bis zum Vergessen zu betrinken, aber aus einem unerklärlichen Grund konnte er Louisa nicht verlassen.

Er ging zum Bett, zog seine Kleider aus, bis sie auf dem abgetretenen Holzboden einen Haufen bildeten. Dann kletterte er neben Louisa ins Bett. Sie begann leise zu stöhnen, und dann rief sie seinen Namen. *Harry.*

Wieder rief sie seinen Namen.

Da erkannte er mit tiefer, schmerzlicher Enttäuschung, dass Louisa schlief.

„Harry!", sagte sie wieder mit einem Drängen in ihrer Stimme.

Er legte seine Arm um sie. Dass es sein Name war, den sie rief, und nicht den dieses Monsters Godwin Phillips, erfreute ihn. Seine eigene Bequemlichkeit war seinen Gedanken fern. Das Verlangen, den Rest ihrer Tage für Louisa zu sorgen, verzehrte ihn. Sie vor Männern zu schützen, die sie ausnutzen könnten. Oder sie misshandeln. Sie wissen zu lassen, wie es war, zärtlich geliebt zu werden. Die Leidenschaft wahrer Liebe zu erwecken, von der er wusste, dass sie in ihrer Seele knospte.

Denn in diesem kleinen Blaustrumpf lag das Versprechen all seiner Träume. Louisa Phillips war die einzige Frau, die jemals den Platz seiner Mutter als Gräfin Wycliff einnehmen könnte.

* *.*

Edward hielt in Woking an, um die Pferde zu wechseln. Dank des guten Wetters war er ausgezeichnet vorangekommen. Er würde sich beeilen, um Salisbury noch vor Einbruch der Nacht zu erreichen, und wenn er in diesem Tempo weiterfuhr, könnte er morgen schon weit in Cornwall sein. Mit der Reitgerte in einer Hand und seinem abgenommenen Wollschal in der anderen sprang er vom Kutschbock und schritt auf die Taverne zu. Etwas zu trinken würde seiner ausgetrockneten Kehle gut tun.

Dann hörte er es. Eine kleinlaute Stimme hatte seinen Namen genannt. Und das verfluchte daran war, dass die Stimme wie die von Miss Sinclair klang. „Mr. Coke."

Da, schon wieder! Konnte nicht die Stimme der jungen Dame sein. Sie war meilenweit fort von hier, sicher und geborgen in Wycliff House. Trotzdem beschloss er, sich umzudrehen, um zu sehen, wer es war, der seinen Namen rief.

Wäre der König selbst hinter ihm gestanden und hätte ihn angesprochen, hätte er nicht überraschter sein können. Denn die sehr hübsche Miss Eleanor Sinclair stand ihm gegenüber, und sie war gekleidet wie ein Reitknecht! Und der Richtung nach, aus der sie kam, musste er annehmen, dass sie für die ganze Welt sichtbar hinten auf seiner zweirädrigen Kutsche gehockt haben musste. Sprich, sichtbar für die ganze Welt außer ihm.

Einen Moment lang sah er sie wuterfüllt finster an. *Was hatte sie sich dabei gedacht, den ganzen Weg ohne Anstandsdame mitzukommen? Was sollte er jetzt tun?* Er würde zwei Tage verlieren, wenn er sie nach London zurückbrächte, und er war sich nicht sicher, dass das dumme Ding überhaupt gehen würde.

Was für ein Narr er gewesen war, dass er sich darauf verließ, dass sie brav sein und zu Hause bleiben würde. Nachdem er diesen Radikalen zugehört hatte, mit denen sie sich umgab, wie konnte er so dumm gewesen sein zu denken, dass das Mädchen sich an konventionelle Anstandsregeln halten würde?

„Sie sind wütend", sagte sie zögernd und kam in ihren Männerkleidern auf ihn zu.

Wo hatte sie die nur her? Aus der Entfernung würde man sie für einen Jungen halten, aber niemand, der dieses schöne Gesicht sah, könnte an ihrem Geschlecht einen Zweifel haben. Einen flüchtigen Moment lang wünschte er sich, sie wäre hässlich. Dann wäre das hier viel einfacher.

„Natürlich bin ich wütend. Sie kosten mich wertvolle Zeit."

„Wieso, Sir?"

Musste das verflixte Mädchen ihn derart unschuldsvoll anschauen? Verdammt sollte sie sein! „Ich muss Sie natürlich nach London zurückbringen."

Sie schnaubte und drückte ihre flachgedrückte Brust heraus. „Ich werde nicht gehen."

Wäre sie wirklich ein Junge gewesen, hätte er im Befehlston mit ihr sprechen können, aber bei Miss Sinclair brachte er das nicht fertig. Schließlich war sie eine Dame. „Schauen Sie, Miss Sinclair, Sie können nicht mit mir reisen."

„Warum nicht?"

„Weil Sie eine Dame sind." Er schluckte. „Und ich ein Gentleman bin."

„Meine Schwester ist eine Dame, Sir, und Ihr Cousin ein Gentleman, und sie reisen zusammen, und Sie selbst haben zugegeben, dass es zwischen ihnen nichts Unanständiges gibt."

„Aber ich habe nie gesagt, dass es passend wäre. In der Tat wäre es äußerst unpassend, wenn nicht die Tatsache wäre, dass Ihre Schwester schon einmal verheiratet war."

Sie dachte über all das einen Moment nach und stand da in dieser Jungenkleidung, die noch zu groß für sie war. „Es wird nicht unpassend sein, wenn die Leute *denken*, dass ich ein Junge bin."

„Aber Sie sind kein Junge!" Da er einen Mann sah und nicht gehört werden wollte, eilte Edward auf Miss Sinclair zu und führte sie zu seinem Wagen zurück. „Sehen Sie, Miss Sinclair, es gehört sich nicht für Sie, mit mir zu reisen", sagte er in einer Stimme, die kaum mehr war als ein Flüstern.

Sie schaute zu ihm auf und ihre blauen Augen blitzten. „Was anständig und was unanständig ist, richtet sich nach den Augen des Betrachters. Meinen Sie nicht auch?"

„Ja", sagte er und verdrehte die Augen.

„Sie und ich wissen, dass zwischen uns nichts Unanständiges ist, nicht wahr?"

„Ja."

„Also, solange alle anderen glauben, dass ich ein Junge bin, gibt es nichts Unanständiges! Das wäre also geklärt."

„Was ist geklärt?"

„Ich werde auf dem ganzen Weg nach Cornwall weiter die Rolle ihres Reitknechts spielen."

„Kann Sie nicht hinten auf diesem Brett sitzen lassen", brachte er heraus.

Sie hob die Schultern. „Könnte ich dann vielleicht Ihr kleiner Bruder sein?", fragte sie kleinlaut; ihre Stimme klang wie die eines viel jüngeren Mädchens. Sie drückte die Schultern durch. „Sehen Sie, ich habe meine Brüste gebunden, um wie ein Junge auszusehen."

Er wandte sich ab, eine ungewohnte Röte schlich sich auf seine Wangen. „Ich werde Ihre Brüste nicht ansehen."

„Oh, Sie können sie nicht sehen", sagte sie fröhlich.

„Das will ich hoffen!", rief er aus und wandte sich zu ihr, um sie mit einem tiefen Stirnrunzeln auf seinem Gesicht anzusehen.

„Oh, Mr. Coke, ich habe Sie zum Erröten gebracht!"

„Das haben Sie nicht", zischte er.

Sie schob ihren Arm durch seinen. „Dann ist ja alles geregelt."

Lieber Gott im Himmel, was habe ich getan, um so etwas wie Miss Ellie Sinclair aufgebürdet zu bekommen?, fragte er sich.

* * *

Als Harry Louisa am nächsten Morgen mit einer Tasse heißen Tees weckte, durchbohrte sie ihn mit einem anklagenden Blick und sagte: „Geben Sie es zu, als ich letzte Nacht eingeschlafen war, haben Sie einen Hammer mit ins Zimmer gebracht und damit auf meinen Kopf eingeschlagen."

Er lachte. „Ich fürchte, Sie haben viel zu viel Wein getrunken."

Sie zog sich zum Sitzen hoch. „Wie bin ich ins Bett gekommen?"

„Ich habe sie die Treppe heraufgetragen."

Ihr Gesichtsausdruck war unergründlich.

Ihm gefiel es besser, wenn sie errötete. Ihre Ausgeglichenheit störte ihn. Das war nicht seine Louisa.

Seine Louisa. Er liebte diese Vorstellung. Er liebte Louisa Phillips von ganzem Herzen. Sie war zweifellos die wunderbarste Frau, die er je kennengelernt hatte.

Er wusste, Louisa war die einzige Frau, die je sein Herz gewinnen konnte. Die einzige Frau - in der Tat, der einzige Mensch - dessen Leben ihm kostbarer war als sein eigenes.

Kapitel 21

Beim Frühstück - das Louisa und Harry wieder in ihrem privaten Salon des Speckled Goose-Gasthofs einnahmen - aß Harry herzhaft, aber Louisa hatte nicht viel Appetit.

„Hat mein Spezialtrunk Ihrem Kopf geholfen?", fragte er sanft.

Sie nickte. „Meinem Kopf geht es besser. Wünschte, ich könnte dasselbe über den Rest meines Körpers sagen. Warum haben Sie mir erlaubt, so viel zu trinken, Mylord?"

„Ich bin nicht Ihr Herr, Louisa."

Sie hätte schwören können, dass er diese Worte mit Bedauern aussprach. Die Wirkung des Weins musste noch anhalten und ihr Denken vernebeln.

Als die Frau des Gastwirts eine weitere Kanne heißen Tee brachte, fragte Harry sie aus. „Sagen Sie, meine Frau und ich versuchen uns zu erinnern, ob Lord Tremaine derselbe Herr ist, den wir einmal in London getroffen haben. Hochgewachsen, vornehm aussehend mit einem Bart."

„Das klingt nach ihm", sagte die Frau. „Habe ihn selbst nur einmal gesehen. In der St. Stephans-Kirche, an dem Tag, als die neuen Fenster geweiht wurden. Lord Tremaine hat selbst für sie gezahlt. Das einzige Mal, von dem ich weiß, dass er einen Fuß in die Kirche gesetzt hätte. Der Kirchenstuhl der Familie ist immer so leer, wie er nur sein kann, vorn in der Kirche, Sonntag für Sonntag."

Harry gab ihr einen Schilling und machte üppige Komplimente wegen der Bequemlichkeit ihrer Zimmer.

Louisa konnte kaum ihre Aufregung zurückhalten, bis die Frau den Salon verlassen hatte. „Oh, Harry! Lord Tremaine muss unser Mann sein."

Er nickte feierlich. „Gut, dass heute im Schloss Publikumstag ist."

* * *

Da das Wetter schön war, beschlossen sie, zu Fuß zum Schloss zu gehen, das auf einem Felsen oberhalb des Dorfes Falwell thronte.

„Ich habe gehört, dass es aus dem zwölften Jahrhundert stammt", bemerkte Harry, als Louisa zu der steinernen Festung hinaufsah.

Es musste eine mächtige Festung gewesen sein, die einen großen Teil der Küste von Cornwall durch das Mittelalter hindurch bewacht hatte. Seine Zinnen waren in all den Jahrhunderten zerbröckelt, waren aber trotzdem noch aus einer halben Meile Entfernung zu sehen. Massige runde Türme bildeten jeweils die Ecke des quadratischen Bereichs des Schlosses.

Als Harry und Louisa sich ihren Weg über die gepflasterten Straßen von Falwell suchten, ertappte Harry sich dabei, wie er überlegte, ob es wohl einen Burggraben um das Schloss gäbe. Burggräben und Schlösser hatten ihn als Jungen fasziniert. Er hatte mehr als einmal darüber geklagt, dass Cartmoor Hall kein Schloss war.

Die Sonne stand hoch am Himmel, als sie auf Schloss Gorwick zu schlenderten, das einen Graben hatte, der Jahrhunderte zuvor ausgetrocknet zu sein schien.

Sie waren sich nicht sicher, wohin sie gehen

sollten, als sie sich in den Mauern des Schlosses wiederfanden. Dann sahen sie eine alte Frau in Kittelschürze mit einem Haufen Mädchen um sich herum.

„Muss ein Schulausflug sein", murmelte Harry.

Sie gingen über den Hof und standen wartend neben der Mädchengruppe, die Harry auf zwischen zehn und zwölf Jahre schätzte.

Sie mussten nur ein paar Minuten warten, bis die Haushälterin die riesige Holztür öffnete, sie im Schloss begrüßte und dankbar ihre Schillinge annahm.

Sie führte sie zuerst in die große Halle und erzählte von den Tagen, als in dem riesigen Kamin ganze Ochsen gegrillt wurden. Trotz der Faszination seiner Kindheit für Schlösser fand Harry Einzelheiten über das Leben *in* einem Schloss äußerst langweilig. Wann würden sie zu den interessanten Dingen wie Rüstungen und Gewölbepfeiler kommen?

Er war eher überrascht über Louisas Interesse an dem Bauwerk, aber er nahm an, dass Frauen diese Art Dinge mochten. Es machte ihn etwas verlegen, der einzige Mann in der Gruppe zu sein.

Teils aus Langeweile, teils, weil er den Grund ihres Kommens nicht vergessen hatte, achtete er darauf, jeden Gang hinunter und in jeden Raum zu spähen und nach einer Spur des Burgherrn zu suchen.

Fast eine Stunde verging, und noch kein Glück. Wenn es nur ein Gemälde von Lord Tremaine gäbe. Das sollte Louisa reichen, um ihn zu identifizieren.

Als sie im zweiten Stock anlangten, stieg sein Interesse. Sicher war dies das Stockwerk, wo Tremaine wohnte. Harry begann, eifrig jeden Flur und jedes Zimmer zu überprüfen, selbst wenn sie nicht zum Rundgang gehörten. Er hoffte ehrlich, dass die Haushälterin nicht glaubte, dass er das Schloss in der Absicht besichtigte, es auszurauben.

Dann wurde ihm klar, wie dumm diese Idee war. Der Ort wimmelte nur so vor großen Dienern in reichen Livreen. Warum würde ein Mann so viele starke Männer in seinen Diensten halten?

Um elf Uhr war die Zeit für das Essen lange genug entfernt, um der Haushälterin die Gelegenheit zu geben, der Gruppe den weitläufigen Speisesaal des Schlosses zu zeigen.

„Der Tisch hat Platz für sechzig Personen", sagte sie voller Stolz, als sie ihre Gruppe in den rosenfarbenen Raum führte. Sie erinnerte Harry an eine Entenglucke, die die Reihe der Entchen anführte. Der Raum war mit Teppichen ausgelegt und die glatten Wände waren mit Seidendamast bedeckt. Alles war im gleichen sanften Rotton gehalten. Die Haushälterin hatte ihn rosenfarbig genannt. Er nannte ihn Rot. Als Harry in den Raum wanderte, achtete er darauf, hinter den Mädchen zu stehen, um nicht ihren Blick zu verdecken, als die Haushälterin ihre auswendig gelernte Rede begann.

Harrys Blick fiel auf ein Porträt, das über dem marmornen Kamin hing und ihm lief es eiskalt den Rücken hinunter. Sein Herz begann dröhnend zu schlagen und er schluckte hart. Fast hätte er an seinem Verstand gezweifelt. Stand er wirklich in Schloss Gorwick, oder im Speisesaal von Wycliff House am Grosvenor Square, ein Jahrzehnt zuvor?

Denn das Porträt war das verschwundene Porträt seiner Mutter.

Das Bild auf der Leinwand war das, was ihn am engsten mit seiner Mutter verband. Tränen brannten in seinen Augen, als er das lebensgroße Gemälde studierte. Keine Frau war je eleganter gewesen. Von ihrem leicht gepuderten Haar über ihr ovales Gesicht bis zum blassen Rosa des Kleides, das sich lose über die weichen Rundungen ihres schlanken Körpers legte, strahlte sie Weiblichkeit aus. Ein Kloß bildete sich in seiner Kehle, als er den Wycliff-Saphir sah, der auf ihrem schlanken Finger saß.

Sein Blick wurde wieder von ihrem schönen Gesicht angezogen. Einen flüchtigen, fesselnden Moment hatte er das Gefühl, als ob diese blauen Augen ihn eindringlich musterten. Fast hätte er die honigsüße Stimme seiner Mutter hören können. Sein Blick wanderte zu ihrem Mund. Obwohl sie versuchte hatte, eine ernste Miene zu machen, hatte Gainsborough gekonnt einen Hauch von Amüsement in ihrem Lächeln erfasst.

Louisa erriet, dass etwas mit ihm nicht in Ordnung war. Sie kam an seine Seite und legte sanft eine Hand auf seinen Arm. „Geht es Ihnen nicht gut, Harry?"

Er schüttelte den Kopf. „Der verdammte Bastard hat das Porträt meiner Mutter gestohlen."

Louisa schnappte nach Luft und ihr Blick schoss zu dem Gemälde, das den ganzen Raum beherrschte. „Sie ist ... wunderschön."

* * *

An diesem Nachmittag und Abend trank Harry voller Hass. So viel, dass Louisa sich Sorgen um ihn machte.

Sie beobachtete ihn, als er neben ihr auf der gepolsterten Bank keine fünf Fuß von dem lodernden Kaminfeuer entfernt saß, das ihren

Salon erhellte. Sein Gesicht wurde vom Schimmer des Feuers golden beleuchtet. Seine Stirn war schweißnass und sein dunkles Haar zerzaust.

„Es war fast, als würde ich sie wiedersehen", sagte Harry.

Er sprach nicht wirklich mit ihr, das wusste Louisa. Er dachte nur laut nach.

Louisas Stimme war besänftigend, als sie sagte: „Sie standen Ihrer Mutter sehr nahe."

„Jeder, der sie kannte, betrachtete sie als Freundin. Sie hatte diese Art an sich. Jeder liebte sie."

„Mit einer solchen Haltung und dazu ihrer Schönheit denke ich, dass sie eine Armee von Verehrern gehabt haben muss - bevor sie Ihren Vater geheiratet hat, natürlich."

„Ihre Verehrer kamen alle vor meinem Vater. Sie können sicher sein, dass sie, nachdem sie ihn geheiratet hatte, nie wieder einen anderen Mann anschaute. Sie war ihm völlig ergeben." Sein Ton wurde nüchtern. „Sie wissen, dass sie nur einen Monat nach meinem Vater starb."

Louisa nickte mitfühlend, als er fortfuhr.

„Sie verteidigte ihn, wenn ich ihn beschimpfte, weil er alles verloren hatte. Zu jener Zeit dachte ich, sie wäre vielleicht besser beraten gewesen, hätte sie den ersten Mann geheiratet, mit dem sie verlobt gewesen war."

Louisas Brauen zogen sich zusammen.

Harry ließ ein kleines Lachen hören. „Sie brannte tatsächlich mit meinem Vater durch. Sie hatte sich mit einem reichen Verehrer verlobt - sie nannte ihn George - den sie aber nicht wirklich liebte. Dann lernte sie meinen Vater kennen und wusste, dass sie zu ihm gehörte, nicht zu George."

Louisa fragte: „Besteht die Möglichkeit, dass

Lord Tremaine George ist?"

Er schüttelte den Kopf. „Dann würden sie von ihm als Lord Tremaine gesprochen haben."

„Vielleicht hat er den Titel erst geerbt, nachdem Ihre Eltern geheiratet haben."

Er dachte einen Moment über Louisas Bemerkung nach, dann schleuderte er sein Glas ins Feuer.

Das Feuer flammte auf und flackerte, um dann wieder normal weiter zu brennen.

Harry wandte sich ihr zu. „Sie müssen recht haben."

Sie saßen schweigend dort; Louisa beobachtete, wie der Feuerschein auf den starken Flächen seines Gesichts tanzte.

Sein Gesicht wurde ernst. „Es wäre mir ein Vergnügen, ihn zu töten."

Sie legte ihre Hand um seinen Arm. „Sagen Sie nicht so etwas. Es gibt andere Methoden, um sich an ihm zu rächen."

„Wie etwa?"

„Sie könnten ihn bloßstellen, weil er Ihren Vater ruiniert hat."

„Meine liebe Louisa, es gibt kein Gesetz dagegen, einem Mann in seinem Herrenclub sein Geld und seinen Besitz abzunehmen."

Sie dachte weiter nach. „Wir könnten das Porträt Ihrer Mutter zurückstehlen."

Er schaute ihr Gesicht unter zusammengezogenen Brauen prüfend an. „Das würden Sie für mich tun?"

„Es wäre ja nicht wirklich Diebstahl. Das Gemälde gehört Ihnen. Außerdem ist er ein schlechter Mann. Wir wollen nicht, dass er Lady Wycliffs Porträt in seinem Besitz hat."

Er hob Louisas beide Hände und küsste sie.

Sie konnte sich nur gerade davor zurückhalten, ihm ihre Arme um den Hals zu schlingen.

Sie trank nichts Stärkeres als warme Milch an diesem Abend. Keine Kopfschmerzen am Morgen danach mehr für sie. Sie sah mit Sorge zu, wie Harry Stunde um Stunde weitertrank. Um Mitternacht überredete sie ihn endlich, ins Bett zu gehen. Einen Arm um ihn gelegt half sie ihm, die Treppe zu ihrem Zimmer zu erklimmen.

Er taumelte ohne ihre Hilfe die kurze Strecke von der Tür des Zimmers zu ihrem Bett hinüber und fiel darauf. Seine Augen waren geschlossen und sein Atem ging tief, aber regelmäßig.

Louisa schloss die Tür und ging zum Bett, wo sie ihm die Stiefel auszog, dann breitete sie eine einzelne Decke über ihn.

Einen Moment später glitt sie in ihrem wollenen Nachthemd neben Harry unter die Decken. Als sie dort lag, überkam sie ein Gefühl der Geborgenheit. Warum hatte man sie nicht mit einem Mann wie Harry verheiratet? Wie anders ihr Leben geworden wäre!

Ihre Hand streichelte besitzergreifend über Harrys steinharte Schultermuskeln. Sie konnte sich vorstellen, wie sie glücklich den Rest ihrer Nächte neben ihm läge, aber solchen Gedanken - solch quälender Freude - durfte sie sich nicht hingeben. Denn Harry Blassingame, der Earl von Wycliff, war für sie so weit entfernt wie die Sterne am Himmel.

Während draußen vor dem Haus der Wind Cornwalls heulte, kroch der Geruch der salzigen Luft durch das halb offene Fenster ins Zimmer, und mit Harrys Wärme neben sich fiel sie in einen friedlichen Schlaf.

* * *

Am nächsten Morgen war es Louisa, die Harry Tee und seinen Trank brachte. Harry lag noch genauso, wie er hingefallen war, als er sich am Abend zuvor auf das Bett hatte fallen lassen.

„Können Sie nicht die Vorhänge vorziehen?", fragte er und weigerte sich, den Kopf aus den Kissen zu heben. „Die verflixte Sonne ist viel zu stark."

„Das sollte sie wohl auch", antwortete Louisa. „Es ist fast Mittag."

„Unsere Zeit des Tageslichts wird kurz", rief er aus, bewegte sich, setzte sich auf und zwang sich, den Trank, den Louisa ihm reichte, herunterzuschlucken. Dann lachte er über sich selbst. „Ich dachte, wir wären noch auf der Reise, um unseren geheimnisvollen Lord zu finden." Er trank aus und stellte das Glas auf den Tisch neben dem Bett. „Jetzt besteht keine Notwendigkeit mehr, während des Tageslichts weitere Strecken zurückzulegen."

Louisa stand neben dem Bett und sah zu ihm hinab. „Jetzt, denke ich, werden wir die Nacht eher brauchen als den Tag, um unser Ziel zu erreichen."

Er schaute verwirrt drein. „Welches Ziel sollte das sein?"

„Wir werden uns das Porträt Ihrer Mutter *zurückholen*."

Seine Lippen verzogen sich zu einem Lächeln. „Sie sind wirklich eine Füchsin."

Sie lachte. „Das sagen alle Aristokraten über mich."

Er machte Platz für sie, dass sie kommen und sich neben ihn setzen sollte, während er seinen Tee austrank.

Es fühlte sich für sie völlig natürlich an, hier

mit einem barfüßigen Lord zu sitzen, auf einem Bett, im Dorf Falwell, und eine Unterhaltung über den Diebstahl eines Porträts zu führen. Alles, was sie mit Harry tat, schien völlig natürlich zu sein. Als ob sie dazu bestimmt wären, zusammen zu sein. Was natürlich niemals sein könnte. Harry war ein Aristokrat und sie war ein Blaustrumpf, und diese beiden passten nicht zusammen. Dazu die Tatsache, dass Harry sie nicht wirklich mochte. Das hatte er sehr deutlich gemacht, während er sich von seiner schweren Krankheit erholte.

„Wie meinen Sie, dass wir nachts in das Schloss Zugang finden könnten? Ich nehme an, die Zugbrücke wird hochgezogen sein."

Sie biss sich auf die Lippe. „Daran hatte ich tatsächlich nicht gedacht."

Er sah auf seine Füße. „Bitte, wo sind meine Schuhe?"

„Am Fußende des Betts."

„Und wer, wenn ich fragen darf, hat sie mir ausgezogen?"

„Ich."

Er schaute sie mit einem teuflischen Funkeln in den Augen an. „Warum haben Sie mir nicht den Rest meiner Kleider auch noch ausgezogen, als sie schon dabei waren?"

„Ich hatte kein Verlangen, Sie ohne Kleidung zu sehen, Mylord."

Übermut huschte über sein Gesicht. „Das glaube ich Ihnen nicht."

„Sollten wir nicht unsere Diskussion darüber, wie wir uns nachts Zutritt zu Schloss Gorwick verschaffen können, wenn die Zugbrücke hochgezogen ist, fortsetzen?", fragte sie, stand auf und ging zum Fenster hinüber, wo sie sich umdrehte, um ihn anzusehen. „Ich habe beschlossen, dass das *Zurückholen* bei Nacht geschehen muss wegen der riesigen Größe des Porträts. Bei Tageslicht könnten wir kaum einer Entdeckung entgehen."

„Das stimmt", sagte er nickend. „Doch ich glaube, wir müssen einen Weg finden, am Tage ins Schloss zu gelangen und dort zu warten, bis dieser Teufel Tremaine zu Abend gegessen hat, dann werden wir - ich meine, ich, das Porträt, äh, *zurückholen*."

„Warum haben Sie Ihren Satz geändert, Mylord?"

„Ich kann Sie unmöglich an dieser *Rückholaktion* teilhaben lassen."

„Warum denn nicht?", wollte sie wissen, ihre Augen waren schmal und ihre Stimme hart.

„Weil Sie eine Frau sind und weil es gefährlich sein könnte."

Das würde man ja sehen! „Sagen Sie, Mylord, wie, schlagen sie vor, wollen Sie hineingelangen? Der nächste Publikumstag ist erst nächsten Donnerstag."

„Darüber muss ich nachdenken."

Kapitel 22

Als Harry sich rasiert und umgezogen hatte, traf er Louisa im Wohnzimmer. An diesem Morgen lehnte er das Frühstück ab, bat aber um starken Tee. Da Louisa ihr Mahl bereits beendet hatte, saßen sie dort und unterhielten sich.

„Ich habe beschlossen", begann Harry, „mich nicht bei Nacht in das Schloss zu schleichen, sondern im hellen Tageslicht hinzugehen und zu verlangen, mit diesem Tremaine zu sprechen."

„Er wird Sie nicht empfangen wollen, wenn Sie Ihren richtigen Namen nennen."

„Ich habe mich noch nie von Widerstand abhalten lassen."

„Aber Sie können nicht einfach Ihr Schwert nehmen und dort hineinplatzen. Schloss Gorwick ist kein Schiff und Sie haben keine anderen Freibeuter, die Ihnen Verstärkung leisten. Sie haben selbst all diese brutalen Kerle gesehen, die er offensichtlich zum Schutz beschäftigt. So groß Sie auch sind, ich wage zu behaupten, dass sie größer sind."

Harry zog seine Brauen zusammen und nahm einen weiteren Schluck aus seinem Becher mit starkem Tee. „Sie haben mich nicht von meinem Plan abgebracht, müssen Sie wissen."

„Versprechen Sie mir, dass Sie nichts Drastisches unternehmen werden, bevor wir es nicht besprochen haben."

„Und was bezeichnen Sie mit *drastisch*?"

„Sich in die Zimmer Lord Tremaines zu

drängen, wenn er sich weigert, Sie zu empfangen."

Harry schaute mit einem unergründlichen Ausdruck in den Augen in seine Tasse. „Er wird mich empfangen."

Sie machte Anstalten aufzustehen. „Dann gehen wir."

Er legte seine Hand fest auf ihren Arm, um sie zurückzuhalten. „Verzeihen Sie mir, wenn ich Sie dieses Mal nicht mitnehme, Louisa."

Sie setzte sich wieder hin und tätschelte seine Hand. „Ich verstehe. Das ist eine Angelegenheit, die mich wirklich nichts angeht."

Er stand auf.

„Wenn Sie in neunzig Minuten nicht wieder zurück sind, werde ich das Schloss stürmen lassen", warnte sie.

„Wenn ich nicht zurückkomme, müssen Sie wegfahren."

Sie musterte ihn trotzig. „Nicht ohne Sie."

„Mein Gott, sind sie eine dickköpfige Frau." Ein Hauch von Traurigkeit flog über sein Gesicht. „Wenn ich nicht zurückkomme, müssen Sie Kontakt mit Sinjin aufnehmen."

Sie hob eine Braue.

„Lord Jack St. John, meinem ältesten Freund, zusammen mit Alex, Lord Haversham von den Dragonern Seiner Majestät auf der Halbinsel." Er nahm einen letzten Schluck von dem restlichen Tee, küsste sie auf den Kopf und ging.

Zum ersten Mal seit dem Beginn ihrer Reise nahm Louisa ihre Feder zur Hand und begann, einen von Mr. Lewis Artikeln zu verfassen.

* * *

Es war überraschend einfach für Harry, hineinzukommen und Lord Tremaine zu besuchen. Er überreichte dem Butler nur seine

Karte - seine echte Karte - und sagte, er müsse Lord Tremaine in einer privaten Angelegenheit sprechen.

Weniger als eine halbe Stunde später stand er dem Mann gegenüber, dem er die Schuld am Tode seiner Eltern gab.

Tremaine, in einen seidenen Schlafrock gekleidet, obwohl die Nachmittagssonne bereits durch die kleinen Bogenfenster des Zimmers blinzelte, saß auf einem mit Seidenbrokat bezogenen Sofa in der Bibliothek. Er sah fast genauso aus, wie Louisa ihn beschrieben hatte, nur, dass es Harry schwerfiel, einen Mann, der sich in seidenem Schlafrock auf einem Sofa ausruhte, vornehm zu nennen. Harry konnte sehen, dass er groß war, obwohl er nicht aufgestanden war, als Harry ins Zimmer trat.

Tremaine sah Harry mit einem leeren Ausdruck auf seinem alternden Gesicht an. „Ich sehe, dass Sie mich gefunden haben."

Harry weigerte sich, wie von Tremaine bedeutet, Platz zu nehmen. Er platzierte seine gestiefelten Füße vor Tremaine und sagte: „Sie dachten, Sie könnten mit ihren betrügerischen Machenschaften davonkommen?"

„Aber ich habe nicht betrogen."

„Haben Sie nicht ihren Strohmann, Godwin Phillips, möge er in der Hölle schmoren, bezahlt, um meinen Vater zu vernichten?"

Tremaine lachte. „Ja, allerdings. Ihr Vater war schwach. Es tut mir gut, so viel Hass in Ihnen zu sehen. Jetzt wissen Sie, wie ich für Ihren Vater empfand, als er mir Isobel stahl."

„Mein Vater hat in seinem Leben nie etwas Hassenswertes getan. Alles, was er tat, war, meine Mutter zu lieben - so, wie sie ihn liebte."

„Einst liebte sie mich", sagte Tremaine.

Harry schüttelte den Kopf. „Niemals, George. Das sagte sie mir."

Tremaine schmetterte das Kristallglas, das er hielt, auf den Steinboden. „Sie lügen."

„Hätte sie Sie geliebt, würde Sie sie geheiratet haben."

„Sie liebte mich, bis Robert ..."

„Sie hat Sie nie geliebt." Diese Worte verschafften Harry eine perverse Befriedigung.

Tremaine drehte den Kopf zur Seite. „Glauben Sie, was Sie möchten." Dann wandte er sein Gesicht wieder Harry zu; seine Augen waren voller Übermut. „Während Sie vor Wut auf Godwin Phillips vor Hass kochen."

„Ich hasse Phillips mehr für das, was er seiner jungen Frau, als wegen dem, was er meinem Vater antat." Er ballte seine Hände zu Fäusten und ging dichter an Tremaine heran. „Sie hasse ich für das, was meinem Vater geschah."

Tremaine lachte. „Ich habe nichts gegen Sie. Schließlich haben Sie viel von Isobel in sich."

„Dann, wenn Sie nichts gegen mich haben, erlauben Sie mir, das Haus am Grosvenor Square zurückzukaufen."

Tremaine dachte einen Moment lang nach. „Wie viel sind Sie bereit, dafür zu zahlen?"

„Fünfundzwanzigtausend Pfund wäre ein mehr als fairer Preis."

Tremaine lachte. „Verdoppeln Sie den Betrag, und es gehört Ihnen."

„Das Haus und alles, was darin war?"

„Für fünfzigtausend Pfund, ja."

„Gut", sagte Harry. „Sie sollen das Geld binnen eines Monats haben." Dann tat er etwas, das ihm zuwider war. Er beugte sich vor und bot dem

Mistkerl die Hand.

Sie schüttelten sich die Hände. Ein Vertrag unter Gentlemen.

Dann sagte Harry: „Ich werde das Porträt meiner Mutter jetzt mitnehmen", als er sich auf den Weg aus dem Zimmer machte.

Tremaine erhob sich. Er war so groß wie Harry. „Sie werden nichts dergleichen tun."

Harry drehte sich um. „Aber wir haben uns die Hand darauf gegeben. *Das Haus und alles, was darin war.*"

„Ich ... ich", stammelte Tremaine, „ich meinte, alles, was darin *ist.*"

„Sie wissen, dass das Porträt mir von Rechts wegen gehört."

„Junger Mann, ich habe noch nie in meinem Leben etwas getan, nur, weil es richtig war."

Das war der letzte Strohhalm. Harrys Faust landete auf Tremaines Kinn.

Dann wartete Harry mit erhobenen Fäusten auf den Mann. Statt anzugreifen, flogen Tremaines Hände jedoch an sein Kinn, und als er Blut auf seiner Hand sah, kreischte er wie eine Frau.

Diener, die offensichtlich als Wachen angestellt waren, kamen mit gezogenen Schwertern ins Zimmer geeilt.

Harry hob seine Arme. „Ich bin unbewaffnet und werde friedlich abziehen."

Tremaine sorgte dafür, dass seine Diener Harry den ganzen Weg bis zur Zugbrücke begleiteten.

* * *

Louisa saß noch immer beim Licht einer Kerze schreibend im Wohnzimmer, als Harry zurückkam. Als sie ihn sah, hellte ihr Gesicht sich auf und sie legte ihre Feder beiseite. „Oh, Harry, dem Himmel sei Dank, dass Sie zurück sind! Ich fing an, mir Sorgen zu machen."

Er legte den Kopf schräg und musterte sie mit diesen funkelnden Augen. „Kein liebster Harry?"

Sie konnte spüren, wie die Röte ihr in die Wangen stieg wie Rauch, der in einem Kamin aufsteigt. Er hatte sie am Tag seiner Genesung *doch* gehört. „Wie, Sie ... Sie Mistkerl!"

„Beruhigen Sie sich, Louisa."

„Nennen Sie mich nicht Louisa!"

Er legte beide Hände auf ihre Schultern und stupste ihre Stirn mit seiner an. „Ich sagte doch, dass ich mich weigere, Sie mit dem Namen dieses Mannes anzusprechen."

Sie schüttelte etwas von ihrem Ärger ab. „Sie haben das Gemälde nicht bekommen, nicht wahr?"

Mit einem grimmigen Ausdruck auf seinem Gesicht schüttelte er den Kopf und ließ sich auf der gepolsterten Bank, die dem Feuer zunächst stand, nieder. „Er hat sich einverstanden erklärt, mir Wycliff House zu verkaufen - für das Doppelte seines Wertes."

„Aber nicht das Porträt?"

„Nicht das Porträt", sagte er.

„Dann werden wir es einfach *zurückholen* müssen."

„Ich - nicht wir - Louisa. Der Mann ist geistesgestört. Ich will Sie nirgendwo in der Nähe des Schlosses wissen."

„Sie sollten mich inzwischen gut genug kennen, um zu wissen, dass Sie mir nichts befehlen können."

„Wenn Sie Ihr Geld wollen, werden Sie tun, was ich Ihnen sage."

„Das ist nicht fair. Wir haben Ihren Mann gefunden. Sie können jetzt Ihr Angebot nicht wieder zurückziehen."

Er zog seine Brauen zusammen und sagte leise: „Nein, das kann ich nicht und würde es auch nicht."

„Wenn ich mir einen schlauen Plan ausdenke, um das Gemälde zurückzuholen, würden Sie mir dann erlauben, Sie zu begleiten?"

„Ich werde darüber nachdenken."

„Ich auch", sagte sie glücklich.

* * *

Sehr zu Edwards Bestürzung fuhr er die ganze Strecke von Woking bis zum Cock and Stock Gasthof mit Miss Sinclair - als Junge verkleidet - auf dem Sitz neben sich. Um es schlimmer zu machen, hörte sie nicht auf, über diesen Kerl Bentham zu schwätzen. Edward hätte jetzt fast eine Erwähnung von Miss Grimm willkommen geheißen.

Er war sich nicht sicher, was er tun würde, wenn sie erst im Gasthof waren. Es war dunkel und sie konnten nicht weiterfahren, daher konnte er seine Entscheidung nicht länger aufschieben. Er konnte kaum ein privates Wohnzimmer für einen so schlecht gekleideten *jüngeren Bruder* verlangen. Er konnte keine andere Lösung sehen, als ein gemeinsames Zimmer zu nehmen. Dann, verdammt, würde er Miss Sinclair das Bett überlassen und selbst auf dem verfluchten Boden schlafen müssen.

Bevor sie vom Kutschbock stiegen, sprach er Miss Sinclair an. „Ich möchte, dass Ihnen klar ist, dass ich keinerlei Lust habe, Ihnen Ihre Tugend zu rauben, aber ich fürchte, wir werden uns heute Nacht ein Zimmer teilen müssen. Ich verspreche, dass ich Sie in keiner Weise berühren werde, Ihnen den Rücken zudrehe, wenn Sie sich auskleiden und auf dem Boden schlafen werde."

Sie seufzte. „Ich bin so froh, dass Sie das sagen, denn, wissen Sie, ich könnte an einem solchen Ort kaum allein in einem Zimmer schlafen. Das war einer der Gründe, warum ich mich Ihnen auf dieser Reise anschließen wollte. Ich hatte Angst, ohne Louisa noch länger am Grosvenor Square zu bleiben, und Sie schienen der einzige Mensch in London zu sein, dem ich vertrauen konnte."

Das Vertrauen der Dame konnte wirklich eine schwere Last sein. „Ihre Köchin war doch da", warf er mit heiserer Stimme ein. Es ließ ihn fast erröten, als er sich daran erinnerte, wie die fette alte Frau ihnen überall hin gefolgt war.

Sie dachte einen Moment darüber nach. „Alles in allem vertraue ich Frauen. Es sind die Männer, die mir Angst machen. Miss Grimm sagt ..."

Edward hob eine Hand. „Bitte, nicht mehr von Miss Grimm. Besorgen wir uns ein Zimmer."

Sie stiegen ab und gingen auf den Gasthof zu.

„Nein, nein", rief Edward aus. „Sie sollten besser hierbleiben, während ich das Zimmer miete. Ich möchte nicht, dass der Wirt Ihr Gesicht sieht. Ich komme Sie gleich holen."

Nachdem er ein Zimmer für sich und seinen Bruder gemietet hatte, aßen sie schnell in der Gaststube.

Er wartete, bis niemand sich in der Nähe der Treppe aufhielt, dann führte er sie heimlich nach oben.

Sobald er die Schlafzimmertür hinter sich geschlossen hatte, begann sie, mit dem Bettzeug herumzuräumen. „Was bitte machen Sie denn da?", fragte er.

„Wonach sieht das, was ich tue, denn aus, Dummchen? Ich mache Ihnen ein Bett auf dem Boden zurecht."

Wenigstens würde er nicht auf dem Holzboden schlafen müssen. Er setzte sich auf einen wackeligen Stuhl und fing an, sich die Stiefel auszuziehen. Er war wirklich teuflisch müde. Nichts war so anstrengend wie das Reisen. Man konnte kaum glauben, dass der Körper so schmerzen konnte, wenn man den ganzen Tag gesessen hatte. Er schaute von seinen Stiefeln auf und sah, dass Miss Sinclair ihm zwei Decken gegeben und nur eine für sich behalten hatte. „Sehen Sie her", widersprach er, „das kann ich Sie nicht tun lassen. Eine Decke ist alles, was ich brauche. Ich bleibe dicht beim Feuer."

„Ich bestehe darauf", sagte sie im gleichen Ton, wie seine Mutter ihn tausend Mal benutzt hatte. „Schließlich habe ich die Matratze und Sie nicht. Jetzt puste ich alle Kerzen aus und ziehe mein Nachtzeug an. Sie müssen sich umdrehen und die Augen zumachen."

Sie schaute zu, als er aufstand, sich umdrehte und seine Augen schloss, bevor sie das Licht löschte. Er stand ruhig da und lauschte auf die gedämpften Geräusche, die sie machte, als sie zuerst einen, dann den anderen Fuß hob, während sie sich auszog. Aber anstatt sie sich in ihren Jungenkleidern vorzustellen, dachte er an das hübsche, kleine Ding in Spitzenwäsche, wie Ruby sie tragen würde. Dann war er wütend auf sich selbst, weil er gleichzeitig an Miss Sinclair und an seine Mätresse gedacht hatte.

Und doch konnte er die Vorstellung von Miss Sinclair, mit ihrer milchweißen Haut, wie sie die Arme zu ihm hob - in Rubys weiße Spitzen gekleidet - nicht verdrängen.

Dann hörte er zu, wie sie unter die Laken kroch. Er zog seinen Rock aus, ließ die Hosen herunter und ließ sich erschöpft auf das Lager fallen, das Miss Sinclair neben dem Feuer für ihn vorbereitet hatte.

Als er gerade in Schlaf fallen wollte, rief die Dame seinen Namen.

„Ja?", antwortete er.

„Waren Sie je verliebt?"

Ruby zählte nicht. „Nein." Verflixtes Mädchen. Er war todmüde. Er schloss seine Augen fest, war aber nicht mehr so schläfrig wie zuvor. Er ertappte sich dabei, wie er über ihre Frage nachdachte und wurde von Neugier überwältigt. „Miss Sinclair?", flüsterte er ein paar Minuten später.

„Ja?"

„Und Sie?"

„Ob ich verliebt war?"

„Ja", sagte er ungeduldig.

„Nein, ich glaube nicht."

Ihre Antwort tröstete ihn wie warme Milch zur Schlafenszeit. Und doch konnte er nicht einfach einschlafen. Eine andere Frage nagte beständig an ihm. Schließlich flüsterte er wieder ihren Namen.

„Ja?", antwortete sie.

„Hat je ein Mann Ihnen einen Heiratsantrag gemacht?"

„Deshalb bin ich nach London gekommen", sagte sie.

Sein Herz schlug dröhnend. War sie nach London gekommen, um ihre Verbindung mit einem Mann zu schließen?

„Ich hörte, wie Papa einen Ehevertrag für mich mit Squire Wheeler verhandelte."

Jetzt raste sein Herzschlag. „Und ... welche Gefühle hegen Sie für Squire Wheeler?"

„Wie, der Mann ist so alt wie mein Vater und hat erwachsene Kinder in meinem Alter. Und er ist völlig kahl."

Edwards Hand fuhr durch seine Haare, um sich zu vergewissern, dass er noch nicht kahl wurde. „Was hat der verdammte Squire sich gedacht?", fragte Edward empört. „Zu versuchen, einem jungen Mädchen die Unschuld zu rauben. Gegen so etwas sollte es Gesetze geben." Jetzt fing er an, sich wie Miss Grimm anzuhören.

„Da stimme ich Ihnen zu, Mr. Coke."

Als Edward einschlief, waren seine Hände zu Fäusten geballt. Er hatte Lust, diesen kahlköpfigen Squire ins Gesicht zu schlagen.

Kapitel 23

Nachdem Harry zu Bett gegangen war, hatte Louisa weiter neben der Kerze gesessen und einen ihrer Artikel geschrieben, und als er aufwachte, schrieb sie noch immer, obwohl sie ein anderes Kleid trug.

Ihre Aufmerksamkeit erwachte, als sie sah, wie er sich rührte. „Ich habe mir einen Plan ausgedacht, Mylord."

Er griff nach dem Tee, den sie auf den Nachttisch gestellt hatte. „Erlauben Sie mir, zuerst meinen Tee zu trinken, bitte." Er zog die Laken hoch, um seine Blöße zu bedecken, nahm einen willkommenen Schluck und bat sie dann, sich umzudrehen, während er seine Hosen anzog. Louisas Sinn für Anstand ging zum Glück nicht so weit, dass sie barbrüstige Männer abstoßend fand.

Mit angezogenen Hosen und ganz geöffneten Augen drehte er sich zu ihr um. „Haben Sie die ganze Nacht über ihren Plan nachgedacht?"

Sie legte ihre Feder hin. „Natürlich nicht. Ich kann Sie wissen lassen, dass ich ziemlich gut geschlafen - *und* Mr. Lewis neuesten Artikel fast beendet habe."

„Werde ich das Privileg erhalten, ihn vor der Veröffentlichung zu lesen?"

„Wenn Sie möchten."

Er wusste, dass ihr viel daran lag, dass er ihn las. „Wovon handelt er?"

„Er ist eher ethisch als politisch. Es geht um

das Aussterben der Ehrlichkeit."

Seine Brauen zogen sich zusammen. „Sie könnten etliche Leute gegen den Strich bürsten."

Sie hob die Schultern. „Das macht mir nichts aus - wenn der Artikel etwas Gutes bewirkt."

„Oder, um den großen Jeremy Bentham zu zitieren, dem *Allgemeinen Wohl* dient."

„Sie wissen, Mylord, dass ich keine Bentham-Puristin bin", sagte sie entrüstet.

„Das weiß ich. Sie respektieren auch die Rechte des Individuums."

Sie nickte ihm herablassend zu.

Er trank seinen Tee aus und erhob sich, um sich fertig anzuziehen. Louisa, die sich wieder dem Schreiben ihres Artikels zugewandt hatte, schien keine Notiz von ihm zu nehmen. Er hatte sich so an ihre Gesellschaft gewöhnt, dass er ein Gefühl dafür bekam, wie es wäre, sein Leben mit jemand anderem zu teilen, so, wie mit einer Ehefrau.

Wie schade, dass er nie eine Frau finden würde, für die er so viel empfinden könnte wie für Louisa.

Als er fertig war, fragte er: „Bitte, jetzt könnten Sie mir über ihren guten Einfall, wie ich das Porträt meiner Mutter zurückholen kann, berichten."

„Wir."

Er presste die Lippen zusammen. „Ich, meine gute Frau", sagte er streng, „nicht wir."

„Dann sage ich es Ihnen nicht."

„Gut", fauchte er.

Als sie sah, dass er auf die Tür zuging, legte Louisa ihre Feder hin und stand auf. „Sie könnten sich meinen Plan wenigstens anhören."

Er verschränkte die Arme vor seiner Brust und

sah sie von oben herab an. „Erzählen Sie mir von Ihrem Plan."

„Das kann ich nicht, wenn sie dastehen und ungeduldig darauf warten, das Zimmer zu verlassen. Kommen Sie, setzen Sie sich zu mir auf das Bett."

Er durchschritt den Raum und setzte sich neben sie aufs Bett; ihre Oberschenkel lagen parallel nebeneinander. Er bemerkte, dass seiner gut acht Zoll länger nach vorn ragte als ihrer. Sie war wirklich kaum größer als ein Kind.

„Sagten Sie nicht, dass man alles kaufen könnte, vorausgesetzt, dass man ausreichend tiefe Taschen hätte?"

Er nickte. „Ja."

„Also dachte ich, Sie könnten für sich und mich Kleidung kaufen, die unsere Stellung im Leben verbirgt - das heißt, wenn Sie etwas finden können, das für Sie groß genug ist."

„Die Frage ist, ob wir etwas finden können, was für Sie klein genug ist. Das heißt, *sollte* ich Ihnen erlauben, dabei mitzumachen - was ich nicht tun werde."

Sie schaute ihn unter zusammengezogenen Brauen böse an. „Wenn wir entsprechend angezogen sind, bestechen Sie den Gemüsehändler, uns in seinem Wagen zu verstecken, wenn er nach Schloss Gorwick fährt. Während er seinen Geschäften nachgeht und die Köchin ablenkt, schleichen wir hinein. Dann warten wir auf die Dunkelheit. Sie nehmen das Porträt aus dem Rahmen, während ich Wache halte."

„Und wenn wir erwischt werden?"

„Dann nehme ich an, dass der böse Lord Tremaine Sie einfach wieder rauswerfen wird, so wie gestern."

Ihr Plan war am Ende gar nicht so schlecht. Und sie hatte vermutlich recht damit, dass Tremaine sie nur hinauswerfen würde.

Harry schaute Louisa mit mutwillig blitzenden Augen an. „Also gut. Es ist ein guter Plan." Er stand auf.

* * *

So sehr ihm die Aussicht, schon abgetragene Wollkleidung zu tragen, missfiel, wusste Harry doch, dass er sich wegen der kleinen Armee von Dienern, die ihn am Tag zuvor aus dem Schloss geworfen hatte, verkleiden musste. Die Verkleidung wurde zur Wirklichkeit, als er tatsächlich Kleider fand, die ihm passten. Nun, nicht wirklich passten, da er sich einen Strick um die Taille binden musste, um zu verhindern, dass die Hosen herunterrutschten. Der riesige Dorfschmied war der einzige Mann, der annährend so groß war wie Harry. Der Mann trennte sich für eine Guinea von seinen alten Kleidern. Der Zustand der abgelegten Kleider des Schmieds war allerdings miserabel. Er musste sie ein Dutzend Jahre täglich getragen haben und sie waren vermutlich nicht mehr als ein Dutzend Mal gewaschen worden. Kleidung für Louisa zu finden erwies sich als weit einfacher. Jede Menge Stallburschen wetteiferten darum, ihre alten Sachen für eine Guinee zu verkaufen. Nur bei einem von ihnen erwies sich jedoch die Größe als dieselbe wie Louisas und der arme Kerl hatte nur einen Anzug. Louisa versprach ihm, ihn so bald wie möglich zurückzubringen, hoffentlich noch an diesem Abend.

Sie gab einen recht niedlichen Jungen ab, dachte Harry. Natürlich waren ihre Brüste ein

kleines Problem, aber er fühlte sich nicht wohl
dabei, darüber mit ihr zu diskutieren, so gerne er
das auch getan hätte. Sie würde ihm vermutlich
eine Ohrfeige geben, wenn er das Thema hätte
anschneiden wollen.

Nun passend gekleidet, hatte Harry kein
Problem dabei, den Gemüsehändler für ein paar
Pfund zu überreden, zwei Leute mehr in den
Schlosshof mitzunehmen - und darüber zu
schweigen. Die Augen des einfachen Mannes
wurden rund, als er das Geld sah. Es war
vermutlich mehr, als er in etlichen Monaten
verdiente.

Harry war ziemlich überrascht, wie einfach es
war, in das Innere der Schlossmauern zu
gelangen. Er und Louisa trugen beide Körbe mit
Gemüse in die Küche hinunter, während der
Gemüsehändler selbst mit der Köchin sprach.

Von der Küche aus schlichen Harry und Louisa
die Dienstbotentreppe hinauf und krochen in die
Silberkammer. Da es hieß, dass Tremaine
zurückgezogen lebte, würde es sicher keine
Gesellschaft geben, für die das Silber poliert
werden müsste. Nur, um sicherzugehen,
versteckten Harry und Louisa sich in einem der
Unterschränke - was für Louisa kein Problem war,
aber Harry zwang, sich fast wie in einer Kiste
zusammenzufalten.

Sie hatten beschlossen, dort zu bleiben, bis die
vermutliche Zeit des Abendessens vorüber wäre.
Dann würden sie den Speisesaal betreten und
Lord Tremaine von seinem unrechtmäßig
erworbenen Porträt befreien.

Wenn die Zugbrücke über Nacht geschlossen
wurde, waren sie darauf vorbereitet, die Nacht
unter dem Tisch des Speisesaals zu verbringen

und das Schloss zu verlassen, wenn die Zugbrücke im ersten Morgengrauen wieder heruntergelassen würde.

Das Problem war nur, dass der verfluchte Schrank unerträglich heiß und für ihn viel zu klein war. Er entschied sich, es zu riskieren, sich einfach im Silberkabinett hinzu*stellen*. Schließlich war alles käuflich. Er würde einfach jeden, der ihn entdeckte, bestechen, um ihn ruhig zu halten.

Dann erinnerte Harry sich an die Furcht, die er auf dem Gesicht des Londoner Anwalts gesehen hatte, als er Harrys großzügiges Angebot ablehnte. Tremaine flößte Leuten diese Art von Furcht ein. Der Butler - oder wer auch immer sie fände - würde nicht anders reagieren, wurde Harry mit Enttäuschung klar.

Wenn er den verdammten Butler oder welcher Diener sie auch immer erwischen mochte, nicht bestechen konnte, würde er ihn einfach mit dem Strick, der seine Hosen festhielt, fesseln und dann knebeln müssen. Harry hatte keine Ahnung, wie er in einem solchen Fall seine Hosen festhalten sollte.

„Ich kann das keine Minute länger aushalten", flüsterte Harry Louisa zu.

„Ich weiß", flüsterte sie. „Ich kann kaum atmen."

„Ich fürchte, ich brauche alle Luft auf."

Harry, dem es unmöglich war, noch eine Minute länger in dem Schrank zu hocken, kletterte hinaus. Es fühlte sich verdammt gut an, seine Beine auszustrecken und die Lungen mit einem großzügigen Atemzug zu füllen.

Louisa folgte ihm.

„Was sollen wir tun, wenn einer der Diener hier hereinkommt?", fragte sie.

„Wir werden sehen müssen, ob meine Taschen tief genug sind."

Ein Jammer, dass in der Silberkammer kein Fenster war. Wie sollten sie wissen, wann die Nacht hereinbrach? Selbst jetzt am Morgen war die kleine Kammer so dunkel wie Mitternacht. Und sich vorzustellen, dass sie weitere zehn Stunden hier eingesperrt sein würden.

Er nahm Louisas Hand, glitt an der hinteren Wand hinab in eine sitzende Position und sie ließ sich neben ihm nieder. Wieder erfüllte ihn der Wunsch, diese schlanke Frau, die so dicht neben ihm in der Dunkelheit saß, zu beschützen. Er verfluchte sich selbst, dass er ihr erlaubt hatte, mitzukommen. Wenn ihr etwas zustieße ... das war zu schmerzhaft, es sich auch nur vorzustellen. Er wusste nur, dass er sein eigenes wertloses Leben geben würde, um ihres zu beschützen.

Sie saßen still im Dunkel für eine Stunde, keiner von ihnen brauchte Worte, um sich des anderen zu vergewissern, denn sie standen einander näher als Menschen, die nur durch blumige Worte aneinander gebunden waren - oder durch die Zeremonie eines Pfarrers.

„Harry?", flüsterte sie schließlich.

Nichts, was sie sonst hätte sagen können, wäre willkommener gewesen. Er hasste es, wenn sie wieder dazu überging, ihn *Mylord* zu nennen. *Harry und Louisa* passte zu ihnen und ihrer eigenartigen Beziehung. „Ja?", antwortete er leise.

„Ich vermute, wenn Sie Wycliff House wiederhaben, werden Sie eine Familie gründen wollen."

Woher wusste sie das? Seit dem Tag, an dem er Cartmoor Hall wieder in Besitz genommen hatte, war sein Ziel gewesen, eine gute Frau zu finden, die ihm Kinder schenken und damit die Nachfolge der Wycliffs sichern würde. Bis er Louisa kennenlernte, hatte er nie gedacht, dass er eine Frau finden könnte, die sein Herz ebenso besaß wie sein Vater das Herz seiner Mutter. „Das ist der springende Punkt", sagte er.

Einen Moment lang schwieg sie. „Sie möchten die Familie wieder aufbauen, die Ihnen früher so viel bedeutet hat", sagte sie mit unverkennbarer Traurigkeit in ihrer Stimme.

„Sie kennen mich zu gut", sagte er knapp.

Schweigen breitete sich zwischen ihnen aus. Sie konnten das Schlurfen der Füße der Diener vor ihrer winzigen Kammer hören und gegen seinen Willen begann sein Herz jedes Mal, wenn Schritte sich näherten, zu rasen. Nicht seinetwegen. Angst war ihm immer fremd gewesen, aber eine lähmende Furcht um Louisa verzehrte ihn. „Vielleicht sollten Sie wieder in den Schrank kriechen. Wir können die Tür ein wenig offen lassen und ich würde sie schnell schließen, wenn unsere Anwesenheit entdeckt werden sollte.

„Nein! Ich glaube, ich würde eher sterben, als ohne Sie weiterzumachen."

Ihre Worte überfluteten ihn mit einer Woge leidenschaftlicher Emotionen. Sein Arm glitt um ihre schmalen Schultern und seine Lippen suchten hungrig nach ihren.

Sie hob ihr Gesicht und kam seinem Kuss eifrig entgegen.

Der Kuss, das Gefühl, wie ihr Körper sich an seinen presste, die vernichtende Wirkung, die das auf seine Willenskraft hatte, waren alle tausend Mal stärker als alles, was er sich in diesen vielen Nächten, in denen er neben ihr gelegen und davon geträumt hatte zu tun, was er jetzt tat, vorgestellt hatte.

Sich von ihr loszureißen war das Schwerste, was er je getan hatte, aber ihre Leben standen auf dem Spiel. Er durfte es sich nicht erlauben, schwach zu werden. Gerade ihretwegen nicht. Er musste sie retten.

Sie schwieg, als er sich zurückzog. Er fürchtete, sie gekränkt zu haben. „Ich wünschte, ich könnte meine Uhr erkennen", sagte er in einem schwachen Versuch, ihre Gedanken auf etwas anderes zu lenken. „Wie sollen wir wissen, wann die Abendmahlzeit vorbei ist?"

„Ich erwarte, dass wir die Geräusche von Geschirr hören, das in die Küche zurückgetragen wird."

Lange Zeit verstrich in Schweigen. Die arme Louisa, dachte er, lernte gerade zum ersten Mal in ihrem Leben, einem Mann zu vertrauen, und jetzt hatte er sich ihr aufgedrängt. Er war ein schlechter Kerl! Dann erinnerte er sich an den süßen Geschmack ihrer Lippen - Lippen, die begierig die seinen gesucht hatten. Er erinnerte sich auch an das Glück, das er bei ihren Worten empfunden hatte, als sie sagte, sie würde lieber mit ihm sterben. Dieser Gedanke gab ihm die Kraft zu hoffen, dass der nette kleine Blaustrumpf ihn doch nicht so widerwärtig fände. Er durfte nichts tun, was sie abstoßen würde. Sie war ihm viel zu kostbar, als dass er sie wegen seiner eigenen fleischlichen Gelüste hätte verlieren wollen.

Nachdem mehr als eine Stunde vergangen war, sprach sie wieder. „Ich hatte nicht daran gedacht, wie hungrig ich werden würde."

In der Dunkelheit suchte er nach ihrer Hand

und drückte sie. „Sie können sich nach Herzenslust satt essen, sobald wir das Gemälde haben." Sein Herz sank. Was, wenn sie erwischt würden? Er konnte nicht sicher sein, dass Tremaine es nicht vorziehen würde, selbst eine Strafe auszuteilen. Harry konnte Louisas Sicherheit nicht aufs Spiel setzen. Plötzlich schien das Porträt seiner Mutter das übergroße Risiko nicht wert.

Er stand auf. „Mir ist die Lust vergangen, mir das Porträt meiner Mutter so zurückzuholen. Wenn ich Tremaine genug Geld anbiete, erlaubt er mir vielleicht, es kopieren zu lassen."

„Hören Sie doch", flüsterte Louisa, „das ist das Geräusch von Geschirr."

Das Klappern aufeinandergestapelter Teller kam näher und verklang dann. Tremaine hatte seine Mahlzeit beendet.

Louisa kam und stellte sich neben ihn. „Jetzt können wir es holen, Harry. Sie sind so weit gekommen, ich kann Sie nicht mit leeren Händen gehen lassen."

„Es könnte gefährlich sein."

„Sie haben kein Vertrauen in meinen Plan", sagte sie enttäuscht.

Er konnte sich das Schmollen ihres kleinen Mundes, der einer Rosenknospe so ähnelte, vorstellen. Er hasste es verteufelt, ihr Selbstvertrauen zu zerstören. „Es war ein ausgezeichneter Plan, aber ich scheine ein zu großer Feigling zu sein, um ihn durchzuziehen."

„Sie lügen, um mich zu schützen. In ihrem Körper ist keine Faser von Feigheit."

„Sie kennen mich nicht so gut, wie Sie glauben."

„Oh doch, Harry", sagte sie mit weicher

Stimme. Dann legte sie sanft eine Hand auf seinen Arm. „Bitte Harry, gehen wir das Porträt Ihrer Mutter holen. Ich bin sicher, dass wir unbemerkt bleiben werden."

Sie klang so zuversichtlich, dass seine Angst wie weggeblasen war. „Nun gut. Sollen wir aufbrechen, Mr. Lewis?"

„Sie erinnern sich daran, wo der Speisesaal ist?", flüsterte sie.

„Im nächsten Stock. Ich denke, wir sollten die Dienstbotentreppe benutzen."

Er drängte sich vor sie, so dass er der erste sein würde, der aus der Tür trat. Er schlich über den kalten Steinfußboden des Flurs und drehte sich um, um ihr ein Zeichen zu geben, dass sie ihm folgen sollte. Dann betrat er die Treppe und setzte seinen Fuß auf die erste Stufe. Sobald er das getan hatte, hörte er zwei lachende Zimmermädchen auf dem Treppenabsatz über ihm.

Louisa und er huschten zur Silberkammer zurück und legten die Ohren an die Tür. Sie warteten, bis die Frauen vorbei gegangen waren und verließen dann erneut die Zuflucht der Kammer.

Diesmal schafften sie es die ganze Treppe hinauf. Sie sahen und hörten niemanden.

Als sie im Hauptflur ankamen, fragte er: „In welcher Richtung liegt der Speisesaal von hier aus?"

„Ich glaube, er ist am anderen Ende dieses Flurs, aber wir können wir es vermeiden, dass die Lakaien uns sehen, die am Ende des Flurs stehen?"

„Wir können in den ersten Raum schleichen und ich kann von dort aus dem Fenster klettern und durch das Fenster in den Speisesaal kommen.

„Nur, weil der Speisesaal modernisiert wurde und große Fenster hat, bedeutet das nicht, dass auch die anderen Zimmer solche haben. Erinnern Sie sich, wie hoch und klein Fenster in Schlössern normalerweise sind?"

„Da haben Sie recht", sagte er.

„Nicht zu vergessen, dass wir nicht im Erdgeschoss sind. Können Sie seitwärts klettern?"

„Damit haben Sie auch recht."

„Es ist wirklich gut, dass ich mitgekommen bin."

Sie standen dort am Fuße einer andern Hintertreppe und hatten keine Ahnung, wie sie in den Speisesaal gelangen sollten. Nach längerer Zeit und einem Dutzend unbrauchbarer Einfälle rief er aus: „Ich habe eine Idee!"

„Welche?"

„Ich fürchte, wir werden Sie als Ablenkung benutzen müssen. Sie müssen versuchen, die Haupttreppe hinaufzuschleichen und dann die Lakaien, die am anderen Ende des Flurs stehen, ablenken."

„Wie soll ich sie ablenken?"

„Sicher nicht mit weiblichen Listen", murmelte er. „Nicht, wo Sie so angezogen sind."

„Ich weiß! Wenn ich vortäusche, ein Junge zu sein und sage, dass ich nach meinem Papa suche, der im Schloss etwas zu erledigen hatte. Ich kann sagen, ich hätte mit den Kätzchen gespielt und fürchte, dass er mich hier vergessen hat."

„Woher wissen Sie, dass es hier Kätzchen gibt?"

„Das weiß ich nicht." Sie lächelte. „Die dort aber auch nicht."

„Da ist nur ein wesentliches Problem", sagte er

zögernd.

„Welches, bitte?"

„Ihre ... Ihre Brüste." Er hüstelte.

Sie schaute auf ihre Brust hinab. Wenn man genau hinsah, konnte man zwei weiche Hügel in der Größe kleiner Äpfel bemerken. „In diesem Punkt haben Sie recht."

„Mehr in zweien", murmelte er. „Verzeihung, das konnte ich mir nicht verkneifen."

Sie funkelte ihn an. „Ich fürchte, wir müssen zurück in die Silberkammer. Da waren viele Lappen in dem Raum, die ich benutzen könnte, um meinen Busen flacher zu machen, indem ich ihn einbinde."

Zu seiner Bestürzung raste sein Herz, als sie dieselbe Treppe hinuntergingen, die sie gerade heraufgekommen waren.

Die einzige Möglichkeit, in der Silberkammer etwas zu sehen, war, die Tür offenzulassen, während Louisa nach den längsten Stoffstücken suchte. Dann, nachdem sie die Tür geschlossen hatte und völlige Dunkelheit herrschte, drehte sie Harry den Rücken zu und zog das Jungenhemd aus. „Mein Hemd ist weg. Sie können mir die Lappen jetzt umbinden."

Er begann, mehrere Lagen von Stoffstreifen fest um ihre Brust zu wickeln und sie im Rücken zu verknoten. Es war verdammt schwierig, nicht an ihre Brüste zu denken, und der Teufel mochte ihn holen, wenn er nicht das Verlangen unterdrücken konnte, sie zu sehen und zu berühren. Aber das musste er natürlich.

Als sie fertig waren, ging es wieder die Treppe hinauf. Er stand in der Nähe der Dienstbotentreppe, während Louisa den Hauptflur entlang schlich, wo sie die Lakaien ablenken sollte.

Direkt um die Ecke von den beiden livrierten Dienern am anderen Ende des Flurs wartete Harry und machte sich die nächsten zehn Minuten lang Sorgen. Mit Erleichterung hörte er Louisas kindliche Stimme mit den Wachen sprechen.

Während dieser Ablenkung fiel Harry auf seinen Bauch und kroch, sich wie eine Schlange windend, in das erste Zimmer. Zum Glück war es das Schreibzimmer der Dame des Hauses, das war deshalb gut, weil es keine Schlossherrin gab. Er kam auf die Füße und ging durch den Raum, ließ sich dann wieder auf den Boden fallen, um ein paar Fuß weiter den Flur entlang zum Speisesaal zu kriechen. Louisas Stimme war zu hören, wie sie mit den Lakaien sprach, von denen Harry annahm, dass sie einen Fleck auf dem Boden ebenso wenig bemerken würden wie einen Riesenkerl wie ihn selbst, der den Gang hinunter gekrochen kam.

Alles ging gut und er erreichte sicher den roten Speisesaal, wo er erleichtert aufseufzte. Er erinnerte sich daran, dass die Haushälterin ihn das Rosenzimmer genannt hatte. Die Kerzen brannten nicht mehr, aber das Zimmer lag nicht in völliger Dunkelheit, da seine großen Fenster auf den von Laternen erhellten Schlosshof hinausführten.

Er schaute voll Verehrung zum Porträt seiner Mutter auf. Himmel, es sah ihr so ähnlich, dass er fast ihr Lavendelparfüm riechen und das sanfte Flüstern ihrer geliebten Stimme hören konnte. Einen Moment stand er da und bewunderte ihre Eleganz. Es war, als erfüllte ihre heitere Gegenwart den Raum und enthöbe ihn all seiner

Ängste.

Dann schob er einen Stuhl zum Kamin hinüber, um darauf zu steigen und den goldenen Rahmen mit dem Porträt seiner Mutter abzunehmen. Er war verdammt schwer, aber er schaffte es, ihn festzuhalten und auf dem Boden abzustellen. Dann ging er daran, die Leinwand aus dem Rahmen zu lösen.

In diesem Moment füllte helles Kerzenlicht den Eingang.

Er drehte sich um und erblickte ungefähr ein Dutzend Diener, von denen einige Kerzenleuchter, andere Schwerter trugen. Sie standen zu beiden Seiten Tremaines, auf dessen Gesicht ein sadistisches Grinsen lag.

Und auch Louisa war dort, mit einem Knebel über ihrem Mund und einem Messer an ihrem Hals.

Kapitel 24

Harry hatte oft genug der Gefahr ins Auge gesehen, aber noch nie zuvor eine so lähmende Furcht empfunden wie die, die ihn jetzt beim Anblick Louisas mit einem Dolch, der ihren schönen Hals aufzuschlitzen drohte, gepackt hielt. Er unterdrückte seine erste Regung, dem Mann, der das Messer hielt, seine Faust ins Gesicht zu schlagen. Seine erste Sorge musste Louisas Sicherheit gelten.

Sein Blick huschte zu ihr. Sie stand stolz, geradezu königlich, an der Seite des sie überragenden Wächters. Niemand außer Harry, der sie so bis ins Innerste kennengelernt hatte, hätte je die Sorge auf ihrem süßen Gesicht erkannt.

„Es scheint, ich habe Sie ausgetrickst, Wycliff", sagte Tremaine. „Sagen Sie, wo haben Sie sich den ganzen Nachmittag versteckt?"

Harry, auf dessen Brust eine Schwertspitze gerichtet war, weigerte sich zu antworten.

„Auch egal." Tremaine wedelte mit einer ringgeschmückten Hand. „Wir wussten, dass Sie den ganzen Tag hier waren, aber da ich wusste, dass Sie es auf dieses Zimmer abgesehen hatten, haben wir gewartet."

„Bitte nehmen Sie den Dolch vom Hals des Jungen", sagte Harry und beobachtete Louisa mit wachsender Furcht.

Tremaine legte den Kopf zurück und lachte herzlich. „Kommen Sie schon, Wycliff, Sie werden mich doch sicher nicht für einen Idioten halten. Ich weiß, dass Ihre Reisebegleitung niemand anders ist als Godwin Phillips' schöne junge Witwe."

Harrys Puls ging schneller und sein Mund blieb offen stehen. „Wie kommen Sie denn auf diesen Gedanken?", fragte Harry und versuchte, ungläubig zu klingen. Alles, um sie von Louisas Spur abzulenken.

„Ich habe Spione in Falwell, die mich über die Aktivitäten von *Mr. und Mrs. Smith* auf dem Laufenden hielten, aber erst als Sie gestern von Godwin Phillips' Witwe sprachen, wusste ich es wirklich." Tremaines Augen schauten in die Ferne. „Ich kenne die Anzeichen, wenn ein Mann sehr verliebt ist."

Harry erkannte blitzartig die Wahrheit in den Worten des irrsinnigen Mannes. Er liebte Louisa wirklich.

Und er musste sie hier herausschaffen.

„Lassen Sie uns gehen, Tremaine und Sie bekommen Ihre fünfzigtausend Pfund - sowie mein Wort als Gentleman, dass ich Ihr übles Spiel nie aufdecken werde. Ich möchte Sie nur um die Zustimmung bitten, das Porträt meiner Mutter kopieren zu lassen."

Ein unbarmherziger Ausdruck legte sich auf Tremaines Gesicht. „Ich werde nicht in der Lage sein, Ihnen diesen Gefallen zu tun. Sehen Sie, Mrs. Phillips weiß zu viel über mich und meine Aktivitäten. Ich habe diesem Narren von ihrem Ehemann befohlen, seiner Frau nichts zu erzählen, aber ich sehe, dass er sein Wort nicht gehalten hat, was mich nicht überraschen sollte."

„Er hat ihr nichts erzählt", entgegnete Harry. „Lassen Sie sie gehen. Sie kämpfen gegen mich, nicht gegen sie."

„Tatsächlich gilt mein Kampf jetzt ihnen beiden, obwohl ich denke, Kampf ist nicht das richtige Wort." Tremaine trat zurück und strich seinen Bart, wobei er zuerst Harry und dann Louisa anschaute. „Sehen Sie, Kampf beinhaltet zwei irgendwie gleiche Seiten, wo etwas erwidert wird. Aber Sie und Mrs. Phillips werden nicht in der Lage sein, zurückzuschlagen." Er schaute das Dutzend riesiger Diener an. „Ich habe noch nicht beschlossen, auf welche Weise ich mich ihrer beider entledigen werde. Es ist sehr schwierig, einen Earl loszuwerden, selbst, wenn die guten Leute in Falwell Sie nur als *Mr. Smith* kennen."

„Bitte", sagte Harry, „lassen Sie sie gehen."

„Das kann ich nicht. Was ich jedoch kann, ist, Sie beide im Turm einzusperren, bis ich entschieden habe, was ich mit Ihnen tun soll."

Tremaine wollte schon aus dem Raum schlendern, als er sich noch einmal umdrehte. „Kopf hoch, Wycliff. Da ich immer dafür bin, Liebe zu ermutigen, werde ich Sie und Mrs. Phillips zusammen sterben lassen."

* * *

Wenigstens war in dem Turmzimmer, in dem sie eingeschlossen waren, ein Fenster, dachte Louisa. Ein schwacher Lichtschimmer in erdrückender Düsternis. Natürlich war das schmale Fenster durch sein Gitter so sicher verschlossen wie der Balken, der vor der Tür aus schwerem Holz lag.

Harry hatte die letzte Kraft, die er besaß, für den Versuch aufgeboten, die Gitterstäbe am Fenster aus der Fassung zu brechen. Nicht, dass ihnen das viel geholfen hätte. Der Abgrund unter dem Turmfenster musste hundert Fuß tief sein.

Im Mondlicht konnte Louisa Harry auf dem Steinfußboden sitzen sehen. Da er an die raue, heimgewebte Leinwand nicht gewöhnt war, hatte er das Hemd ausgezogen. Sie konnte ebenso wenig ihre Blicke von seinem prachtvollen Körper abwenden wie sie aufhören konnte zu atmen. Ihr Blick wanderte von seinen festen Schultern an den harten Muskeln seiner männlichen Brust zu seiner schmalen Taille, wo ein Strich schwarzer Haare unter der mit dem Seil befestigten Taille der früher dem Schmied gehörenden Hosen verschwand.

Sie schluckte schwer. „Harry?"

„Nicht mehr Lord Wycliff?", fragte er in neckendem Ton.

„Nie mehr Lord Wycliff", sagte sie mit einem Seufzer. „Ich habe beschlossen, Ihnen das Leben, das Sie früher geführt haben, zu vergeben."

„Das sind wirklich willkommene Neuigkeiten." Er klang nicht ernst. „Wie habe ich solche Vergebung verdient, wenn ich fragen darf?"

Ihre Worte kamen schnell und eindringlich. „Weil wir sterben werden, und ich kann nicht in den Tod gehen, ohne Ihnen zu sagen, wie nahe ich Ihnen gekommen bin und wie viel mir inzwischen an Ihnen liegt. Deshalb." Sie schluckte schwer und war dankbar, dass Harry ihre Demütigung nicht sehen konnte.

Er kam in zwei Schritten durch das Zimmer, fiel vor ihr auf ein Knie und nahm ihre Hand. „Meine liebste Louisa, ich werde als sehr glücklicher Mann sterben."

Dann zog er sie in seine Arme und hielt sie sehr lange Zeit fest. Sie konnte kaum glauben, dass er fortfuhr, *meine Herzallerliebste* und *mein Engel* in ihr Ohr zu flüstern, während er eine Spur von

Küssen von ihrem Ohr bis zum Ansatz ihrer Brust hinterließ. Konnte er sie wirklich so lieben wie sie ihn? „Verdammt, Louisa, wirst du mir erlauben, diese lächerlichen Bandagen zu lösen?"

Sie nahm sein Gesicht in beide Hände und nickte feierlich. Er schob seine Hände unter ihr Hemd, schaffte es, die Stoffstreifen aufzuknüpfen und sie auf den kalten Steinboden zu werfen. Dann nahm er ihre Hände und küsste sie. „Ich bin deiner Zuneigung nicht wert. Deshalb habe ich mich zeitweise so abscheulich dir gegenüber benommen. Du bist viel zu gut für mich."

Sie streichelte die kräftigen Flächen seiner Wangen mit einer Hand. „Sag das nicht, liebster Harry. Ich bin froh, dass wir, wenn wir schon sterben müssen, zusammen sterben werden, denn ich glaube nicht, dass ich ohne dich leben könnte."

„Ich glaube, ich wusste seit dem Tag, an dem ich dich zum ersten Mal gesehen habe, dass mein Leben ohne dich wertlos wäre."

Sie kam mit offenen Armen auf ihn zu und ihre Lippen trafen sich zu einem hungrigen, feuchten Kuss. Sie liebte es, ihn zu fühlen, zu schmecken, zu riechen ... alles an Harry Blassingame, dem siebten Earl von Wycliff. Auch wenn er ein Aristokrat war.

„Ich liebe dich mit meinem ganzen, schurkischen Herzen, meine Herzallerliebste", flüsterte er und vergrub sein Gesicht an ihrem Hals.

„Wir werden in alle Ewigkeit zusammen sein."

Er küsste sie schnell und richtete sich dann auf. „Verdammt, soll das alles sein, Louisa, ich will nicht sterben. Nicht jetzt, wo ich dich habe. Verstehst du nicht? Wir müssen am Leben bleiben. Ich will dich heiraten. Ich möchte, dass du meine Kinder bekommst." Er streckte die Hände aus und küsste sie dann zärtlich. „Ich möchte mit diesem schönen Blaustrumpf an meiner Seite alt werden."

„Oh, liebster Harry, das ist das Netteste, das jemals jemand zu mir gesagt hat."

„Ich wollte es schon früher sagen, aber ich glaubte nicht, dass du mich ertragen könntest."

„Was war damit, als ich dich *liebster Harry* nannte, als du nach deiner Krankheit wieder das Bewusstsein erlangtest?"

„Ich dachte, es wäre ein Engel, der gesprochen hätte", sagte er neckend. „Ich dachte nicht, dass wir zusammenpassen könnten, weil du so gut und ich so verrucht bin."

„Du bist nicht verrucht."

„Vergiss die Diskussionen der Vergangenheit. Jetzt kommt es auf die Zukunft an."

„Aber du hast schon jede Möglichkeit untersucht, die du dir vorstellen könntest, um hier wegzukommen, und festgestellt, dass eine Flucht aus dem Turm unmöglich ist."

Er hob einen Finger an sein Kinn und trommelte dagegen. „Es muss einen Weg geben."

„Glaubst du, Lord Tremaine meinte es so, als er sagte, er würde uns hier sterben lassen? Meinst du, er beabsichtigt, uns zu Tode hungern zu lassen?"

„Wir werden es abwarten müssen."

* * *

Nicht nur, weil sie völlig ausgehungert waren, da sie am Abend zuvor nichts gegessen hatten, waren Louisa und Harry erleichtert, als am nächsten Morgen ein schwerbewaffnetes Paar Diener die Tür zu ihrem Turmgefängnis öffnete, zwei Schüsseln Haferbrei und ein Stück altes Brot auf den Boden knallte und dann die Tür wieder schloss und verriegelte.

Sie aßen gierig, obwohl der Haferbrei kalt und das Brot alt waren.

„Also sollen wir nicht zu Tode hungern", sagte Harry, als sie fertig waren. „Das ist gut."

„Das wird dir Zeit geben, dir einen Fluchtplan auszudenken. Ich wage es nicht, das zu versuchen. Mein Plan, um uns *herein*zubringen, hat sich als fatal erwiesen."

„Ich werde darüber nachdenken."

Louisa lehnte an der Wand ihres winzigen Zimmers und beobachtete ihn.

Sein erster Gedanke galt Sinjin. Wie schade, dass er seinen Freund nicht gebeten hatte, früher als am ersten April zu kommen. Harrys vernünftige Seite wusste, dass die Rettung nur von äußeren Kräften kommen könnte.

Nur ein Narr würde es für möglich halten, die eigene Flucht aus einer schwer bewaffneten Festung wie dieser zu versuchen. Aber um die Frau, die er liebte, zu beruhigen, würde er seinen Verstand mit hypothetischen Plänen für ihre Flucht beschäftigen.

Während der nächsten Stunde erfüllte Schweigen ihre kleine Zelle, während er über die Flucht nachdachte. Schließlich sagte er, er hätte einen Plan, aber es könnte schwierig werden. „Meinst du, sie haben vor, uns nur einmal am Tag zu essen zu geben?"

Sie hob die Schultern.

Er kam zu ihr und legte seine Hände auf ihre Schultern, um sie sanft zu küssen. „Ich will annehmen, dass wir die Mahlzeit - so will ich es in Ermangelung einer besseren Bezeichnung nennen

- jeden Morgen etwa um die gleiche Zeit erhalten. Einverstanden?", fragte Harry.

„Ich schätze, ja."

„Um welche Zeit, würdest du sagen, sind sie heute Morgen gekommen?"

„Ich habe keine Ahnung", antwortete sie. „Es war noch dunkel."

Er fuhr fort, ihr die Einzelheiten seines Plans zu erklären.

* * *

Harry blieb die ganze Nacht über wach. Er konnte es sich nicht erlauben, einzuschlafen. Er lag neben ihr, sein Magen schmerzte vor Verlangen nach Nahrung, und doch fühlte er sich seltsam trunken vor Befriedigung wegen Louisas Nähe. Obwohl er wusste, dass eine Flucht unmöglich war, schwor er, dass er versuchen würde, hier herauszukommen. Er hatte in seinem Leben noch nie etwas so sehr gewollt wie ein langes Leben mit seiner Herzallerliebsten zu verbringen.

Als es auf seiner Uhr halb fünf Uhr früh war, verließ er Louisas Seite und versuchte, an der Steinwand hinaufzuklettern, aber er schaffte es nur, Louisa zu wecken.

„Ah, es ist gut, dass du wach bist", sagte er. „Ich fürchte, ich werde mein Gewicht auf deinen Rücken stützen müssen."

Sie warf ihm einen verwirrten Blick zu. „Du musst was?"

„Komm her, Liebste."

„Wenn du jetzt so gut sein würdest", sagte er, als sie zu ihm kam, „dich wie ein Hund auf den Boden zu kauern, damit ich auf deinen Rücken steigen kann. Ich versuche, mein Gewicht nur eine Sekunde auf dir lasten zu lassen."

Sie tat, was er ihr sagte.

Er schaute nach oben, benutze dann kurz ihren Rücken als Sprungbrett, indem er einen Fuß darauf setzte und sich mit dem anderen nach oben stieß. Er sprang in die Luft, griff nach der seit langem unbenutzten Laterne, die von der Decke hing und schaffte es beim ersten Versuch, sie zu packen. „Danke Madam. Ihre Dienste werden nicht länger benötigt." Himmel, aber seine Hände brannten vom dem Griff um das Schmiedeeisen.

Sie sah zu ihm auf. „Was machst du da?"

„Ich hänge mich über den Eingang. Wenn ich Schritte vor der äußeren Tür höre, werde ich meine langen Beine anziehen, und wenn sie die Tür öffnen, mich auf sie stürzen. Wenn du das kannst, möchte ich, dass du ihnen die Waffen abnimmst, aber sei vorsichtig, damit du nicht verletzt wirst."

Sie lächelte zu ihm auf. „Ein brillanter Plan, von meinem höchst intelligenten Lord."

„Es ist verdammt schwierig, sich hier festzuhalten."

„Das glaube ich gern."

Seine Arme brachten ihn halb um. Sie taten so weh, dass er bezweifelte, dass er einen festen Schlag ausführen könnte, wenn die Gefängniswärter kamen.

Aus zehn Minuten wurden zwanzig. Wenn es nicht für Louisa gewesen wäre, hätte er inzwischen aufgegeben und akzeptiert, dass eine Flucht nicht möglich war.

Er glaubte wirklich nicht, dass er es noch länger aushalten könnte. Er dachte daran, hinabzuspringen und zu warten, bis er sie hörte, um sich dann wieder über Louisas Rücken nach oben zu schwingen. Aber er erinnerte sich daran, dass die Männer gestern, nachdem sie die Schritte gehört hatten, sofort bei ihnen gewesen waren.

Er musste weiter durchhalten. Himmel, aber es war schwer, das Schwierigste, was er je getan hatte. Es war ein Wunder, dass seine Arme nicht schon zehn Fuß lang geworden waren.

Dann hörte er das Knallen der Absätze der Gefängniswärter.

Er hob seine Beine parallel zum Boden.

Er hörte die Worte eines der Gefängniswärter. „Weiß nicht, wie lange der Herr sie hier festhalten will."

Schlüssel klapperten. *Oh, Gott, bitte, beeilt euch.*

Die Tür öffnete sich quietschend, dann weiter. Der Gefängniswärter mit dem Essen schaute sich im Raum nach einer Spur von Harry um.

Harry ließ sich auf den anderen Gefängniswärter, den mit dem gezogenen Schwert, fallen.

Kapitel 25

Edward hatte Cornwall verflucht satt. Seit drei Tagen waren sie jetzt in zwei Dutzend abgelegener Dörfer gewesen und hatten jeden Mietstall in Cornwall nach Harrys Kutsche durchsucht. Obwohl sie sie nicht gefunden hatten, waren ihnen eine Reihe von Stallburschen begegnet, die sich lebhaft an die *großartige, vierspännige Kutsche erinnerten.* Es passierte nicht oft, dass eine solche durch diese Gegend kam. Harrys Weg ging stetig nach Westen.

Edward hatte auch erfahren, dass Harry und Mrs. Phillips als Mr. und Mrs. Smith reisten. Diese Information könnte sich noch als nützlich erweisen.

Er warf Miss Sinclair einen verstohlenen Blick zu. Wenigstens hatte Harry das Vergnügen, mit einer Dame zu reisen. Einer Frau, die wie eine Frau angezogen war, mit Brüsten und allem. Und er würde wetten, dass Harry auch nicht auf Holzböden schlafen musste. Wenn er Harry so gut kannte, wie er dachte, hatte es sein Cousin inzwischen unter Mrs. Phillips' Röcke geschafft.

Er schaute zu Miss Sinclair und seufzte. Keiner seiner Freunde würde ihm glauben, dass er tagelang mit einer jungen Frau zusammen reisen, mit ihr das Schlafzimmer teilen könnte, ohne unter ihre Röcke zu kommen. Oder in Miss Sinclairs Fall, in ihre Hosen.

Aber wenn er darüber nachdachte, wurde ihm klar, dass er nie mit jemandem über diese Reise mit Miss Sinclair sprechen würde. Das würde ihr nicht wiedergutzumachenden Schaden zufügen. Und das konnte er nicht zulassen.

Während der letzten halben Stunde hatte Miss Sinclair ihm die Feinheiten von Jeremy Benthams Vortragsreihe dargelegt. Er war froh darüber. Denn bei ihrer Wiederholung dachte er, dass er tatsächlich verstand, was der verflixte Kerl gesagt hatte. Nicht, dass es für ihn wirklich eine Rolle spielte, aber er könnte in die Verlegenheit geraten, mit Miss Sinclair darüber diskutieren zu müssen, und er mochte es wirklich nicht, wie ein dämlicher Trottel dazustehen.

Sie hörte auf zu reden und es wurde still. Bei weitem zu ruhig. Er hatte sich an Miss Sinclairs Geplauder gewöhnt. Schließlich fing sie wieder an. „Ich habe überlegt, Mr. Coke …"

„Ja?"

„Nun, ich dachte darüber nach, ob sie gerne sich heute Nacht das Bett mit mir teilen würden." Bevor er antworten konnte, erklärte sie es näher. „Sie haben sich als wahrer Gentleman erwiesen und ich bin sicher, dass es schwer für Sie sein muss, wenn Sie den ganzen Tag fahren, obwohl Ihr ganzer Körper noch schmerzen muss, nachdem sie die Nacht zuvor auf dem Boden geschlafen haben."

Seine Gedanken wanderten zur bevorstehenden Nacht. Leider reagierte er unterhalb der Taille. Es würde wirklich nicht angehen, ein Bett mit Miss Sinclair zu teilen. Schließlich löste sie nachts diese Bandagen von ihren Brüsten … und an einem Morgen, als er vor ihr aufgewacht war, hatte er gesehen, dass sie in einem dünnen Leinenhemd schlief, unter dem er deutlich den Umriss ihrer Brustwarzen sehen konnte.

Er war kein Mann, der stark genug war, solcher Versuchung zu widerstehen. Und außerdem hatte er keine Lust, auf dem Rest der Reise ein blaues Auge zu kühlen, das Miss Sinclair ihm sicher schlagen würde. „Es macht mir gar nichts aus, auf dem Boden zu liegen", log er. Seine verderbte Lebensweise würde noch sein Ende sein.

„Oh", sagte sie kleinlaut. Sie klang fast enttäuscht.

Sie fuhren lange Zeit, ohne dass sie etwas zu ihm gesagt hätte. Ihm missfiel diese schweigsame Miss Sinclair sehr. Und er befürchtete auch, dass er sie verärgert hatte.

Daher war er erleichtert, als sie ihn ansprach. „Mr. Coke?"

„Ja", sagte er lächelnd, weil sie nicht zornig klang.

„Sie müssen mir von Ihren anderen mutigen Taten erzählen."

„Anderen?"

„Allein durch ganz Westengland zu rasen, um Übeltäter zu verfolgen, ist sehr mutig, ganz bestimmt."

„Nun, Miss Sinclair, wir wissen ja nicht, ob Ihre Schwester und Harry auf Übeltäter gestoßen sind."

„Aber wenn es so ist, sind Sie mutig dazu bereit, es mit ihnen aufzunehmen."

Er drückte eingebildet seine Brust heraus. „Das bin ich allerdings, Miss Sinclair."

Sie fuhren ein kleines Stück weiter, bevor sie fragte: „Haben Sie je ein Duell ausgefochten, Mr. Coke?"

Wie er wünschte, dass er ihr eine umständliche Geschichte über einen Schwertkampf auf dem Primrose Hill wegen der Ehre einer Dame erzählen könnte, aber leider konnte er Miss Sinclair auch nicht anlügen. „Das Vergnügen hatte ich noch nicht", sagte er traurig. Das hörte sich gar nicht so an, wie er geplant hatte.

„Sehen Sie, was ich meine! Sie sind so mutig, dass ein Duell für Sie ein Vergnügen wäre."

Sie war wirklich ein schrecklich kluges Mädchen. „Seien Sie sicher, dass ich gut vorbereitet bin, sollte es zu einem Duell kommen."

„Sie sind geübt im Schwertkampf?"

Er nickte selbstbewusst. „Und mit Pistolen."

Ihr von Staunen gezeichnetes Gesicht hob sich zu ihm. Sie war wirklich ein einnehmendes kleines Ding.

Genug über ihn geredet. Das Mädchen würde ihn für einen Prahlhans halten, und das konnte er nicht zulassen.

Er schaute zum Himmel und sah, dass die Sonne schon tief stand. Sie würden sich glücklich schätzen müssen, wenn sie Falwell vor Einbruch der Dunkelheit erreichten.

* * *

Der bewaffnete Wächter, völlig überrascht, stürzte zu Boden. Harry wollte dem Mann die Waffe abnehmen, aber der andere Gefängniswärter, der das Essen getragen hatte, zog seine Waffe und setzte die Spitze an den Ansatz von Louisas blassem Hals.

Harry sprang zurück und hob eilige die Hände. „Bitte, tun Sie ihr nichts. Ich bin derjenige, der die Flucht geplant hat."

Der Mann am Boden sprang auf die Füße, zog sein Schwert und zielte auf Harrys Mitte. „Seine Lordschaft wird nicht erfreut sein." Mit einem sadistischen Funkeln in den dunklen Augen kam der Gefängniswärter auf Harry zu und stach mit dem Schwert gegen seine Seite. „So schön es wäre, Ihnen mein Schwert in den Bauch zu jagen, muss ich doch meinem Herrn gehorchen. Lord Tremaine möchte, dass sie einen langsamen, schmerzhaften Tod erleiden."

„Aber doch nicht die Dame. Sie hat nichts getan", flehte Harry.

Der Mann beachtete ihn nicht. „Ich bewache die beiden", sagte er zu seinem Kameraden. „Du gehst und holst die Ketten."

* * *

Warum zum Teufel hatte ein kleines Dorf wie Falwell zwei Gasthöfe, fragte Edward sich. Er würde in beiden Erkundigungen einziehen müssen. Aber als er einen flüchtigen Blick auf die beiden sich an der High Street gegenüber liegenden Gasthöfe warf, hatte er die starke Vermutung, dass Harry den Speckled Goose gewählt hatte. Dieser Gasthof war doppelt so groß wie sein Konkurrent und dürfte daher eine größere Auswahl an Zimmern haben, und die Zimmer würden größer sein. Nach so vielen Jahren auf einem Schiff genoss Harry große Schlafzimmer mit loderndem Kaminfeuer.

„Ich gehe und höre mich um", sagte er zu seiner weiblichen, als Mann verkleideten Begleitung. „Sie versuchen, so auszusehen, als ob Sie sich um die Pferde kümmern."

Drinnen sprach er mit dem Gastwirt. Er hätte fast gefragt, ob Lord Wycliff hier wohne, erinnerte sich aber dann daran, dass sein Cousin unter dem Namen Smith reiste.

„Möchten Sie Ihr Pferd einstellen und ein Zimmer für die Nacht mieten?", fragte der bullige Mann.

„Allerdings, das würde ich gerne", antwortete

Edward. „Ich habe mich gefragt, ob mein Cousin, Mr. Smith, vielleicht hier abgestiegen ist."

„Ja. Er ist noch hier. Nun, eigentlich sind er und die Missus im Moment nicht hier, aber sein Kutscher hat mir versichert, dass er mich nicht auf einer unbezahlten Rechnung sitzen lassen würde."

Edward drehte sich der Magen um. „Was meinen Sie damit, dass er jetzt nicht hier ist? Wann haben Sie ihn zuletzt gesehen?"

Der Gastwirt rieb sich das Kinn. „Vor drei Tagen, als meine Frau ihnen das Frühstück servierte."

„Wissen Sie, wohin sie gegangen sind?"

„Nein."

„Wo kann ich diesen Kutscher finden?"

„Er müsste in seinem Zimmer über dem Stall sein. Ich lasse ihn holen."

Als der Mann den Empfangsbereich verlassen wollte, fragte Edward: „Könnten Sie mir bitte Papier und etwas zum Schreiben beschaffen?"

„Ja. Das finden Sie im Wohnzimmer im Erdgeschoss." Er zeigte Edward ein Zimmer, das direkt am mittleren Flur lag.

Mit unregelmäßig schlagendem Herzen kritzelte Edward eine Nachricht an Lord Jack St. John.

Mylord,
kommen Sie sofort nach Falwell. Harry ist seit drei Tagen nicht gesehen worden.
Ihr Diener,
Edward Coke

In seinem Herzen wusste er, dass er zu spät gekommen war. Er ging in den Hof und zahlte einem Stallburschen einen Schilling, damit er den

Brief zur Post gäbe. „Die Postkutsche wird um vier Uhr hier sein", teilte der junge Mann ihm stolz mit. „Das wird im Handumdrehen in London ankommen."

Edward hoffte bei Gott, dass dem so wäre.

Als er dort stand, kam Miss Sinclair auf ihn zu. Sie war so ein hübsches kleines Ding, dass er fürchtete, andere würden sie sofort als Frau erkennen.

„Etwas stimmt hier nicht", sagte sie.

„Das wissen wir aber nicht mit Sicherheit."

Ihr Blick fiel auf Harrys Kutscher. „Oh, sehen Sie doch! Da ist Lord Wycliffs Kutscher."

Die beiden Männer begrüßten sich mit grimmigem Gesichtsausdruck.

„Wissen Sie, wohin Lord Wycliff gegangen ist?", fragte Edward. „Er kann nicht die Kutsche genommen haben, sonst wären Sie nicht hier."

„Seine Lordschaft ist vor drei Tagen zu Fuß weggegangen und seitdem nicht mehr gesehen worden."

Miss Sinclair schnappte nach Luft. „War meine Schwester bei ihm?"

Der Kutscher nickte.

Edward wollte einen Arm um ihre schlanke Schultern legen und ihr Trost bieten, aber das konnte er nicht. Nicht hier. Und wenn sie sich jetzt in Tränen auflöste, würde jeder wissen, dass sie eine *sie* und kein *er* war.

„Er muss zu Lord Tremaine gegangen sein." Edward schaute zu dem Schloss über dem Dorf. „Ist das Schloss Gorwick?"

„Ja, in der Tat. Seine Lordschaft ist am Publikumstag hingegangen."

„Aber er kam zurück?"

Der Kutscher nickte.

Die einzige Erklärung für Harrys Verschwinden
war, dass er Lord Tremaines Missfallen erregt
hatte. „Sie und ich gehen zum Schloss", teilte er
Harrys Diener mit.

„Ich auch", sagte Miss Sinclair.

Er musste fest bleiben. „Ich kann Ihnen nicht
erlauben mitzukommen. Es könnte gefährlich sein
und ich kann Ihr Wohlergehen nicht aufs Spiel
setzen." Er drückte einige Münzen in ihre Hand.
„Seien Sie ein... guter Junge und besorgen Sie uns
Zimmer."

Ihre Augen füllten sich mit Tränen. „Sie können
mich nicht alleine hierlassen."

Das war ein Argument. Es gefiel ihm gar nicht,
daran zu denken, wie sie hier ohne Schutz und
verletzlich zurückbleiben würde. „Sie müssen
hinter verriegelten Türen in Ihrem Zimmer
bleiben, bis ich wiederkomme."

„Aber ... was ist, wenn Sie nicht
wiederkommen?"

„Dann setzen Sie sich mit Lord Jack St. John
in Verbindung. Er ist ein mächtiger Mann, der der
engste Freund meines Cousins ist." Schade war
nur, dass es viele Tage dauern könnte, bis eine
Nachricht Sinjin erreichte und noch viele Tage
mehr, bis er diese entlegenste Ecke Cornwalls
erreichte.

Als er fortging und die arme Miss Sinclair ganz
allein zurückließ, musste er gegen den Drang
ankämpfen, sie in seine Arme zu ziehen und zu
küssen.

* * *

Harry wusste, dass er sterben würde. Aber wie
zum Teufel konnte er den wahnsinnigen Tremaine
dazu überreden, Louisas Leben zu verschonen?
Gab es denn nichts, womit er Louisas Freilassung

aushandeln konnte?

Dies war der zweite Tag, an dem man ihnen kein Essen gebracht hatte. War das Verhungern Tremains Methode, sie einen langsamen, qualvollen Tod sterben zu lassen?

Qualvoll waren auch die Ketten, die man um ihre Handgelenke befestigt hatte. Flucht war unmöglich.

Da es ein ungewöhnlich grauer Tag war, kam nur schwaches Licht in ihre Zelle, aber es war nicht so düster, dass er nicht die Frau, die er liebte, hätte ansehen können. Selbst unter diesen harten Bedingungen war Louisa reizend. Ihr Männerhemd, das aus der Hose gerutscht war, ähnelte einen Damennachthemd. Mit der Schwellung ihrer Brüste darunter war sie eine Vision von Schönheit. Es schmerzte verteufelt, dass er seine perfekte Gräfin gefunden hatte, aber keinen von ihnen es erleben würde, sie in der Ehe vereint zu sehen.

„Ich sagte dir doch, dass du viel zu gut für mich bist", murmelte er. Er wollte seine Hand gegen ihre drücken, aber er fürchtete, dass die schweren Ketten ihr wehtun könnten. „Ich hätte Tremaine ohne dich finden können, aber ich war so selbstsüchtig, dich als Reisebegleitung zu wollen. Obwohl ich es da noch nicht wusste, muss ich dich schon geliebt haben, bevor wir diese Reise auch nur angetreten haben." Er hielt inne und wurde ernster. „Und jetzt hat meine Liebe dich ins Verderben gestürzt."

„Ich bedauere, dass wir sterben werden, aber ich bereue nichts anderes - ganz sicher empfinde ich keine Feindseligkeit gegen dich. Wie könnte ich das? Deine Liebe ist das Allerschönste, was mir je geschehen ist."

Er hätte bitterlich weinen mögen.

Das Klappern von Schritten ertönte vor der Tür, gefolgt von der Stimme des Mannes, den Harry am meisten auf der Welt hasste. Tremaine riskierte es nicht, in ihre Zelle zu kommen. Er schob das kleine Viereck hoch oben in der dicken Holztür auf und sprach. „Ich wollte die Nachricht selbst überbringen. Sie und Ihre Lady werden bei Morgengrauen sterben."

Also würde man sie sich nicht zu Tode hungern lassen. „Auf welche Weise?", fragte Harry.

„Ich habe meine eigene Guillotine."

Das würde wenigstens schnell gehen. „Ich habe Ihnen einen Vorschlag zu machen."

Tremaine schnaubte höhnisch. „Ich sehe keinen Grund dafür, mit einem sterbenden Mann zu feilschen."

„Ich schlage Ihnen ein Geschäft vor. Verschonen Sie das Leben der Dame und ich werde Ihnen den Namen des mächtigen Mannes nennen, der alles über Ihre Übeltaten weiß. Er wird nicht ruhen, bevor Sie nicht Ihre gerechte Strafe erhalten haben."

„Das glaube ich Ihnen nicht."

Harry zuckte mit den Schultern.

„Und selbst wenn ich die Dame freiließe, woher sollte ich wissen, dass Sie mir die Wahrheit sagen? Und was soll sie daran hindern, meine sogenannten Missetaten öffentlich zu machen?"

„Nichts!", zischte sie. „Wenn Sie Lord Wycliff töten, würde ich jede Sekunde meines Lebens mit dem Bemühen verbringen, Sie zu vernichten."

Harry verzog das Gesicht. „Louisa."

Ihre Blicke trafen sich. „Ich will nicht ohne dich leben."

„Wie süß", sagte Tremaine. „Vielleicht können

Sie ja im nächsten Leben zusammen sein. Vielleicht werde ich in meinem nächsten Leben mit Isobel zusammen sein."

„Sie sind wahnsinnig."

Die Holzklappe in der Tür knallte zu und Lord Tremaine ging fort.

* * *

Die Zugbrücke war heruntergelassen, als Edward und der Kutscher das Schloss erreichten, aber draußen stand eine Wache. „Ich wünsche Lord Tremaine zu sehen", erklärte Edward ihm.

„Seine Lordschaft empfängt keinen Besuch."

„Ich bitte darum, dass Sie ihm eine Nachricht übermitteln. Sagen Sie ihm, ich wünsche ihn wegen Lord Wycliff zu sprechen."

Der stämmig gebaute Wachmann, der jünger als Edward war, seufzte. „Warten Sie hier, während ich seiner Lordschaft die Nachricht bringen lasse."

Während der halben Stunde, die sie warteten, begann die Sonne hinter den fernen Horizont der Küste zu sinken, und als der Wachmann zurückkam, war es dunkel geworden.

„Seine Lordschaft sagt, er habe nie nich' von einem Lord Wycliff gehört."

Edward hoffte bei Gott, dass das nicht bedeutete, dass der finstere Lord Harry bereits ermordet hatte. Sein Blick wanderte über das uneinnehmbare Schloss. Er würde zum Gasthof zurückgehen und darüber nachdenken müssen, wie er Harry und Mrs. Phillips befreien könnte.

Wenn sie noch lebten.

Als er im Mondlicht niedergeschlagen zum Speckled Goose zurückwanderte, hob sich sein Herz, als er glaubte, Lord Jack St. John und einen anderen Mann zu Pferd im donnernden Galopp auf ihn zu kommen zu sehen.

Kapitel 26

Edward, der mit beiden Füßen fest auf den Pflastersteinen stand, dem aber der Mund offen stehengeblieben war, starrte die beiden Reiter an, die vor ihm ihre Pferde zügelten. „Wie zum Teufel sind Sie so schnell hierhergekommen?"

Sinjin warf seinem Begleiter einen Blick zu. „Alex wollte nichts davon hören, bis zum ersten April zu warten. Er bestand darauf, dass wir sofort losreiten sollten - für den Fall, dass der alte Harry uns brauchen würde."

Also war der andere Mann Lord Alex Haversham, der Sohn des Herzogs von Fordham und Harrys langjähriger Freund aus Eton. „Ich dachte, Sie wären auf der Halbinsel", sagte Edward zu Alex.

„Das war ich auch, aber bei dem ganzen Chaos in meiner Familie habe ich mein Offizierspatent verkauft und bin nach Hause gekommen."

Edward neigte den Kopf. „Tut mir leid wegen Ihres Bruders."

Alex nickte knapp und musterte Edward dann. „Und Sie sind ...?"

„Verzeihung", sagte Sinjin. „Ich vergaß, dass du Harrys jüngeren Cousin, Edward Coke, nicht kennst." Er stellte die beiden Männer einander vor.

„Es tut verflucht gut, Sie beide zu sehen", sagte Edward. „Ihr Instinkt traf genau ins Schwarze. Harry ist seit drei Tagen verschwunden." Sein Kopf wirbelte zum Schloss herum. „Ich bin überzeugt, dass Tremaine meinen Cousin entweder gefangen genommen oder ihn ... getötet hat."

Harrys beide Freunde fluchten.

„Und das da ist Schloss Gorwick?", fragte Alex mit Bitterkeit in der Stimme, als er die Festung musterte.

„Ja", antwortete Edward. „Ich schätze, das ist die letzte Station der aristokratischen Wohnsitze in Cornwall."

„Nicht ganz", sagte Sinjin. „Sobald ich Alex von dem großen, zurückgezogenen Lord erzählt hatte, erkannte er in ihm sofort als Lord Tremaine von Schloss Gorwick. Scheint, er war ein alter Bekannter seines verstorbenen Vaters."

Alex nickte. „Deshalb kamen wir direkt hierher."

Da es dunkel geworden war, machte Edward sich zunehmend Sorgen um Miss Sinclair. „Ich schlage vor, wir gehen auf mein Zimmer und halten eine Lagebesprechung ab." Aber wie sollte er die Anwesenheit der jungen Dame erklären?

Edward wusste, dass er darauf vertrauen konnte, dass diese Männer Miss Sinclairs Geheimnis hüten würden. Harry hatte sich immer für ihre Integrität verbürgt. Daher erzählte er ihnen die Wahrheit.

Im Wohnzimmer neben seinem Schlafzimmer stellte er Miss Sinclair den beiden Lords vor, aber anstatt sie zu begrüßen, fragte sie: „Was ist mit meiner Schwester? Haben Sie sie gefunden?" Aus ihrer Stimme klang Panik.

Die beiden anderen Männer sahen verwirrt aus.

Erst da fiel Edward auf, dass er von Harrys Verschwinden gesprochen, aber Mrs. Phillips nie erwähnt hatte. „Ihre Schwester ist Mrs. Phillips, die Frau, die Harry mitgenommen hatte, um diesen unangenehmen Kerl zu identifizieren." Dann wandte Edward sich an die Schwester, sein Gesicht wurde weicher, als er bekümmert den Kopf schüttelte. „Aber", fügte er fröhlich hinzu, „Lord Jack und Lord Alex werden uns helfen, das Schloss zu belagern."

Das schien ihre Sorgen zu besänftigen.

Und verstärkte seinen Sinn für Ritterlichkeit noch mehr. Er hätte gerne eine Rüstung angelegt und ein Schloss gestürmt.

„Ich weiß nichts von Belagerung", sagte Alex, „aber ich beabsichtige, mich noch heute Abend ins Schloss zu begeben. Tremaine und mein Vater waren einmal Freunde."

Sinjins Augen wurden schmal. „Du gehst nicht allein dorthin."

„Ich bin doch kein Dummkopf."

„Ich würde auch gerne mitkommen", sagte Edward, „aber sie kennen mich. Ich habe versucht, Tremaine heute Nachmittag zu sprechen, wurde aber fortgeschickt."

Alex schürzte nachdenklich die Lippen. „Ich werde Tremaine bitten, mir Unterkunft zu gewähren. Ich werde irgendeinen Reiseunfall vortäuschen und mich auf seine frühere Freundschaft mit meinem Vater berufen."

„Weiß er, wie du aussiehst?", fragte Sinjin.

„Nein. Ich bin ihm nie begegnet."

„Gut. Dann musst du ihm erzählen, du wärest der neue Herzog."

Alex grinste. „Ausgezeichnet! Ich sehe Freddie ziemlich ähnlich. Ich wage zu behaupten, dass Tremaine den Unterschied nie bemerken wird." Er wandte sich an Edward. „Und Sie werden unser Unglück sein."

Edward hob eine Braue.

„Erlauben Sie mir, das zu erklären", sagte Alex. „Wir werden Ihren Kopf verbinden, was dem Zweck dienen wird, Sie zu verkleiden, aber auch unsere Behauptung unterstützen wird, dass wir einen Unfall hatten."

„Und es wird auch dazu dienen, dass er nicht reden muss, falls jemand sich an seine Stimme erinnern könnte", fügte Sinjin hinzu.

„Und was machen wir, wenn wir Zutritt zum Schloss erhalten?", fragte Edward.

„Verdammt, wenn ich das weiß", sagte Alex, dann fiel ihm ein, dass eine Dame anwesend war und er drehte sich um und entschuldigte sich bei Miss Sinclair. „Ich bitte um Verzeihung wegen meiner fürchterlichen Sprache."

Sie hob die Schultern. „Denken Sie einfach, ich wäre ein Junge."

„Das wäre ein sehr schwieriges Unterfangen, Miss Sinclair."

Edward gefiel es nicht, wie dieser Herzogssohn mit *seiner* Miss Sinclair flirtete.

„Wir müssen alle bewaffnet sein", sagte Sinjin.

Alex nickte. „Das ganz sicher. Aber was geschehen wird, wenn wir in das Schloss hineinkommen, bleibt abzuwarten."

„Wir werden die Lage prüfen müssen, bevor wir einen Plan machen können, was zu tun ist." Sinjin schaute zu Alex hinüber.

„Eines steht fest. Wir werden das Schloss nicht ohne Harry verlassen."

„Und nicht ohne meine Schwester", piepste Miss Sinclair.

Wenn sie noch lebten.

* * *

Zumindest hatte Alex Trick dazu geführt, dass

man sie ins Schloss hineingelassen hatte, aber bei Nacht war es ein verdammt bedrohlicher Ort. Edward war nicht sicher, wie gut die Idee, hier aufzutauchen, gewesen war. Harry war der mutigste Mann, den er je gekannt hatte, und auch er hatte es anscheinend nicht vermocht, sich gegen einen älteren Mann und seine Armee bewaffneter Diener zu verteidigen.

Alex und Sinjin hatten seinen größten Respekt verdient. Wie Harry waren sie schlau und mutig. Zur Hölle, Alex hatte seinen Säbel gezogen, sich in die eigene Hand gestochen und das Blut auf das weiße Leinen geschmiert, das um Edwards Kopf gewickelt war, alles nur, um ihre *Notlage* zu demonstrieren. Das ließ Edward sich selbst ähnlich wie ein mutiger Soldat vorkommen.

Sein einziger Trost jedoch, als sie sich durch das Labyrinth muffiger, dunkler Räume arbeiteten, war das in der Scheide steckende Schwert, das gegen seinen Oberschenkel schlug. Als sie die große Halle erreichten, die mit brennenden Fackeln gesäumt war, stockte ihm beinahe der Atem.

Die Halle war auch von mindestens zwanzig Wachen umstellt, die alle uniformähnliche Livreen in Königsblau trugen, und an der Seite eines jeden baumelte ein glänzendes, goldenes Schwert. Kein Wunder, dass der arme Harry es nicht mit ihnen hatte aufnehmen können.

„Lieber Himmel", murmelte Alex, „beschäftigt Tremaine eine ganze verdammte Armee?"

In der Mitte der Halle hielt der Mann, dem sie gefolgt waren, stehen und drehte sich zu ihnen um. „Seine Lordschaft sagt, Sie sollten hier warten, bis er fertig gegessen hat." Er bedeutete ihnen, sich auf eine Reihe von stabilen Stühlen mit hohen Rückenlehnen aus der Tudorzeit zu setzen.

„Nein, vielen Dank", sagte Sinjin. „Wir ziehen es vor zu stehen."

Als sie dort standen und sich fühlten wie Fische in einem Fass, konnte er nicht umhin, darüber nachzudenken, was geschehen würde, wenn diese zwanzig stämmigen, gut bewaffneten Männer Befehl erhielten, die drei Neuankömmlinge zu töten. Und warum zum Teufel musste jeder dieser Männer so verdammt groß sein? Nur Sinjin konnte mit ihnen mithalten, was die Größe anging - obwohl er hätte wetten mögen, dass Lord Alex Haversham als erfolgreicher Soldat zwei dieser Männer auf einmal erledigen könnte.

Nachdem zwanzig Minuten vergangen waren, erschien ein großer, stattlich aussehender Mann mit einer weißen Haarmähne in der Halle. „Wer von Ihnen ist der Herzog von Fordham?" Seine Stimme war die eines ältlichen Mannes.

Alex trat zwei Schritte vor und neigte seinen Kopf um den Bruchteil eines Zolls. „Zu Ihren Diensten, Mylord."

Lord Tremaine zog die Brauen zusammen. „Der Herzog, der mit mir in Oxford war, ist gestorben?"

„Vor zwei Jahren, Mylord", antwortete Alex und neigte sein Haupt, „aber er hat oft von Ihren Heldentaten während Ihrer Zeit an der Universität erzählt."

Ein Lächeln huschte über die dünnen Lippen des alten Mannes. „Was bringt Sie nach Schloss Gorwick, euer Gnaden?"

„Meine Begleiter und ich hatten den Einfall, Land's End zu besichtigen, und so kamen wir her, aber mein Freund wurde von seinem Pferd abgeworfen und im Dunkeln und mit seiner Verletzung wollten wir es nicht riskieren, durch die Nacht weiterzureiten, noch in den Gasthof zurückzukehren, wo wir unsere Sachen gelassen hatten. Ich hatte die Hoffnung, dass Sie uns ein Bett anbieten könnten. Und", sagte Alex fröhlicher, „Schlösser haben mich immer fasziniert. Es wäre mein größter Wunsch, Gorwick einmal zu besichtigen."

„Am Morgen, wenn das Licht besser ist", sagte Tremaine.

Wie klug Alex war. Durch eine Besichtigung des Schlosses hoffte er, den Ort zu finden, wo Harry gefangen gehalten wurde. *Wenn er noch lebte.*

„Haben Sie gegessen, euer Gnaden?", fragte Tremaine.

„Nicht seit heute Morgen", antwortete Alex.

„Dann werden meine Männer sie in den Speisesaal führen."

Als sie den riesigen, hallenden Raum erreichten und ihre Plätze an dem langen Tisch einnahmen, traf Edward fast der Schlag, als er hochschaute und sich einem Porträt Tante Isobels gegenübersah. Seine Hände begannen zu zittern. Harry musste es gesehen haben, als er hierherkam.

Edward verlor seinen Appetit. Harry musste getötet worden sein, als er versuchte zurückzufordern, was rechtmäßig ihm hätte gehören sollen.

Das Diner war eine feierliche Angelegenheit, da die drei versuchten, von einem Sortiment von ungefähr dreißig Gerichten zu essen, während ein Dutzend Männer, die mehr wie Soldaten als wie Diener wirkten, um ihren Tisch herumstanden.

Als der Wein gebracht wurde, lächelte Sinjin

den riesigen Burschen an, der ihn anbot und bemerkte: „Ich schätze, Lord Tremain hat einen sehr guten Weinkeller."

„Allerdings, Sir."

„Unter dem Haus?", fragte Alex.

„Ja, Sir."

„Ich vermute, wir werden ihn morgen sehen können, wenn Lord Tremaine uns erlaubt, uns im Schloss umzuschauen."

„Ja, Sir, obwohl er einfacher durch die Dienstbotentreppe zu erreichen ist als über die schöne Steintreppe, die seine Lordschaft benutzt."

„Ich glaube, wir sind bei der großen Halle an der Steintreppe vorbeigekommen. Wo ist dann die Dienstbotentreppe?"

Der Junge machte eine Kopfbewegung in die Richtung hinter ihm. „Die ist hier, euer Gnaden, hinter dieser Wand."

„Wir sind alle ziemlich aufgeregt, dass wir das Schloss besichtigen dürfen werden. Frage mich, ob du weißt, ob es einen Kerker hat?"

Die Augen des jungen Kerls hellten sich auf. „Aber ja. Mein Herr hat sogar eine Guillotine."

Edward drehte sich der Magen um.

Nach dem Diner bot ein anderer, riesenhafter *Soldat* ihnen an, sie zu ihren Schlafzimmern zu bringen. Sinjin ging langsam und die anderen folgten ihm. „Was auch immer wir tun", flüsterte er, „wir dürfen ihnen nicht erlauben, uns in unseren Zimmern einzusperren."

„Wir müssen warten, bis das ganze Haus dunkel und still ist und alle schlafen, dann müssen wir Harry suchen", sagte Alex.

„Und Mrs. Phillips", fügte Sinjin hinzu.

Als sie ihre Zimmer erreicht hatten, die alle am gleichen Flur im zweiten Stockwerk lagen, sah

Edward, dass alle Türen Schlösser hatten, aber keine Schlüssel darin. Er drehte sich zu dem Diener hinter sich um und ließ seinen Charme spielen. „Ich hoffe doch, dass Sie uns nicht einschließen werden, alter Junge. Da es noch so früh am Abend ist, werden wir vermutlich noch etliche Male zwischen unseren Zimmern hin und her laufen. Sehen Sie, ich habe die Karten mitgebracht und wir werden ein paar kleine Wetten machen."

Der Diener/Soldat erlaubte sich ein Lächeln. „Aber mein Herr hat gesagt ..."

Alex zog eine goldene Guinee aus seiner Tasche und drückte sie dem Diener in die Hand. „Seien Sie ein guter Mann. Wir werden es Ihrem Herrn nicht verraten."

Die Augen des jungen Mannes wurden rund, als er die Münze in seinen Schuh gleiten ließ und wegmarschierte.

* * *

Trotz ihrer Ketten wollten Harry und Louisa ihre letzte Nacht Seite an Seite, Haut an Haut verbringen und die Wärme des anderen in der feuchtkalten Zelle spüren. Er hatte sich noch nie so machtlos gefühlt. Er hatte immer gesagt, er hätte keine Angst vor dem Tod, aber jetzt empfand er sie doch. Mehr als alles andere konnte er jedoch nicht ertragen, dass er die Frau, die er liebte, nicht retten konnte. Das einzige, was für ihn schlimmer war, als den Kopf abgeschlagen zu bekommen, war die Vorstellung, wie Louisas schöner Kopf von ihren Schultern fiel.

„Ich würde zehn Mal mein Leben geben, wenn du verschont bliebest", murmelte er und drückte sanfte Küsse auf die Locken auf ihrem Kopf.

Ihre Lippen streiften seine Wange. „Es ist gut,

Liebster. Ich wünschte, wir könnten zusammen alt werden, aber es scheint, das Pech, das mich mein ganzes Leben lang verfolgt hat, mich nicht loslässt."

Er schüttelte den Kopf. „Es ist mein eigenes verdammtes Pech, das uns erwischt hat."

„Ich liebe dich so sehr."

Die Worte, die sie sagte, hätten ihn überglücklich machen müssen. Aber sie ließen nur Schwermut aufkommen, eine tiefe, nagende Schwermut, schlimmer als alles, was er je erlebt hatte.

Himmel, er wollte nicht, dass der Morgen kam, aber er schätzte, dass ihm und seiner Liebsten nur noch etwa eine Stunde auf dieser Erde verblieb.

Das Geräusch von Schritten ließ seine Furcht wachsen. War der verdammte Henker früher gekommen?

Louisa schnappte nach Luft und schaffte es trotz der schweren Ketten, die um ihre Handgelenke geschlungen waren, seine Hand zu berühren, als sie wimmerte.

Das ließ ihn fast zusammenbrechen. Ein schöner Trost war er für sie. Sein Herz schlug hart von Innen gegen seine Brust und seine Hände zitterten. *Das ist es.*

Die Schritte hielten vor der Tür zu ihrer Zelle an. Der Schlüssel glitt ins Schloss. Es nutzte nichts, zu versuchen, seinen Weg nach draußen freizukämpfen, nicht mit diesen schweren Ketten, die hinter seinem Rücken seine Hände fesselten.

Die Tür schwang auf und das Licht einer Laterne ergoss sich in ihre Zelle.

„Komm her, alter Junge, wir werden dich aus diesem scheußlichen Loch herausholen."

„Beim Jupiter!" Es war Alex! Und Sinjin. Und Edward.

Alex' Blick wanderte über seinen alten Freund. „Ich muss dich mit zu meinem Schneider nehmen." Dann trat er vor und begann, die Ketten seines alten Freundes aufzuschließen.

Harry war in seinem Leben noch nicht so glücklich gewesen.

Kapitel 27

Die fünf schafften es, durch das schlafende Schloss zu schleichen und sich der hochgezogenen Zugbrücke zu nähern, ohne gesehen zu werden, aber als Harry begann, die Brücke herabzulassen, brachte der Lärm Tremaines schwer bewaffnete Wachen herbei.

Harry arbeitete noch fieberhafter daran, das verdammte Ding vollständig nach unten zu lassen, bevor sie einer veritablen Armee von Tremaines Halsabschneidern gegenübersehen würden.

Zu seiner Überraschung brachten der Anblick von Sinjins, Alex' und Edwards gezogenen Schwertern die Schlosswachen abrupt zum Stehen, wobei ihre Blicke sich zu der herabkommenden schweren Holztür und dem schwachen Tageslicht, das durch die Dunkelheit hereindrang wanderte.

Harry und seine Freunde konnten ohne Zwischenfälle das Schloss verlassen. Auf dem Weg zum Speckled Goose erklärte Edward, dass sie die schlafenden Wachen des Kerkers hatten überraschen, knebeln und fesseln und ihnen die Schlüssel zu Zelle und Ketten abnehmen können.

„Was zum Teufel machst du wieder im guten, alten England, alter Junge?", fragte Harry Alex.

„Ich bin den ganzen Weg hergekommen, um dir die Haut zu retten, mein Freund."

Sie lachten alle.

„Wirst du auf die Halbinsel zurückgehen?"

Alex schüttelte den Kopf. „Nein. Ich habe mein Offizierspatent verkauft."

Als sie sich dem Speckled Goose näherten, legte Harry seinen Arm um Louisa. „Ihr Gentlemen müsst uns noch beglückwünschen. Mrs. Phillips hat zugestimmt, meine Gräfin zu werden."

Die anderen Männer gratulierten ihm und Louisa. „Dann bist du der erste, der sich von des Pfarrers Mausefalle fangen lässt", sagte Alex.

„Das wirst du auch, wenn du eine Frau triffst, die so perfekt ist wie meine Louisa." Er schaute in ihr glühendes Gesicht. „Bist du hungrig, Liebes?"

„Ich könnte eine gesprenkelte Gans mit Federn und allem verzehren."

„Hat dieser Teufel euch hungern lassen?", fragte Edward.

„Beinahe", antwortete Harry.

Alex seufzte. „Ihr beide seht zu, ob ihr etwas zu essen bestellen könnt, aber ich gehe ins Bett."

„Ich auch", sagte Sinjin.

„Ich treffe mich mit euch im Wohnzimmer, nachdem ich mich umgezogen habe", sagte Edward.

Harry nickte. „Sobald ich gegessen habe, werde ich Tremaine beim örtlichen Magistrat anzeigen müssen."

„Warte, bis wir aufwachen", sagte Sinjin. „Ich schätze, ein Parlamentsmitglied und der Erbe eines Herzogtums sollten mit dir kommen."

„Gutes Argument", räumt Harry ein.

Im Gasthof bestellte Harry ein herzhaftes Frühstück für drei und dann gingen sie nach oben, um ihre eigenen Kleider wieder anzuziehen.

* * *

Was für ein egoistisches Biest sie war! Sie

musste langsam werden wie ihr Vater. Warum hatte sie nicht einmal gefragt, warum Mr. Coke sich nicht um die arme Ellie kümmerte? Louisa war so um ihr eigenes Wohl besorgt gewesen, dass sie ihre Schwester völlig vergessen hatte. Arme Ellie. Ganz allein in dieser großen, fremden Stadt.

Als sie und Harry zum Wohnzimmer gingen, sagte sie: „Ich weiß, dass du zum Magistrat gehen musst, aber wir müssen so schnell wie möglich nach London abreisen. Ich mache mir schreckliche Sorgen um meine Schwester."

Harry tätschelte ihre Hand. „Ich gebe dir mein Wort. Packe alles fertig, und sobald ich hier alles erledigt habe, machen wir uns auf den Weg nach London."

Der Gastwirt kam den Gang entlanggeeilt. „Mr. Smith, Sie werden das gute Wohnzimmer heute Morgen mit einem anderen Paar teilen müssen. Keine Sorge. Sie sind ebenso feine Leute wie Sie."

Harry nickte.

Louisa war enttäuscht, zwei Männer - oder waren es Jungen? - mit dem Rücken zu ihnen vor dem Feuer sitzen zu sehen. Sie war enttäuscht, denn sie hatte dies für *ihr* privates Wohnzimmer gehalten, da keine anderen Reisenden, die sich zur besseren Gesellschaft zählten, im Gasthof wohnten. Harry führte sie an den Tisch, der am weitesten vom Feuer entfernt stand, damit sie etwas für sich bleiben konnten.

Sie und Harry hielten sich an der Hand, während sie auf das Dienstmädchen warteten. Sie fühlte sich durch und durch zufrieden und lächelte Harry an. „Ich glaube, Mrs. Winston war doch eine sehr scharfäugige Beobachterin."

Er lächelte zurück.

Das Dienstmädchen kam herein, um den

anderen Anwesenden im Raum dampfenden Tee zu bringen. Louisa hätte schwören können, dass sie eine vertraute Stimme hörte. „Klang dieser Junge nicht sehr wie meine Schwester?"

Harry legte den Kopf schräg und lauschte. „Das ist Edward."

Louisa ging durch den Raum. „Edward Coke, so dankbar ich Ihnen für unsere Rettung bin, muss ich doch böse auf Sie sein. Sollten Sie nicht in London ein Auge auf meine arme Schwester haben?"

Zuerst drehte Edward sich zu ihr um und sah ihr ins Gesicht. Dann wandte der Junge sich um. Und er war Ellie!

Edward stand auf und warf seinen Stuhl dabei um. „Ich möchte, dass Sie wissen, dass ich mit meiner zukünftigen Frau hergekommen bin."

Jetzt stand Ellie auf. „Ihre was, Mr. Coke?"

Edward sah Ellie an. „Ich bin kein so ehrloser Gentleman, dass ich die ganze Strecke nach Cornwall allein mit einer jungen Dame reisen und ihr nicht die Ehe anbieten würde."

„Dann wollen Sie mich nur aus Anstand heiraten?"

„Ich sagte Ihnen doch, dass ich ein ehrenhafter Mann bin, Miss Sinclair."

Die Hände in die Taille gestemmt funkelte Ellie ihn böse an. „Dieses *edle* Angebot können Sie vergessen, Sir! Ich würde Sie nicht heiraten, und wenn Sie der letzte Mann in England wären."

„Aber ...", stammelte er und warf einen fragenden Blick auf seinen Cousin, als Ellie zur anderen Seite des Zimmers stapfte, um sich zu ihrer Schwester zu setzen.

„Oh, Louisa, ich bin so froh, dass du unverletzt bist. War eure Suche erfolgreich?"

„Woher hast du von der Suche erfahren?"

„Dieser ..." Ellie hob hochmütig ihre Brauen, „dieser grässliche Mann hat es mir erzählt."

„Mr. Coke?"

Ellie nickte. Dann drehten die beiden Frauen sich um und sahen, wie die Cousins sich angeregt unterhielten.

„Du meinst, du hattest Tante Isobels Porträt tatsächlich schon in den Händen?", fragte Edward.

„Ja", sagte Harry und ging zu dem Tisch, an dem die beiden Frauen saßen. „Setzen wir uns alle zusammen hin und essen."

Sie verputzten genug Essen, um das halbe Dorf Falwell zu füttern. Und während der Mahlzeit erzählte Harry von den Ereignissen der letzten drei Tage.

Edward beeilte sich, damit zu prahlen, welche gute Zeit er für den Weg von London herausgeholt hatte, obwohl er durch eine Dame aufgehalten worden war.

„Sie wurden nicht durch mich aufgehalten. Ich war *keine* Lady!" Ellie blieb der Mund offen stehen, dann verbesserte sie ihre Aussage. „Ich meine, ich habe mich während der Reise wie ein Junge benommen." Dann sagte sie schmollend: „Ich meine ..." und verstummte.

Harry lachte und drückte Louisas Hand.

Edward schaute selbstzufrieden zu und flüsterte Harry dann zu: „Ich wusste doch, dass du bei dem Blaustrumpf Erfolg haben würdest. Ich dachte schon immer, dass du etwas für sie übrig hättest, auch wenn ihr so unglaublich verschieden seid." Dann sah er Ellie an. „Wussten Sie, dass Ihre Schwester meinen Cousin heiraten wird?"

Ellie riss die Augen auf, als sie ihre Schwester musterte. „Bist du damit einverstanden?"

Louisa nickte glücklich. „Oh ja."

Alle schwiegen für ein paar Minuten, dann sagte Ellie: „Bitte, Lord Wycliff, erlauben Sie mir, in Ihrer Kutsche zurückzufahren. Der Gedanke daran, mit dem *edlen* Mr. Coke zusammen zurückzureisen, ist mir ziemlich zuwider."

„Ich bin sicher, dass Sie es in meiner Kutsche weit bequemer haben werden als in Edwards Wagen."

Louisa tätschelte Ellies Hand. „Ja, mein Schatz, und du musst mir noch alles über Mr. Benthams Vorträge erzählen."

„Harry, du Glücklicher", klagte Edward und verdrehte die Augen. „Hast deine Reise genau so geplant, dass sie zufällig mit den Vorträgen dieses dämlichen Benthams zusammenfiel. Ich glaube, du hättest lieber gegen wilde Tiger gekämpft, als in einem Raum mit all diesen verflixten Blaustrümpfen zu sitzen."

Louisa schaute mit zusammengezogenen Brauen von Edward zu Harry. Und ihr wurde übel, als sie erkannte, dass Edward nicht im Scherz sprach.

Harrys Gesicht wurde bei Edwards Worten bleich.

Dem Gesichtsausdruck seines Cousins nach bemerkte Edward, dass er etwas Falsches gesagt hatte. „Nun ... da ihr beide doch heiraten wollt und ich deine Ansichten über Aufrichtigkeit in der Ehe kenne, nahm ich an, Mrs. Phillips kenne deine wahren Gefühle für die Reformer." Edward schluckte schwer. „Jetzt sehe ich, dass das nicht der Fall ist."

Louisa stand auf und zog ihre Schwester mit

sich. „Mr. Coke, ich bitte darum, dass *Sie* mich mit nach London nehmen. Ich kann nicht mit ihrem ... ihrem hassenswerten Cousin fahren!"

„Und ich *werde* mit Ihrem hassenswerten Cousin fahren", beharrte Ellie. „Mit einem Lügner zu reisen ist einer Fahrt mit einer unaufrichtigen Schlange vorzuziehen."

Edwards Schultern sackten herab, als er Louisa folgte. „Ich scheine heute meine wohlgestiefelten Füße in jedes Fettnäpfchen zu tauchen."

Harry rannte ihr nach. „Bitte, auf ein Wort, Louisa."

Sie drehte sich zu ihm um, ihre Augen lagen tief in den Höhlen, ihre Stimme war hart. „Sie brauchen mir nichts mehr zu sagen, Mylord, denn ich werde Ihnen nie wieder glauben."

„Aber Louisa..."

Sie drehte ihm den Rücken zu und stürmte aus dem Wohnzimmer.

Eine halbe Stunde später hatte der Stallknecht Mr. Cokes zweispännigen Wagen herausgebracht und Louisa stieg auf, ohne sich von Edward helfen zu lassen. Er kletterte auf der anderen Seite hinauf, nahm seine Gerte und lenkte die Pferde aus dem Hof.

Edward holte auf der Rückfahrt eine noch bessere Zeit heraus als auf der ersten Strecke. Während der ersten Stunden kämpfte Louisa mit den Tränen. Harry hatte sie von Anfang an belogen. Er besaß keine der Eigenschaften, die sie bei ihm zu erkennen geglaubt hatte. Sie war nur ein Bauer bei seinem Spiel gewesen, mit dem er das Familienvermögen wieder zurückholen wollte. Hatte er es je ernst gemeint, wenn er sagte, dass er sie liebte, oder war das auch nur ein Spiel gewesen?

Jeder Baum, jeder Grashalm an dem sie vorbeikamen, erinnerte sie an ihre Reise über dieses selbe Land mit Harry an ihrer Seite. Während der Nächte ihrer Fahrt mieteten Edward und sie getrennte Zimmer. Das Zimmer mit einem Mann zu teilen, hätte sie an all die Nächte erinnert, in denen Harry und sie nebeneinander geschlafen hatten. Sie hätte ihrem ersten Instinkt vertrauen sollen. So etwas wie einen vertrauenswürdigen Mann gab es nicht.

Sie begann, Edward nach seiner Fahrt mit Ellie zu fragen.

„Es wäre wirklich verdammt langweilig gewesen, Meile um Meile trostloser Landschaft, wenn Sie mich fragen. Gott sei Dank für Miss Sinclair und ihre lebhaften Erklärungen der Vorträge von diesem Bentham. Das erste Mal, dass ich ihn überhaupt verstanden habe, war durch El..., äh, ich meine, Miss Sinclairs intelligente Anmerkungen. Sie sollten stolz auf ihre Schwester sein. Hat einen klugen Kopf auf ihren hübschen Schultern. Nie gedacht, dass ich mich mal für eine kluge Frau interessieren würde, aber jetzt glaube ich, dass ich keine haben wollte, die das nicht ist."

Hübsche Schultern? Konnte es sein, dass Edward sich in Ellie verliebt hatte? War das der *echte* Grund, warum er mit einem Heiratsantrag an Ellie herausgeplatzt war?

„Sagen Sie, Mr. Coke", begann Louisa vorsichtig, „war es schwierig, für den Jungen, den Ellie spielte, ein Zimmer zu bekommen?"

Er hüstelte und sie war sich nicht sicher, dachte aber, dass er rot wurde. „Eigentlich wollte ich mir lieber nicht vorstellen, wie sie allein in

einem fremden Gasthof schlafen sollte. Sie ist so
ein winziges, hilfloses kleines Ding, wissen Sie.
Und sie war auch nicht zu scharf darauf. Habe nie
ein Mädel mit so großer Angst wie ihrer gesehen.
Gut, dass sie mir vertraute ... damals." Sein
Gesicht wurde lang.

„Sir, ich glaube, Sie lieben meine Schwester."

„Ihre Schwester lieben?", sagte er ungläubig.
„Ich gebe zu, dass wir uns nahegekommen sind,
und ich mag sie wirklich gern, aber lieben?" Er
gab dem Pferd einen Schlag mit der Peitsche. „Nie
darüber nachgedacht."

„Schade, denn ich glaube, dass meine
Schwester sie sehr lieb hat."

„Hat sie Ihnen das gesagt?", fragte er.

Louisa hätten schwören können, dass in seiner
Frage Hoffnung mitschwang. „Nicht direkt, aber
ich kenne meine Schwester ziemlich gut."

„Sie sind sich schließlich auch unglaublich
ähnlich."

Sie lächelte.

Er wartete zehn Minuten, bevor er sich
entschloss, die Unterhaltung fortzusetzen. „Wenn
es Ihnen nicht allzu viel Mühe macht, wäre ich
Ihnen sehr dankbar, wenn Sie ..."

„Ellie fragen, welche Gefühle Sie Ihnen
gegenüber hegt?"

Er zuckte mit den Schultern. „Ich fände es
furchtbar, wenn sie mir sehr böse wäre.
Schließlich haben wir ein Schlafzimmer geteilt - in
aller Unschuld, das versichere ich Ihnen. Ich habe
auf dem Boden geschlafen."

„Dann war ich zu Lord Wycliff viel netter."

Er errötete.

Sie kicherte. „Es war alles ganz keusch. Ihr
Cousin benahm sich wie ein Gentleman. Schade,

dass er ein Lügner ist. Und ein Pirat."

„Ein ehemaliger Pirat. Sie sind einer der wenigen Menschen, der die Herkunft seines Vermögens kennt - und die einzige Frau. Sonst nur ich und seine zwei engsten Freunde von Eton, Lord Jack St. John und Lord Alex Haversham."

„Ein Jammer, dass ich mich nicht freuen kann, dass er wenigstens teilweise aufrichtig zu mir war."

* * *

Als Louisa am Haus am Grosvenor Square ankam, wartete Harry auf dem Bürgersteig auf sie. „Ich muss mit dir reden, Louisa."

Sie weigerte sich, ihm in die Augen zu sehen und fegte an ihm vorbei, als wäre er unsichtbar. Sie ging die beiden Stufen hinauf, öffnete selbst die Tür und rief ihm dann zu: „Mein Butler wird Ihnen sagen, dass ich nicht zu Hause bin, Mylord."

Dann knallte sie ihm die Tür vor der Nase zu.

Ellie kam die Treppe heruntergerannt, warf ihre Arme um Louisas Hals und brach dann in Tränen aus.

Louisa, der ebenfalls die Tränen über die Wangen liefen, hielt sie fest. „Ich weiß. Du hast dich in Edward Coke verliebt, nicht wahr?"

„Ja", sagte Ellie schluchzend. „Und es ist überhaupt nicht so schön, wie ich es mir vorgestellt hatte."

Louisa hielt Ellie an ausgestreckten Armen vor sich und wischte ihr eine Träne ab. „Das liegt daran, Schwesterchen, weil du dich sehr albern benommen hast."

„Wieso?"

„Weil du auf Mr. Coke böse wurdest, als er um dich angehalten hat."

„Aber er hat nicht um mich angehalten. Das, was er sagte, sagte er nur, weil er dazu gezwungen war!"

„Komm, mein Schatz, er war gezwungen, um jemanden anzuhalten, der als Junge gekleidet war?"

„Was versuchst du, mir zu sagen?"

„Dass, ob es ihm bewusst war oder nicht, Edward Coke dich liebt."

„Hat er dir das gesagt?"

„Das spielt keine Rolle, Schatz. Für mich sind nur deine Gefühle wichtig. Wenn du jemanden wirklich liebst, musst du den törichten Stolz beiseitelassen. Bist du bereit, das zu tun?"

Ellie brach wieder in Tränen aus. „Er war alles, woran ich bei jeder Umdrehung von Lord Wycliffs Kutschenrädern denken konnte. Jedes Dorf und jeder Stein schienen mir Erinnerungen an unsere gemeinsame Fahrt zurückzubringen. Ich habe in meinem Leben noch etwas so genossen."

Louisa hielt sie fest im Arm. „Ich weiß, mein Schatz."

„Was soll ich tun?"

„Mr. Coke machte den ersten Schritt, als er dir einen Antrag machte. Da ich mich immer dafür ausgesprochen habe, vor allem ehrlich zu sein und nie an weibliche Koketterie geglaubt habe, denke ich, du solltest den nächsten Schritt tun und Mr. Coke von deinen wahren Gefühlen erzählen."

Sie reichte Ellie ein Taschentuch.

Ellie trocknete ihre Tränen. „Ich weiß nicht, wie ich das machen soll, aber es muss sein."

Kapitel 28

In der folgenden Woche sprach Harry jeden Tag in dem Haus am Grosvenor Square vor, aber die grimmige Antwort des Butlers war immer dieselbe. *Mrs. Phillips ist nicht zu Hause.* Nach dieser Woche versuchte er es nicht mehr.

Als Louisa klar wurde, dass Harry nicht wieder anklopfen würde, redete sie sich ein, dass seine Besuche lediglich dazu gedient hätten, sein Gewissen zu beruhigen - das, und die Anweisungen, die sie von seinem Anwalt erhielt, die das Verfahren erklärten, mit dem sie ihre Jahresrente und das Geld, um ein Haus zu kaufen, einfordern konnte. Was das anging, hatte Harry sie nicht im Stich gelassen.

Sie hatte das Gefühl, dass ihr nichts blieb, zu dem sie zurückkehren konnte, während er wohl die üblichen Beschäftigungen eines modischen Gentlemans wieder aufnehmen würde. Der Schmerz in ihrem Herzen war unheilbar. Sie verlor das Interesse an ihren Dienstagstreffen mit den Blaustrümpfen. Sie hatte keine Lust, Artikel zu schreiben. Sie verbrachte viel Zeit damit, über den Monat nachzudenken, den Harry und sie zusammen verbracht hatten. Jeder Blick, jedes Gespräch, das sie miteinander geführt hatten, beschäftigte weiter ihre Gedanken. Und die Vertrautheit, die sie genossen hatten, verfolgt sie in ihre Träume.

Ellie war auch mürrisch und von Gewissensbisse geplagt, weil sie Mr. Coke abgewiesen hatte. Wie Louisa verbrachte sie endlose Stunden damit, in ihrem Kopf diese wenigen, wundervollen Tage, die sie mit dem wunderbarsten Mann der Welt verbracht hatte, wieder zu durchleben. Sie hatte festgestellt, dass Louisa recht hatte. Sie war diejenige, die den ersten Schritt machen musste, den angerichteten Schaden wiedergutzumachen, aber sie wusste nicht, wie, noch wusste sie, ob ein solcher Versuch überhaupt Erfolg haben könnte. Es war ja nicht so, als ob Mr. Coke ihnen fast die Tür einrannte, so wie Lord Wycliff es wegen Louisa tat.

Ellie fand sich innerlich mit der Tatsache ab, dass sie und Louisa zusammen ein sehr zurückgezogenes Leben führen würden. Keine feinen Gentlemen mehr, die Morgenbesuche abstatteten. Kein Grund mehr, sich modisch anzuziehen, denn niemand, auf den es ankam, würde sie jemals sehen.

Daher saßen sie und Louisa an einem Nachmittag im Salon beim Nähen, als Williams in das Zimmer trat. „Ich habe es mir erlaubt, Mr. Coke ins Morgenzimmer zu führen." Er schaute zu Louisa und sagte: „Ihr Hausverbot für Lord Wycliff erstreckte sich doch nicht auf seinen Begleiter, nicht wahr?"

Lächelnd versicherte Louisa ihm, dass Mr. Coke höchst willkommen wäre. Dann wandte sie sich zu Ellie und sagte: „Es scheint, du sollst noch eine Chance bei Mr. Coke erhalten. Ich hoffe, du wirst sie dir nicht verderben - du könntest keine weiter mehr bekommen." Innerlich schmerzte Louisa ihre eigene Reue. Vielleicht *war* sie zu hart mit Harry gewesen. Aber sie wusste, dass ihre Chance längst vorbei war. Harry hatte bereits das Interesse an ihr verloren.

Ellie sprang auf die Beine, die Hände flogen zu ihren Wangen. „Ich kann unmöglich so zu ihm gehen. Sieh doch, wie furchtbar ich aussehe!"

Louisa lachte. „Nicht doch, mein Schatz. Du siehst immer wunderhübsch aus." Sie nahm Ellies Hand. „Denke daran, Mr. Coke hat dir seinen Antrag gemacht, als du wie ein Junge angezogen warst. Ich glaube, er liebt dich, ganz gleich, wie du aussiehst."

„Pah!", protestierte Ellie.

„Vertraue mir." Louisa drückte ihre Hand. „Mr. Coke wird dich schön finden."

* * *

Edward war in seinem ganzen Leben noch nie so nervös gewesen. Es hatte ihn eine Woche gekostet, um den Mut aufzubringen, herzukommen und Miss Sinclair zu besuchen, und eine weitere Woche, um sich einen Grund für seinen Besuch auszudenken.

Als Miss Sinclair in das Morgenzimmer kam, entwich fast die Luft aus seinen Lungen und raubte ihm fast den Atem. Verdammt, sie war schon ein teuflisch hübsch aussehendes Mädchen. Oder wurde man mit achtzehn als Frau betrachtet? Sie sah so ungewöhnlich gut aus, sie hatte sogar einen hübschen Jungen abgegeben. Bei dem Gedanken an sie in Jungenkleidern, wie sie Stunde um Stunde neben ihm auf dem Kutschbock gesessen hatte, wurde er melancholisch. Nie zuvor in seinem Leben hatte er sich gewünscht, die Zeit zurückdrehen zu können. Bis jetzt.

Seine Kehle wurde trocken. Sein Herz schlug schneller. „Wie gut es tut, Sie wiederzusehen, Miss Sinclair."

Anmutig wie ein Schwan über einen Teich

gleitet, kam Miss Sinclair auf ihn zu und bot ihm ihre Hand.

Er nahm sie in seine beiden Hände und beugte sich vor, um sie zu küssen. Als er sich aufrichtete, war sein Gesicht brandrot. Er konnte sich nicht einmal mehr daran erinnert, welche Entschuldigung er sich ausgedacht hatte, um seinen Besuch zu erklären. Zum Glück fragte sie nicht danach.

„Wie schön es ist, Sie wiederzusehen, Mr. Coke", sagte Ellie mit lebhaften, tanzenden Augen. „Wollen Sie sich nicht hinsetzen?"

Er setzte sich auf eines der Zwillingssofas, die in der Mitte des Raums einander gegenüberstanden, und Miss Sinclair setzte sich auf das andere.

„Ich sehe, dass das schöne Wetter, das wir auf unserer Reise nach Cornwall genossen haben, immer noch anhält", bemerkte sie.

„Ja. Wirklich sehr schön." Dann wusste er absolut nicht, was er als nächstes sagen sollte.

„Sie erfreuen sich guter Gesundheit?", fragte sie.

„Ausgezeichnet. Und Sie?"

Sie seufzte. „Körperlich, ausgezeichnet." Dann holte sie tief Luft und fuhr fort. „Ich ertappe mich ständig, wie ich mich mit unerwarteter Freude an die Reise erinnere, die Sie und ich zusammen unternommen haben." Sie konnte ihm nicht in die Augen sehen.

Ein Lächeln blitzte auf seinem Gesicht auf. „Beim Jupiter! Bei mir ist es genauso! Ich stelle fest, dass ich nur zu gerne an diese Reise denke."

„Nicht nur an die Reise", sagte sie scheu. „Die Art der Vertrautheit, die wir - Sie und ich - während dieser Reise genossen haben. Ich musste feststellen, dass ich das überaus zu schätzen wusste."

„Mir geht es genauso! Ich würde meine nächste Quartalszahlung dafür geben, wenn ich es noch einmal tun könnte."

„Ein Jammer, dass ich so gemein stolz war, als Sie sich gezwungen fühlten, mir einen Antrag zu machen, denn ich glaube, es hätte mir sehr gefallen, mit Ihnen verheiratet zu sein." Sie hatte ihm nicht ins Gesicht sehen können, während sie sprach.

Er sprang auf die Füße und über den gemusterten Teppich, um vor ihr auf ein Knie zu fallen. Er nahm ihre Hände in seine. „Es geht mir genauso, Ellie." Er schaute zu ihrem lächelnden Gesicht auf.

„Oh, Edward, ich bin so glücklich, dich das sagen zu hören. Wäre es sehr vermessen von mir, dich zu bitten, dass du dir eine Sonderlizenz besorgst, damit wir schnell heiraten können? Ich habe festgestellt, dass ich jede Minute des Tages mit dir verbringen möchte."

Er stand auf und setzte sich zu ihr. „Ich werde sie heute bekommen."

Dann nahm er sie in den Arm und küsste sie innig.

* * *

In der nächsten Woche heirateten sie an einem Morgen in St. George's am Hanover Square. Louisa und Harry waren ihre Trauzeugen. Es war das erste Mal, dass Louisa und Harry sich sahen, seit dem Tag, an dem sie nach London zurückgekommen war.

Nach der Zeremonie sagte er: „Ich bitte Sie, mir zu erlauben, Sie zum Haus zurückzubegleiten."

Zu widersprechen hätte bedeutet, es für alle

unangenehm zu machen.

Sie erlaubte ihm, ihr in seine Kutsche zu helfen. Etwa fünf Minuten fuhren sie schweigend dahin. „Es interessiert Sie vielleicht", begann er, „dass ich das Oberhaus über Lord Tremaines Mordversuch informiert habe."

„Hat der Magistrat den bösen Mann zur Rede gestellt?"

„Das haben wir gemeinsam getan, das heißt, meine Freunde Alex und Sinjin, mit dem Magistrat und mir. Der Magistrat sagte, er hätte seit langem auf einen Beweis für Tremaines üble Machenschaften gewartet."

„Ich wäre für alles Geld der Welt nicht in dieses Schloss zurückgegangen." Ihre Hand flog zu ihrem Herzen und sie richtete einen angstvollen Blick auf ihn.

„Sie werden erfreut sein zu erfahren, dass Tremaine jetzt hinter Gittern sitzt. Ich weiß nicht, ob ich Wycliff House je wiederbekommen werde, aber das ist mir auch nicht mehr so wichtig, wie es einmal war."

Ihr Herz schlug schneller. Was war ihm dann wichtig? „Und was ist mit dem Porträt Ihrer Mutter?"

Er lächelte. „Das habe ich."

„Lord Tremaine hat es Ihnen gegeben?", fragte sie ungläubig.

Seine Augen tanzten vor Mutwillen. „Sagen wir, ich überzeugte den Magistrat davon, dass es mein Eigentum wäre und ich habe tatsächlich gegen Tremaine Anzeige wegen Diebstahls erstattet."

„Aber Harry, der Mann wird einen Weg finden, Sie zu töten!"

Er hob eine Braue. „Macht Ihnen das etwas aus?"

Sie setzte sich kerzengerade auf. „Überhaupt nicht."

„Dann zerbrechen Sie sich nicht Ihren hübschen Kopf."

Sie kniff die Augen zusammen.

Sie schwiegen wieder. Dann sage Harry: „Ihr Zorn auf mich wegen meines Mangels an Aufrichtigkeit wegen Ihrer Interessen war gerechtfertigt. Das hat mich dazu veranlasst, darüber nachzudenken, wie meine eigene Meinung über die Forderungen ist, die Sie befürworten."

„Und?"

„Und ich habe erkannt, dass Sie mich tatsächlich, trotz meines ursprünglichen Zögerns, überzeugt haben. Ich muss zugeben, dass ich nicht die Absicht hatte, meinen Sitz im Oberhaus einzunehmen, und ich hatte mit Sicherheit nicht die Absicht, Ihre radikalen Ansichten zu übernehmen.

„Aber je mehr ich darüber nachdachte, desto mehr erkannte ich, wie recht Sie die ganze Zeit hatten. Mir wurde klar, dass ich verpflichtet bin, mich für all die Reformen einzusetzen, über die Sie und ich diskutiert haben. Die Ausweitung des Wahlrechts. Beschränkung der Kinderarbeit. Strafrechtsreform. Schulpflicht. All diese Dinge, über die ich ursprünglich hinter ihrem Rücken gelacht habe."

„Sie lügen mich nicht jetzt an, um *unter meine Röcke zu kommen*?", fragte sie und sah ihn aus lächelnden Augen an.

Er hielt an. Direkt dort mitten auf der Piccadilly Road. „Ich werde Sie nie wieder anlügen."

„Wenn ich Ihnen doch glauben könnte", stieß sie aus.

Der Verkehr staute sich hinter ihnen und grobe Stimmen schrien ihn an.

Und er schien nichts davon zu bemerken.

„Ich habe meinen Platz im Parlament eingenommen", verkündete er. „Dass ich ein Whig bin, dachte ich, würde dich glücklich machen."

Ihr Herz wollte vor Freude und Liebe förmlich platzen. „Ich könnte mir kein besseres Hochzeitsgeschenk vorstellen", sagte sie. Als er einen Moment lang nicht antwortete, begann sie zu zittern. Hatte sie sich mit ihrer Keckheit furchtbar in Verlegenheit gebracht?

Sie sah zu, wie Harry seine Reitgerte weglegte, sich zu ihr umdrehte, sie dann in seine Arme nahm und langsam und leidenschaftlich küsste.

Keiner von ihnen ließ sich von den zornigen Rufen hinter ihnen auf der Piccadilly Road stören - schien sie nicht einmal zu hören. „Vielleicht hatte Miss Grimm doch die ganze Zeit recht", sagte er. „Ich habe vor, unter deine Röcke zu kommen - nachdem du Lady Wycliff bist, meine ich."

EPILOG

Sechs Monate später

Louisa kam in die Bibliothek ihres Mannes in dem Haus am Grosvenor Square, das er zurückbekommen hatte. „Sieh nur, was sie im *Morning Chronicle* über meinen gewissenhaften Ehemann schreiben!"

Harry verdrehte die Augen und sprach, als würde ein Kind langweilige Geschichtszahlen aufsagen. „Ich habe mich an die Spitze der Großen der Whigs im Oberhaus gesetzt."

„Du hast es gelesen."

„Wenn man bedenkt, dass ich zwei Stunden früher als du aufgestanden bin, meine Liebste, konnte ich jede Zeitung von vorn bis hinten lesen." Er warf einen Brief auf seinen Schreibtisch und wurde düster. „Ich habe auch ein ... ein Geständnis von Lord Tremaine erhalten. Er gibt zu, dass er Godwin Phillips großzügig dafür bezahlt hatte, meinen Vater zu vernichten. Er wusste, dass Phillips ein geschickter Betrüger bei Kartenspielen war. Leider wusste mein Vater das nicht."

Sie kniff die Augen zusammen. „Lord Tremaine ist ein abscheulicher Mann und ich bin sehr glücklich, dass er heute im Oberhaus vor Gericht gestellt wird. Mit dir als einem der maßgeblichen Menschen dort bin ich sicher, dass er bekommen wird, was er verdient hat."

Williams betrat die Bibliothek. „Da ist gerade eine Nachricht für Sie gekommen, Mylord." Er kam, um sie Harry zu übergeben.

Die Nachricht war kurz. Nur ein Satz. Sie sah ihm beim Lesen zu, dann schaute er zu ihr auf, einen undurchdringlichen Ausdruck auf seinem Gesicht.

„Was gibt es?"

„Tremaine hat sich heute Morgen umgebracht."

Es dauerte einen Moment, bis sie antworten konnte. „Ich schätze, es ist das Beste so."

Er nickte.

Sie kam um den Tisch herum, um sich auf seinen Schoß fallen zu lassen, kostete das Gefühl aus, wie seine Arme sich um sie schlossen, als er ihr zarte Küsse unter ihr Ohr tupfte. Ihr Blick fiel auf das Porträt über dem Kamin. Seine schöne Mutter war wieder daheim.

„Ich hasse den Mann nicht mehr", murmelte Harry. „Wenn nicht sein Hass gewesen wäre, würden du und ich nie die Liebe gefunden haben."

„Ich muss zugeben, dass er es war ..." Sie betrachtete das Porträt. „... und deine Mutter, die uns zusammengebracht haben."

„Meine Mutter würde dich ebenso sehr lieben wie ich. Ich glaube, sie würde sogar Philip Lewis schätzen. Ich habe das Gefühl, dass es eine lange Reihe starker Frauen in Wycliff House geben wird."

Sie küsste ihn sehr zärtlich. „Und es wird eine solche Freude sein, sie entstehen zu lassen."

Ende

Die Reihe der Lords von Eton

Dieses Buch ist das erste in meiner Reihe Lords von Eton über drei adlige junge Männer, die in Eton die besten Freunde waren und wie ihre Eskapaden und Interessen sie - und die Frauen, die sie lieben - nach dem Verlassen von Eton aneinander binden.

Hier ist kurz ein wenig über das nächste Buch der Reihe *Der Earl, der Schwur und die unscheinbare Jane*, das ein wenig aus meinem nicht mehr in Druck erhältlichen Buch *His Lordships Vow* beruht.

Ebenso ohne Schönheit wie ohne Vermögen hat die überaus unscheinbare Miss Jane Featherstone während ihrer drei Saisons keinen Verehrer anziehen können. Lieber, als ihrem Bruder und seiner widerwärtigen Frau zur Last zu fallen, schwört Miss Featherstone, den ersten Mann zu akzeptieren, der um sie anhält - obwohl sie seit je her einen Lord verehrt, der für sie unerreichbar ist. . .

Lord Slade muss eine Erbin heiraten, um den Schwur, den er seinem Vater an dessen Sterbebett geleistet hat, zu erfüllen, und er braucht Miss Featherstones Hilfe, um um ihre schöne Cousine zu werben. Nach ihrem ersten Ärger stimmt Miss Featherstone seinem Plan zu, sagt ihm aber, dass sie das tue, weil sie seine Reihe von Gesetzesvorhaben zugunsten der Allgemeinheit im Parlament und seine Liebe zur Wahrheit bewundere. Aber je länger er mit den beiden Cousinen zusammen ist, desto mehr fühlt er sich von Miss Featherstone angezogen. Was soll ein

Mann, der stets sein Wort hält, tun? Den Schwur, den er seinem geliebten Vater gab, brechen - oder seinem Herzen folgen und um Miss Featherstone werben?

Der Earl, der Schwur und die unscheinbare Jane wird in Kürze veröffentlich, gegen Ende 2018 folgt dann das dritte Buch, ***Last Duke standing***. Damit ich Sie über die Veröffentlichung benachrichtigen kann, tragen Sie sich doch hier ein, um meine gelegentlichen Newsletter zu erhalten.

Cheryl Bolen Biografie

Cheryl Bolen ist eine New York Times- und USA Today-Bestsellerautorin und hat mehr als zwei Dutzend historischer Liebesromane geschrieben, von denen die meisten in der Regency-Zeit spielen. Ihre Bücher wurden in acht Sprachen übersetzt und erlangten Platzierungen in verschiedenen Schreibwettbewerben, so etwa auch im Daphne du Maurier Wettbewerb. 1999 wurde Cheryl als "Notable New Author" ausgezeichnet und gewann im Jahr 2006 die Holt Medallion in der Kategorie "Bester historischer Kurzroman". 2012 gewann sie den International Digital Award – eine Auszeichnung speziell für E-Bücher – im Bereich "Bester historischer Roman", und im Jahr darauf erzielte eine ihrer Novellen den ersten Platz in der Kategorie "Beste historische Novelle". Zahlreiche ihrer Bücher wurden zu Bestsellern bei Barnes & Noble und auf Amazon.

Sie ist eine ehemalige Journalistin mit einer Faszination für tote englische Damen und schreibt regelmäßig Beiträge für The Regency Plume, The Regency Reader und The Quizzing Glass. Viele ihrer Artikel kann man auch auf ihrer Webseite (www.CherylBolen.com) finden sowie auf ihrem Blog (www.CherylsRegencyRamblings.wordpress.com), wo sie ihre aktuellen Artikel einstellt. Leser sind an beiden Orten ganz herzlich willkommen.